LA KURIOZA INCIDENTO
DE LA HUNDO EN LA NOKTO

MARK HADDON

La Kurioza incidento de la hundo en la nokto

Esperantigis
Simon Davies

Esperanto
·Asocio de Britio

La kurioza incidento de la hundo en la nokto

Eldonis en 2022 Esperanto-Asocio de Britio,
Esperanto House, Station Road, Barlaston,
Stoke-on-Trent, ST12 9DE, Britio.
esperanto.org.uk
ISBN: 978-0-902756-58-8

Originala titolo: The Curious Incident of the Dog in the Night-Time

Ĉi tiu libro
estas dediĉita al
Sos

Kun danko al
Kathryn Heyman, Clare Alexander,
Kate Shaw kaj Dave Cohen

ANTAŬVORTOJ DE LA TRADUKINTO

Al unu el la provlegantoj de ĉi tiu traduko malplaĉis ĝia esperantigo de propraj nomoj, pro kiu la romano similus «bizaran fabelon por homoj vivantaj en paralela universo». Mi tamen ĝin preferas pro la samaj kialoj kiel William Auld, kiu al sia traduko de *La ĉashundo de la Baskerviloj* almetis jenan komenton:

«Mi neniel pardonpetas pro mia esperantigo de propraj nomoj en tiu ĉi traduko. Min ĉiam ĝenas fremdlingvaj nomoj, ofte por mi neprononceblaj, meze de Esperanta teksto, ĉar ili ĉiam hezitigas la rapidan fluon de mia legado. Ne nur tio, sed la fremdlingvaj nomoj ne akceptas nature adjektivigon aŭ adverbigon, kaj – plej grave – akuzativigon.»

Mi faris escepton nur ĉe nomoj de nefikciaj homoj. La rezulto esperinde vin ne distancigos sed proksimigos al la rolantoj kaj ilia mondo. *La ĉashundo* estas rakonto, al kiu la nuna fikciaĵo, kvankam pli populara ol beletra, ja staras najbare.

En tri-kvar frazoj, kie la angla teksto uzis «they» kiel sekse neŭtralan singularan pronomon, mi estis tentata ekuzi «ri» en Esperanto, sed mi fine ĉiam elturniĝis alimaniere. Oni eble tamen notu, ke la eventualan utilecon de «ri» montrus tia frazo kiel: «la mortiginto de Velingtono scias ke ri mortigis Velingtonon. Krom se ri estis frenezulo kaj ne sciis kion ri faras.»

Kutime en miaj skribaĵoj mi aldonas komon ĉe ĉiu subfrazo, sed ĉi tie ne. Efektive mi tradukis la tutan libron kun tiaj komoj, sed ili ĝenadis kontraŭ la tre longaj senspirecaj frazoj verkitaj de la rakontanto. La manko de interpunkcio en liaj frazoj estas malkutima eĉ angle. Sed por klareco mi sekvis regulon meti komon post subfrazo, se la ĉeffrazo tie pluis.

Simon Davies

2

Estis 7 minutoj post noktomezo. La hundo kuŝis sur la herbo meze de la gazono antaŭ la domo de s-ino Ŝirso. Ĝiaj okuloj estis fermitaj. Ĝi aspektis kvazaŭ kurante surflanke, tiel kiel kuras hundoj kiam ili sonĝas ĉasi katon. Sed la hundo ne kuris, nek dormis. La hundo estis mortinta. Elstaris ĝardenforko el la hundo. Supozeble la pintoj de la forko plene trairis la hundon kaj eniris la teron ĉar la forko ne falis. Mi konkludis ke la hundo estas verŝajne mortigita per la forko, ĉar mi ne vidis alian vundon en la hundo, kaj mi supozas ke oni ne pikus hundon per ĝardenforko se ĝi jam mortis pro alia kialo, pro kancero ekzemple, aŭ stratakcidento. Sed pri tio mi ne povis certi.

Mi trairis la ĝardenan pordeton de s-ino Ŝirso, fermante ĝin malantaŭ mi. Mi paŝis sur ŝian gazonon kaj genuis apud la hundo. Mi metis la manon al la muzelo de la hundo. Ĝi ankoraŭ estis varma.

La hundo nomiĝis Velingtono. Ĝi apartenis al s-ino Ŝirso kiu estis nia amiko. Ŝi loĝis aliflanke de la strato, du domojn maldekstre.

Velingtono estis pudelo. Ne unu el la etaj pudeloj kun hararanĝo, sed granda pudelo. Ĝi havis buklajn nigrajn harojn, sed proksimiĝinte oni vidis ke la subhara haŭto havas koloron tre pale flavan, kiel kokidaĵo.

Mi karesis Velingtonon kaj scivolis kiu mortigis lin, kaj kial.

3

Mi nomiĝas Kristoforo Johano Francisko Beno. Mi scias ĉiujn landojn de la mondo kaj ties ĉefurbojn kaj ĉiun primon ĝis 7507.

Antaŭ ok jaroj, kiam mi unuafoje renkontis Ŝivonon, ŝi montris al mi ĉi tiun bildon

kaj mi sciis ke ĝi signifas «malkontenta», tiel kiel mi sentis min kiam mi trovis la mortintan hundon.

Poste ŝi montris al mi ĉi tiun bildon

kaj mi sciis ke ĝi signifas «kontenta», kiel mi sentas min kiam mi legas pri la Apolo-kosmoflugoj, aŭ kiam mi ankoraŭ ne dormas je la tria aŭ kvara matene kaj mi povas promeni tien kaj reen laŭ la strato kaj imagi ke mi estas la sola homo en la tuta mondo.

Poste ŝi desegnis aliajn bildojn

sed mi ne povis diri kion signifas tiuj.

Mi petis Ŝivonon desegni multe da tiaj vizaĝoj kaj poste skribi apud ĉiu la precizan signifon. Mi tenis la paperon enpoŝe kaj elprenis ĝin kiam mi ne komprenis kion iu diris. Sed estis tre malfacile decidi kiu el la diagramoj plej similas al la farata mieno, ĉar la vizaĝoj de homoj moviĝas tre rapide.

Kiam mi informis Ŝivonon ke mi tion faras, ŝi elprenis krajonon kaj plian paperon kaj diris ke la homoj en tiaj okazoj kredeble sentas sin tre

kaj poste ŝi ridis. Do mi disŝiris la unuan paperon kaj forĵetis ĝin. Kaj Ŝivono pardonpetis. Kaj nun, se mi ne scias kion iu diras, mi demandas kion tiu celas, aŭ mi forpaŝas.

5

Mi tiris la forkon el la hundo kaj levis lin en miajn brakojn kaj brakumis lin. Lia sango likiĝis el la forkotruoj.

Mi ŝatas hundojn. Oni ĉiam scias kion hundo pensas. Ĝi havas kvar humorojn: kontento, malgajo, kolero kaj atento. Krome hundoj estas fidelaj, kaj ili ne mensogas, ĉar ili ne povas paroli.

Mi brakumis la hundon jam 4 minutojn kiam mi aŭdis kriegadon. Mi levis la rigardon kaj vidis s-inon Ŝirso kuri al mi de la teraso. Ŝi portis piĵamon kaj negliĝon. Ŝiaj piedungoj estis helroze lakitaj kaj ŝi ne surhavis ŝuojn.

Ŝi kriis: «Fek! Kion diable vi faris al mia hundo?»

Mi ne ŝatas kiam homoj alkriaĉas min. Tio igas min timi ke ili batos min aŭ tuŝos min, kaj mi ne scias kio okazos.

«Lasu la hundon!» ŝi kriis. «Lasu la fekaĉan hundon, je Dio!»

Mi demetis la hundon sur la gazonon kaj retropaŝis 2 metrojn.

Ŝi klinis sin. Mi pensis ke ŝi mem levos la hundon, sed ne. Eble ŝi rimarkis kiom da sango estas, kaj ne deziris malpuriĝi. Anstataŭe ŝi komencis kriegi denove.

Mi kovris la orelojn per la manoj kaj fermis la okulojn kaj rulis min antaŭen ĝis mi ĝibiĝis kun la frunto premata al la herbo. La herbo estis malseka kaj malvarma. Ĝi plaĉis al mi.

7

Jen krimromano pri murdo.

Ŝivono diris ke mi verku ion kion mi mem volus legi. Plej ofte mi legas librojn pri scienco kaj matematiko. Mi ne ŝatas proprasencajn romanojn. En proprasencaj romanoj homoj parolas jene: «Mi estas vejnita per fero, per arĝento kaj per strioj el ordinara koto. Mi ne povas kunpremiĝi en la fortan pugnon, kiun firmigas tiuj, kiuj ne dependas de stimulo.»[1] Kion tio signifas? Mi ne scias. Nek Patro. Nek Ŝivono nek s-ro Ĵevonso. Mi demandis ilin.

Ŝivono havas longajn blondajn harojn kaj portas okulvitrojn el verda plasto. Kaj s-ro Ĵevonso odoras je sapo kaj portas brunajn ŝuojn kiuj enhavas po proksimume 60 etajn cirklajn truojn.

Sed mi ja ŝatas krimromanojn pri murdoj. Do mi verkas krimromanon pri murdo.

En krimromano pri murdo iu devas malkovri kiu estas la murdinto, kaj poste kapti tiun homon. Temas pri enigmo. Se temas pri bona enigmo, oni kelkfoje povas malkovri la solvon antaŭ la fino de la libro.

Ŝivono diris ke la libro komenciĝu per io atentokapta. Tial mi komencis per la hundo. Mi komencis per la hundo ankaŭ ĉar tio okazis al mi, kaj mi trovas malfacile imagi aferojn kiuj ne okazis al mi.

Ŝivono legis la unuan paĝon kaj diris ke ĝi estas

[1] Mi trovis tiun libron en la urba biblioteko kiam Patrino iam kunprenis min urben.

«novspeca». Ŝi metis tiun vorton inter citilojn per salteta gesto de la montraj kaj mezaj fingroj. Ŝi diris ke en krimromano pri murdo oni kutime mortigas homon. Mi diris ke oni mortigis du hundojn en **La Ĉashundo de la Baskerviloj**, la ĉashundon mem kaj la spanielon de Jakobo Mortimero, sed Ŝivono diris ke la viktimoj de la murdo estis ne ili, sed kavaliro Karlo Baskervilo. Ŝi diris ke estas tiel ĉar al legantoj pli gravas homoj ol hundoj, do se oni mortigus homon en la libro, legantoj volus plu legadi.

Mi diris ke mi volas verki pri io reala, kaj ke mi konis homojn kiuj mortis, sed ke mi ne konis homojn kiuj estis mortigitaj, krom la patro de Eduardo en la lernejo, s-ro Paŭlsono, kaj tiuokaze temis pri glisakcidento, ne murdo, kaj mi konis lin apenaŭ. Mi diris ankaŭ ke gravas al mi hundoj ĉar ili estas fidelaj kaj honestaj, kaj kelkaj hundoj estas pli inteligentaj kaj interesaj ol iuj homoj. Ekzemple Steĉjo, kiu venas al la lernejo ĵaŭde, bezonas helpon por manĝi kaj eĉ ne povus reporti ĵetitan bastonon. Ŝivono petis min ne diri tion al la patrino de Steĉjo.

11

Poste alvenis la policanoj. Mi ŝatas policanojn. Ili havas uniformojn kaj numerojn kaj oni scias kion ili faru. Estis ina policano kaj vira policano. La ina policano havis malgrandan truon en la ŝtrumpoj je la maldekstra maleolo kaj ruĝan grataĵon meze de la truo. La vira policano havis grandan oranĝan folion gluitan al la fundo de la ŝuo, parte videblan ĉe unu flanko.

La ina policano metis la brakojn ĉirkaŭ s-inon Ŝirso kaj rekondukis ŝin al la domo.

Mi levis la kapon de sur la herbo.

La vira policano ekkaŭris apud mi kaj diris: «Ĉu vi bonvolus informi min, junulo, kio okazas ĉi tie?»

Mi sidiĝis kaj diris: «La hundo mortis.»

«Tion mi jam komprenis», li diris.

Mi diris: «Laŭ mi iu mortigis la hundon.»

«Kiom vi aĝas?» li demandis.

Mi respondis: «Mi havas 15 jarojn kaj 3 monatojn kaj 2 tagojn.»

«Kaj kion, precize, vi faris en la ĝardeno?» li demandis.

«Mi tenis la hundon», mi respondis.

«Kaj kial vi tenis la hundon?» li demandis.

Jen malfacila demando. Temis pri io kion mi deziris fari. Mi ŝatas hundojn. Malĝojigis min vidi la hundon mortinta.

Mi ŝatas ankaŭ policanojn, kaj mi deziris bone respondi la demandon, sed la policano ne donis al mi sufiĉe da tempo por trovi la ĝustan respondon.

«Kial vi tenis la hundon?» li demandis denove.

«Mi ŝatas hundojn», mi diris.

«Ĉu vi mortigis la hundon?» li demandis.

Mi diris: «Mi ne mortigis la hundon.»

«Ĉu jen via forko?» li demandis.

Mi diris: «Ne.»

«Ĉi tio ŝajne tre afliktas vin», li diris.

Li faris tro multe da demandoj kaj li faris ilin tro rapide. Ili stakiĝis en mia kapo kiel panoj en la fabriko kie laboras Onklo Teĉjo. La fabriko estas bakejo kaj li funkciigas la tranĉomaŝinojn. Kaj kelkfoje la tranĉilo ne iras sufiĉe rapide sed la pano daŭre venas kaj ekestas ŝtopiĝo. Mi iafoje rigardas mian menson kiel maŝinon, sed ne ĉiam kiel pantranĉan maŝinon. Tio plifaciligas klarigi al aliaj homoj kio okazas en ĝi.

La policano diris: «Mi ripetos al vi la demandon ...»

Mi rulis min sur la gazonon denove kaj represis la frunton al la tero kaj faris la bruon kiun Patro nomas ĝemado. Mi faras tiun bruon kiam enkapiĝas al mi tro da informoj el la ekstera mondo. Estas simile al tio kiam oni sentas sin maltrankvila kaj oni tenas la radioaparaton ĉe la orelo kaj oni agordas ĝin meze inter du stacioj por ricevi nur blankan bruon kaj poste oni ege plilaŭtigas la sonon por aŭdi nur tion kaj tiam oni scias ke oni estas sekura ĉar oni aŭdas nenion alian.

La policano prenis mian brakon kaj levstarigis min.

Mi ne ŝatis ke li tuŝas min tiel.

Kaj jen kiam mi batis lin.

13

Ĉi tiu libro ne estos komika. Mi ne kapablas rakonti ŝercojn, ĉar mi ne komprenas ilin. Jen ŝerco, ekzemplocele. Ĝi venas de Patro.

Li volis respekti la decidon sed neniu ĝin filmis.

Mi scias kial oni opinias tion komika. Mi demandis. Temas pri tio ke «respekti» havas du signifojn, kaj ili estas **1)** estimi kaj **2)** rerigardi, kaj la signifo **1** estas la normala signifo se temas pri decido, kaj la signifo **2** estas la normala signifo se temas pri filmo, kaj normale oni ne faras filmon pri decido.

Se mi provas rakonti al mi la ŝercon, donante al la vorto la du malsamajn signifojn samtempe, tio similas al samtempa aŭskulto de du malsamaj muzikaĵoj kio estas malkomforta kaj konfuza, ne agrabla kiel blanka bruo. Estas kvazaŭ pluraj personoj volus samtempe paroli al mi pri malsamaj aferoj.

Kaj jen kial ĉi tiu libro ne enhavas ŝercojn.

17

La policano rigardis min dum iom da tempo sen paroli. Poste li diris: «Mi arestas vin ĉar vi atakis policiston.»

Tio multe plitrankviligis min ĉar tion diras policanoj en televido kaj filmoj.

Poste li diris: «Mi forte konsilas ke vi eniru la malantaŭon de la policaŭto, ĉar se vi reprovos tian petoladon, fekuleto, mi serioze ekbolos. Ĉu vi min komprenas?»

Mi transpaŝis al la policaŭto kiu staris tuj aliflanke de la ĝardena pordeto. Li malfermis la malantaŭan pordon kaj mi eniris. Li enigis sin al la stira sidloko kaj radioaparate vokis la policaninon kiu ankoraŭ troviĝis en la domo. Li diris: «La damnuleto ĵus batis min, Kanjo. Ĉu vi bonvolus atendi kun s-ino Ŝ. dum mi liveros lin al la policejo? Mi petos Tonĉjon veni repreni vin.»

Kaj ŝi diris: «Certe. Ĝis poste do.»

La policano diris: «Ege bonege», kaj ni ekveturis.

La policaŭto odoris je varma plasto kaj tualetakvo kaj rapidmanĝejaj fritoj.

Mi observis la ĉielon dum ni veturis urbocentren. La nokto estis klara kaj oni povis vidi la Laktan Vojon.

Iuj homoj imagas, ke la Lakta Vojo estas longa vico el steloj, sed ĝi ne estas tia. Nia galaksio estas vasta disko el steloj, larĝa je milionoj da lumjaroj, kaj la sunsistemo situas ie apud la ekstera rando de la disko.

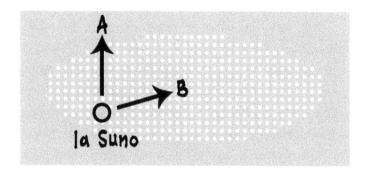

Kiam oni rigardas en la direkto A, je 90° de la disko, oni ne vidas multajn stelojn. Sed kiam oni rigardas en la direkto B, oni vidas multe pli da steloj ĉar oni rigardas en la ĉefan korpon de la galaksio, kaj ĉar la galaksio estas disko, oni vidas strion el steloj.

Kaj poste mi pensis pri tio ke dumlonge sciencistoj perpleksiĝis ĉar la nokta ĉielo estas malluma kvankam la universo enhavas miliardojn da steloj kaj sendube steloj troviĝas en ĉiu rigardebla direkto, do la ĉielo devus esti plena de stellumo ĉar tre malmulto obstrukcas kaj malhelpas la lumon atingi la Teron.

Fine oni malkovris ke la universo ekspansias, ke ĉiuj steloj forkuras unu de la alia post la Praeksplodo, kaj ju pli la steloj malproksimas de ni, des pli rapide ili moviĝas, kelkaj preskaŭ tiel rapide kiel lumo, kaj jen kial ilia lumo neniam atingas nin.

Mi ŝatas tiun fakton. Ĝi estas io kion oni povas kalkuli en la propra menso nur rigardante la noktan ĉielon super la kapo kaj pensante, sen bezono demandi iun.

Kaj kiam la universo ĉesos eksplodi, ĉiuj steloj malrapidiĝos kiel pilko ĵetita en la aeron, kaj ili venos al halto kaj poste ili ĉiuj komencos fali denove al la centro de la universo. Kaj tiam nenio malebligos al ni vidi ĉiujn stelojn en la mondo, ĉar ili ĉiuj direktiĝos al ni, iom post iom plirapidiĝante, kaj ni scios ke la mondo baldaŭ finiĝos ĉar kiam ni levos la rigardon al la nokta ĉielo, estos nenia mallumo, sed nur la arda brilo de multege da bilionoj da steloj, ĉiuj falantaj.

Tamen neniu vidos tion, ĉar restos neniuj homoj sur la Tero por ĝin vidi. Ili verŝajne estos jam formortintaj tiam. Kaj eĉ se homoj ankoraŭ ekzistos, ili ne vidos tion, ĉar la lumo estos tiel brila kaj varmega ke ĉiuj brulmortos, eĉ se ili loĝos en tuneloj.

19

Ĉapitroj en libroj kutime ricevas la kardinalajn nombrojn **1**, **2**, **3**, **4**, **5**, **6** kaj tiel plu. Sed mi decidis numeri miajn ĉapitrojn per primoj **2**, **3**, **5**, **7**, **11**, **13** kaj tiel plu ĉar mi ŝatas primojn.

Jen kiel oni malkovras kiuj nombroj estas primoj.

Unue oni skribas ĉiujn pozitivajn entjerojn en la mondo.

1	2	3	4	5	6	7	8	9	10
11	12	13	14	15	16	17	18	19	20
21	22	23	24	25	26	27	28	29	30
31	32	33	34	35	36	37	38	39	40
41	42	43	44	45	46	47	48	49	*ktp*

Poste oni forprenas ĉiun nombron kiu estas oblo de 2. Poste oni forprenas ĉiun nombron kiu estas oblo de 3. Poste oni forprenas ĉiun nombron kiu estas oblo de 4 kaj 5 kaj 6 kaj 7 kaj tiel plu. La restantaj nombroj estas la primoj.

	2	3		5		7			
11		13				17		19	
		23						29	
31						37			
41		43				47			*ktp*

La regulo por malkovri la primojn estas ege simpla, sed neniu ĝis nun malkovris simplan formulon por ekscii ĉu iu tre granda nombro estas primo aŭ kiu primo venos poste. Se nombro estas vere ege granda, komputilo povas labori dum jaroj por malkovri ĉu ĝi estas primo.

Primoj utilas por krei ĉifrojn, kaj en Usono oni klasas ilin kiel *Militan Materialon* kaj se oni trovas primon kun pli ol 100 ciferoj, oni devas informi la Centran Informokolektan Agentejon kiu aĉetos ĝin por 10 000 dolaroj. Sed tio ne estus tre bona maniero vivteni sin.

Primoj estas tio kio restas kiam oni forigis ĉian regulecon. Laŭ mi primoj similas al la vivo. Ili estas tre logikaj sed oni neniam povus malkovri la regulojn, eĉ se la tutan tempon oni pripensadus ilin.

23

Kiam mi alvenis en la policejo, oni devigis min preni la laĉojn el miaj ŝuoj kaj malplenigi la poŝojn ĉe la akcepteja giĉeto pro la risko ke mi havus en ili ion uzeblan por mortigi min aŭ eskapi aŭ ataki policanon.

La serĝento malantaŭ la giĉeto havis tre harajn manojn kaj li tiom mordis la ungojn ke ili estis sangintaj.

Jen kion mi havis en la poŝoj:

1. Svisarmea tranĉilo kun 13 elementoj inter kiuj estis dratnudigilo kaj segilo kaj dentopikilo kaj pinĉileto.

2. Ŝnureto.

3. Peco el ligna puzlo kiu aspektis jene:

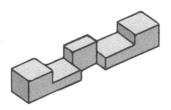

4. 3 buletoj da ratmanĝaĵo por Tobio, mia rato.

5. 1 pundo kaj 47 pencoj (tio konsistis el 1-punda monero, 20-penca monero, du 10-pencaj moneroj, 5-penca monero kaj 2-penca monero).

6. Ruĝa paperklipo.

7. Ŝlosilo por la ĉefpordo.

Mi krome surhavis la brakhorloĝon kaj oni volis ke mi lasu ankaŭ tion ĉe la giĉeto, sed mi diris ke mi bezonas plu porti la brakhorloĝon ĉar mi bezonas scii la precizan horon. Kaj kiam oni provis forpreni ĝin de mi, mi kriegis, do oni permesis al mi daŭre porti ĝin.

Oni demandis min ĉu mi havas familianojn. Mi diris ke jes. Oni demandis min kiuj estas la familianoj. Mi diris ke tio estas Patro sed Patrino mortis. Kaj mi diris ke tio estas ankaŭ Onklo Teĉjo sed li loĝas en la urbo Sunderlando kaj li estas la frato de Patro, kaj tio estas ankaŭ miaj geavoj sed tri el ili mortis kaj Avinjo Burtono estas en maljunulejo ĉar ŝi havas senilan demencon kaj kredas ke mi estas iu televida persono.

Poste oni petis la telefonnumeron de Patro.

Mi sciigis ke li havas du numerojn, unu por la hejmo kaj unu kiu apartenas al poŝtelefono, kaj mi eldiris ambaŭ.

Mi ŝatis trovi min en la polica ĉelo. Ĝi estis preskaŭ perfekta kubo, 2 metrojn longa kaj 2 metrojn larĝa kaj 2 metrojn alta. Ĝi enhavis proksimume 8 kubajn metrojn da aero. Ĝi havis malgrandan fenestron kun stangoj kaj, ĉe la alia flanko, metalan pordon kun longa malalta luko apud la planko por enĉeligi pletojn da manĝaĵo, kaj ŝovluko pli supre por ebligi al policanoj enrigardi kaj certiĝi ke malliberuloj ne eskapis, nek mortigis sin. Estis ankaŭ remburita benko.

Mi demandis min kiel mi eskapus se mi rolus en rakonto. Tio estus malfacila, ĉar la solaj aĵoj kiujn mi havis estis la vestoj kaj la ŝuoj kies laĉoj mankis.

Mi decidis ke mia plej bona plano estus atendi ege sunan tagon kaj tiam uzi miajn okulvitrojn por koncentri la sunlumon al unu el miaj vestoj kaj ekbruligi fajron. Mi poste farus eskapon kiam oni vidus la fumon kaj elĉeligus min. Kaj se oni ne rimarkus, mi povus pisi sur la vestojn por estingi ilin.

Mi demandis min ĉu s-ino Ŝirso jam diris al la polico ke mi mortigis Velingtonon, kaj ĉu, kiam la polico eltrovos ke ŝi mensogis, ŝi iros al malliberejo. Ĉar diri mensogojn pri homoj nomiĝas *Kalumnio*.

29

Mi trovas homojn perpleksigaj.

Estas du ĉefaj kialoj de tio.

La unua ĉefa kialo estas ke homoj multe komunikas sen uzi vortojn. Ŝivono diras ke se oni levas unu brovon, tio povas esprimi multajn diversajn aferojn. Ĝi povas esprimi «mi volas fari seksumon kun vi» kaj ĝi povas esprimi ankaŭ «mi pensas ke vi ĵus diris ion tre stultan».

Ŝivono diras ankaŭ ke se oni fermas la buŝon kaj laŭte elspiras tra la nazo, tio povas esprimi ke oni ripozas, aŭ ke oni enuas, aŭ ke oni koleras, kaj ĉio dependas de la kvanto de la aero kiu venas el la nazo, kaj de ties rapido, kaj de la formo de la buŝo dum oni faras tion, kaj de la sidmaniero, kaj de tio kion oni diris tuj antaŭe, kaj de centoj da aliaj aferoj tro malsimplaj por kalkuli en malmulte da sekundoj.

La dua ĉefa kialo estas ke homoj ofte parolas uzante metaforojn. Jen ekzemploj de metaforoj:

Mi havis papiliojn en la ventro.
Jen staras la bovoj antaŭ la monto.
Ili sidis sur pingloj.
Oni ĵetis perlojn antaŭ la porkojn.
Vi aĉetis katon en sako.

La vorto «metaforo» signifas porti ion de unu loko al alia, kaj ĝi venas de la grekaj vortoj «μετα» (kiu signifas «de unu loko al alia») kaj «φερειν» (kiu signifas «porti»), kaj tio okazas kiam oni priskribas aferon per vorto por io alia ol ĝi estas. Pro tio la vorto «metaforo» estas metaforo.

Mi opinias ke ĝi devus nomiĝi mensogo, ĉar oni ne ĵetas perlojn antaŭ porkojn kaj homoj ne sidas sur pingloj. Kaj kiam mi provas bildigi la esprimon en mia kapo, tio nur konfuzas min ĉar imagi bovojn antaŭ monto neniel rilatas al malfacila situacio, kaj pro tio mi forgesas pri kiu temo oni parolas.

Mia nomo estas metaforo. Ĝi signifas «porti Kriston», kaj ĝi venas de la grekaj vortoj «Χριστος» (kiu signifas «Jesuo Kristo») kaj «φερειν», kaj ĝi estis la nomo donita al sankta Kristoforo ĉar li portis Jesuon Kriston trans riveron.

Tio scivoligas kiun nomon li havis antaŭ ol li portis Kriston trans la riveron. Sed li havis nenian nomon ĉar tiu rakonto estas *Apokrifa* kio signifas ke ankaŭ ĝi estas mensogo.

Patrino ofte diris ke Kristoforo tial estas agrabla nomo ĉar la rakonto temas pri afableco kaj helpemo, sed mi ne deziras ke mia nomo signifu rakonton pri afableco kaj helpemo. Mi deziras ke mia nomo signifu min.

31

Estis 01:12, kiam Patro alvenis en la policejo. Mi ne vidis lin antaŭ 01:28 sed mi sciis ke li ĉeestas ĉar mi aŭdis lin.

Li kriis: «Mi volas vidi mian filon», kaj: «Kial diable li estas enŝlosita?» kaj: «Kompreneble mi koleras, damne.»

Poste mi aŭdis policanon peti lin trankviliĝi. Poste mi aŭdis nenion dum longa tempo.

Je 01:28 policano malfermis la pordon de la ĉelo kaj informis min ke iu venis por vidi min.

Mi elpaŝis. Patro staris en la koridoro. Li levis la dekstran manon kaj disetendis la fingrojn ventumile. Mi levis la maldekstran manon kaj disetendis la fingrojn ventumile kaj ni kuntuŝigis la fingrojn. Ni tiel faras ĉar kelkfoje Patro deziras brakumi min, sed mi ne ŝatas brakumi homojn do ni faras tion anstataŭe, kaj tio signifas ke li amas min.

Poste la policano petis nin sekvi lin laŭ la koridoro al alia ĉambro. La ĉambro enhavis tablon kaj tri seĝojn. Li instrukciis nin sidiĝi ĉe la fora flanko de la tablo kaj li sidiĝis aliflanke. Magnetofono staris sur la tablo kaj mi demandis ĉu mi intervjuiĝos kaj li registros la intervjuon.

Li diris: «Laŭ mi tio ne necesos.»

Li estis inspektoro. Mi sciis ĉar li ne portis uniformon. Krome li havis tre haran nazon. Aspektis kvazaŭ du tre etaj musoj kaŝus sin en liaj naztruoj.[2]

---

[2] Tio ne estas *Metaforo*. Ĝi estas *Komparo*, kio signifas ke vere aspektis kvazaŭ du tre etaj musoj kaŝus sin en liaj naztruoj, kaj se vi enkape bildigos al vi viron kun du tre etaj musoj kaŝantaj sin en la naztruoj, vi scios kiel aspektis la polica inspektoro. Kaj komparo ne estas mensogo, krom se ĝi estas malbona komparo.

Li diris: «Mi parolis kun via patro kaj li diras ke vi ne celis bati la policanon.»

Mi diris nenion ĉar tio ne estis demando.

Li diris: «Ĉu vi celis bati la policanon?»

Mi diris: «Jes.»

Li premis la vizaĝon per la mano kaj diris: «Sed vi ne celis dolorigi la policanon, ĉu?»

Mi pripensis tion kaj diris: «Ne. Mi ne celis dolorigi la policanon. Mi volis nur ke li ĉesu tuŝi min.»

Poste li diris: «Vi scias ke oni ne batu policanon, ĉu ne?»

Mi diris: «Mi scias.»

Li silentis dum kelkaj sekundoj, kaj poste li demandis: «Ĉu vi mortigis la hundon, Kristoforo?»

Mi diris: «Mi ne mortigis la hundon.»

Li diris: «Ĉu vi scias ke oni ne mensogu al policano kaj ke oni riskas trafi profunde en la kaĉon se oni tion faras?»

Mi diris: «Jes.»

Li diris: «Do, ĉu vi scias kiu mortigis la hundon?»

Mi diris: «Ne.»

Li diris: «Ĉu vi diras la veron?»

Mi diris: «Jes. Mi ĉiam diras la veron.»

Kaj li diris: «Bone. Mi donos al vi formalan averton.»

Mi demandis: «Ĉu tio estos sur papero, kiel atestilo kiun mi povos konservi?»

Li respondis: «Ne, formala averto signifas ke ni registros noton pri tio kion vi faris, ke vi batis policanon, sed ke tio estis senintenca, kaj ke vi ne celis dolorigi la policanon.»

Mi diris: «Sed tio ne estis senintenca.»

Kaj Patro diris: «Kristoforo, tamen.»

La policano fermis la buŝon kaj laŭte elspiris tra la nazo kaj diris: «Se vi iam denove trafos en la kaĉon, ni elprenos tiun noton kaj vidos ke vi jam ricevis formalan averton, kaj ni traktos la aferon multe pli serioze. Ĉu vi komprenas kion mi diras?»

Mi diris ke mi komprenas.

Poste li diris ke ni rajtas foriri kaj li stariĝis kaj malfermis la pordon kaj ni elpaŝis en la koridoron kaj reen al la akcepteja giĉeto kie mi reprenis mian svisarmean tranĉilon kaj mian ŝnureton kaj la pecon el la ligna puzlo kaj la 3 buletojn da ratmanĝaĵo por Tobio kaj miajn pundon kaj 47 pencojn kaj la paperklipon kaj mian ĉefpordan ŝlosilon kiuj ĉiuj estis en malgranda plasta sako kaj ni eliris al la aŭto de Patro kiu staris ekstere kaj ni veturis hejmen.

37

Mi ne mensogas. Patrino kutimis diri ke la kialo estas ke mi estas bonulo. Sed la kialo ne estas ke mi estas bonulo. La kialo estas ke mi ne povas mensogi.

Patrino estis malgranda homo kiu odoris plaĉe. Kaj ŝi kelkfoje portis flisjakon kun zipo antaŭe kiu estis rozkolora kaj ĝi havis etan etikedon kun la vorto **Berghaus** ĉe la maldekstra mamo.

Mensogo estas kiam oni diras ke okazis io kio ne okazis. Sed ĉiam nur unu afero okazis en difinita tempo kaj difinita loko. Kaj senlima kvanto da aferoj ne okazis en tiu tempo kaj tiu loko. Kaj se mi pensas pri iu afero neokazinta, mi ekpensas pri ĉiuj aliaj aferoj neokazintaj.

Ekzemple, hodiaŭ mi matenmanĝis Tuj-Kaĉon kaj varman framban laktokirlaĵon. Sed se mi diras ke mi fakte prenis Ĉoko-Pufojn kaj tason da teo[3], mi ekpensas pri maizflokoj kaj limonado kaj avenkaĉo kaj Doktor-Pepero kaj ke mi ne matenmanĝis en Egiptujo kaj ke la ĉambro ne enhavis rinoceron kaj ke Patro ne portis skafandron kaj tiel plu, kaj eĉ tion skribi tremigas kaj timigas min, kiel la sento kiam mi staras sur la tegmento de tre alta konstruaĵo kaj sub mi troviĝas miloj da domoj kaj aŭtoj kaj homoj kaj ĉiuj tiuj aferoj tiom plenigas al mi la kapon ke mi timas ke mi forgesos stari rekte kaj teni la balustradon kaj ke mi falos kaj mortos.

[3] Sed mi ne prenus Ĉoko-Pufojn kaj teon ĉar ambaŭ estas brunaj.

Jen plia kialo pro kiu mi ne ŝatas proprasencajn romanojn, ĉar ili estas mensogoj pri aferoj neokazintaj kaj ili tremigas kaj timigas min.

Kaj jen kial ĉio kion mi skribis ĉi tie estas vera.

41

La ĉielo enhavis nubojn dum la veturo hejmen, do mi ne povis vidi la Laktan Vojon.

Mi diris: «Pardonu», ĉar Patro devis veni al la policejo, kio estis malbona afero.

Li diris: «En ordo.»

Mi diris: «Mi ne mortigis la hundon.»

Kaj li diris: «Mi scias.»

Poste li diris: «Kristoforo, vi nepre ne trafu en problemojn, ĉu?»

Mi diris: «Mi ne sciis ke mi trafos en problemojn. Mi ŝatis Velingtonon kaj mi iris saluti lin, sed mi ne sciis ke iu mortigis lin.»

Patro diris: «Nur klopodu ne ŝovi la nazon en aliulajn aferojn.»

Mi iom pensis kaj mi diris: «Mi intencas eltrovi kiu mortigis Velingtonon.»

Kaj Patro diris: «Ĉu vi aŭskultis kion mi diris, Kristoforo?»

Mi diris: «Jes, mi aŭskultis kion vi diris, sed kiam oni murdis iun, necesas eltrovi kiu faris tion, por ke tiu estu punita.»

Kaj li diris: «Temas nur pri damna hundo, Kristoforo, damna hundo.»

Mi respondis: «Laŭ mi ankaŭ hundoj gravas.»

Li diris: «Lasu la temon.»

Kaj mi diris: «Mi scivolas ĉu la polico eltrovos kiu mortigis lin, kaj punos la homon.»

Tiam Patro frapis la stirradon per la pugno kaj la aŭto zigzagetis iom trans la strekojn en la mezo de la strato kaj li kriis: «Mi diris: lasu la temon, je Dio.»

Mi sciis ke li koleras, ĉar li kriis, kaj mi ne deziris kolerigi lin, do mi diris nenion plu ĝis ni atingis la hejmon.

Kiam ni envenis tra la ĉefpordo, mi iris en la kuirejon kaj prenis karoton por Tobio kaj mi iris supren kaj mi fermis la pordon de mia ĉambro kaj mi liberigis Tobion kaj donis al li la karoton. Poste mi ŝaltis mian komputilon kaj ludis **Minbalaadon** 76-foje kaj faris la **Spertulan Version** en 102 sekundoj, kio estis nur 3 sekundojn pli ol mia plej bona tempumo, kiu estis 99 sekundoj.

Je 02:07 mi decidis ke mi deziras trinki oranĝan sukakvon antaŭ ol brosi la dentojn kaj enlitiĝi, do mi iris malsupren al la kuirejo. Patro sidis sur la sofo spektante bilardon televide kaj trinkante viskion. El liaj okuloj venis larmoj.

Mi demandis: «Ĉu vi malĝojas pro Velingtono?»

Li longe rigardis min kaj ensuĉis aeron tra la nazo. Poste li diris: «Jes, Kristoforo, eblas tion diri. Ja tute eblas tion diri.»

Mi decidis lasi lin sola ĉar kiam mi malĝojas, mi deziras ke oni lasu min sola. Do mi diris nenion alian. Mi nur iris en la kuirejon kaj faris mian oranĝan sukakvon kaj reprenis ĝin supren al mia ĉambro.

43

Patrino mortis antaŭ 2 jaroj.

Mi venis hejmen de la lernejo iun tagon kaj neniu venis al la pordo, do mi iris trovi la sekretan ŝlosilon kiun ni tenas sub florpoto apud la kuireja pordo. Mi enlasis min en la domon kaj plu laboris pri la plasta etmodelo de Ŝerman-tanko kiun mi konstruadis.

Post horo kaj duono Patro venis hejmen postlabore. Li estras entrepreneton kaj li bontenas hejtilojn kaj riparas hejtkaldronojn kun viro nomita Rodrio kiu estas lia dungito. Li frapis sur la pordo de mia ĉambro kaj malfermis ĝin kaj demandis ĉu mi vidis Patrinon.

Mi diris ke mi ne vidis ŝin, kaj li iris malsupren kaj komencis fari telefonvokojn. Mi ne aŭdis kion li diris.

Poste li suprenvenis al mia ĉambro kaj diris ke li devas eliri por tempo kaj ne certas kiom longe li forestos. Li diris ke se mi bezonos ion, mi voku al lia poŝtelefono.

Li forestis 2½ horojn. Kiam li revenis, mi iris malsupren. Li sidis en la kuirejo gapante tra la malantaŭa fenestro trans la ĝardenon ĝis la lageto kaj la ondolada barilo kaj la supro de la turo de la preĝejo ĉe Mansted-Strato kiu aspektas kiel kastelo ĉar ĝi estas normanda.

Patro diris: «Bedaŭrinde vi ne vidos vian patrinon dum iom da tempo.»

Li ne rigardis min kiam li diris tion. Li ankoraŭ rigardis tra la fenestro.

Kutime homoj rigardas min kiam ili parolas al mi. Mi scias ke ili eltrovas kion mi pensas, sed mi ne povas ekscii kion ili pensas. Estas kvazaŭ mi trovus min en ĉambro kun unudirekta spegulo en spiona filmo. Sed plaĉis ĉi tiu sperto, kiam Patro parolis al mi sed ne rigardis min.

Mi diris: «Kial ne?»

Li atendis tre longan tempon, kaj poste li diris: «Via patrino devis iri al malsanulejo.»

«Ĉu ni povas viziti ŝin?» mi demandis, ĉar mi ŝatas malsanulejojn. Mi ŝatas la uniformojn kaj la maŝinojn.

Patro diris: «Ne.»

Mi diris: «Kial ne?»

Kaj li diris: «Ŝi bezonas ripozon. Ŝi bezonas esti sola.»

Mi demandis: «Ĉu psikiatria malsanulejo?»

Kaj Patro diris: «Ne. Ordinara malsanulejo. Ŝi havas problemon ... problemon ĉe la koro.»

Mi diris: «Ni devos alporti manĝaĵojn al ŝi», ĉar mi sciis, ke manĝaĵoj en malsanulejoj ne estas tre bonaj. Davido en mia lernejo, li iris en malsanulejon por esti operaciita en la kruro por plilongigi la suran muskolon por ke li paŝu pli bone. Kaj li malamis la manĝaĵojn, do lia patrino alportis manĝojn ĉiutage.

Patro atendis ankoraŭ longan tempon kaj diris: «Mi alportos iom al ŝi dumtage kiam vi estos en la lernejo, kaj mi donos ĝin al la kuracistoj kaj ili povos doni ĝin al via panjo, ĉu bone?»

Mi diris: «Sed vi ne povas kuiri.»

Patro kovris la vizaĝon per la manoj kaj diris: «Kristoforo.

Vidu. Mi aĉetos pretajn pladojn el la magazeno kaj alportos tiujn. Ŝi ŝatas tiujn.»

Mi diris ke mi faros resanigan salutkarton por ŝi, ĉar tion oni faras por homoj kiam ili estas en malsanulejo.

Patro diris ke li alportos ĝin la postan tagon.

47

En la buso al la lernejo la postan matenon ni preterpasis 4 sinsekvajn ruĝajn aŭtojn kio indikis ke okazas **Bona Tago**, do mi decidis ne esti malgaja pro Velingtono.

S-ro Ĵevonso, la lerneja psikologo, iam demandis min kial 4 sinsekvaj ruĝaj aŭtoj indikas **Bonan Tagon**, kaj 3 sinsekvaj ruĝaj aŭtoj indikas **Iom Bonan Tagon**, kaj 5 sinsekvaj ruĝaj aŭtoj indikas **Ege Bonan Tagon**, kaj kial 4 sinsekvaj flavaj aŭtoj indikas **Nigran Tagon**, kiu estas tago kiam mi parolas kun neniu kaj sidas sola legante librojn kaj ne tagmanĝas kaj *Riskas Nenion*. Li diris ke mi estas evidente tre logika persono, do surprizis lin ke mi pensas tiamaniere, ĉar tio ne estas tre logika.

Mi diris ke mi ŝatas ke la aferoj estu bonordaj. Kaj unu metodo bonordigi la aferojn estas konduti logike. Precipe se tiuj aferoj estas nombroj aŭ argumento. Sed ekzistas aliaj metodoj bonordigi la aferojn. Kaj jen kial mi havas **Bonajn Tagojn** kaj **Nigrajn Tagojn**. Kaj mi diris ke iuj homoj laborantaj en oficejo venas el sia domo en la mateno kaj vidas sunbrilon kaj tio gajigas ilin, aŭ ili vidas pluvon kaj tio malgajigas ilin, sed la sola diferenco estas la vetero, kaj se ili laboras en oficejo, la vetero neniel rilatas al ilia sperto de bona tago aŭ malbona tago.

Mi diris ke kiam Patro ellitiĝas matene, li ĉiam surmetas la pantalonon antaŭ ol surmeti la ŝtrumpetojn kaj tio ne estas logika sed li ĉiam agas tiamaniere ĉar ankaŭ li ŝatas ke la aferoj estu bonordaj. Krome, kiam ajn li supreniras, li faras tion per duŝtupaj paŝoj, ĉiam komencante per la dekstra piedo.

S-ro Ĵevonso diris ke mi estas tre inteligenta knabo.

Mi diris ke mi ne estas inteligenta. Mi nur rimarkas kiaj estas la aferoj, kaj tio ne estas inteligenteco. Tio estas nur observado. Inteligenteco okazas kiam oni rigardas kiaj estas la aferoj, kaj uzas la informojn por malkovri ion novan. Ekzemple ke la universo ekspansias, aŭ kiu faris murdon. Aŭ se oni vidas ies nomon kaj oni donas al ĉiu litero valoron de 1 ĝis 28 (**a = 1**, **b = 2**, ktp) kaj oni sumigas la ciferojn enkape kaj oni trovas ke la rezulto estas primo, kiel **Kristoforo** (179), aŭ **Velingtono** (167), aŭ **Ŝerloko Holmso kaj doktoro Vatsono** (503).

S-ro Ĵevonso demandis min ĉu mi sentas min sekura pro tio ke mi ĉiam havas la aferojn bonordaj, kaj mi diris ke jes.

Poste li demandis ĉu malplaĉas al mi ŝanĝiĝo. Kaj mi diris ke mi ne kontraŭus ŝanĝiĝon se mi fariĝus ekzemple kosmonaŭto, kio estas unu el la plej grandaj ŝanĝiĝoj imageblaj krom fariĝi knabino aŭ morti.

Li demandis ĉu mi deziras fariĝi kosmonaŭto, kaj mi diris ke jes.

Li diris ke tre malfacilas fariĝi kosmonaŭto. Mi diris ke mi tion scias. Oni devas fariĝi oficiro en la flugarmeo kaj oni devas akcepti multe da ordonoj kaj esti preta mortigi aliajn homojn, kaj mi ne povas akcepti ordonojn. Krome mia vidkapablo estas malpli akra ol la normala nivelo bezonata de piloto. Sed mi diris ke oni povas tamen deziri ion kio tre verŝajne ne okazos.

Teĉjo, kiu estas la pli aĝa frato de Francisko, kiu estas en mia lernejo, diris ke oni neniam dungos min krom por rekolekti superbazarajn ĉaretojn aŭ forpurigi azenfekon el bestoazilo, kaj ke oni ne permesas al spasmulo stiri raketon kiu kostas miliardojn da pundoj. Kiam mi sciigis tion al Patro, li diris ke Teĉjo envias mian plian inteligentecon. Kaj tio estis stulta pensaĵo ĉar ni ne konkursis. Sed Teĉjo estas stulta, do *Quod Erat Demonstrandum* kio estas latinaĵo por «Kio Estis Pruvenda», kio signifas «jen la pruvo».

Mi ne estas spasmulo, vorto por cerboparalizulo, male al Francisko, kiu ja estas spasmulo, kaj kvankam mi verŝajne ne fariĝos kosmonaŭto, mi tamen iros al universitato kaj studos matematikon, aŭ fizikon, aŭ fizikon kaj matematikon (tio estas dufaka bakalaŭriĝo), ĉar mi ŝatas matematikon kaj fizikon kaj mi tre bone kapablas ilin. Sed Teĉjo ne iros al universitato. Patro diras ke Teĉjo plej kredeble finiĝos en malliberejo.

Teĉjo havas sur la brako tatuon de korformo kun tranĉilo tra ties mezo.

Sed tio ĉi estas tiel nomata deflankiĝo, kaj nun mi reiros al la temo ke okazis Bona Tago.

Ĉar okazis Bona Tago, mi decidis ke mi provos trovi kiu mortigis Velingtonon, ĉar Bona Tago estas tago por projektoj kaj planado.

Kiam mi diris tion al Ŝivono, ŝi diris: «Nu, la celo hodiaŭ estas verki rakonton, do kial ne verki pri tio ke vi trovis Velingtonon kaj vizitis la policejon?»

Do tiam mi komencis verki tion ĉi.

Kaj Ŝivono diris ke ŝi helpos pri la ortografio kaj la gramatiko kaj la piednotoj.

Mark Haddon

53

Patrino mortis du semajnojn poste.

Mi ankoraŭ ne vizitis ŝin en la malsanulejo sed Patro alportis multe da manĝaĵoj el la magazeno. Li diris ke ŝi aspektis en ordo kaj ŝajnas plisaniĝi. Ŝi sendis al mi multe da amo kaj havis mian resanigan salutkarton sur la tablo apud la lito. Patro diris ke ĝi tre plaĉas al ŝi.

La karto havis bildojn de aŭtoj sur la antaŭo. Ĝi aspektis jene:

Mi faris ĝin kun s-ino Peterso kiu faras artaĵojn lerneje, kaj ĝi estis linoleuma tondaĵo, kaj tio signifas ke oni desegnas bildon sur peco da linoleumo kaj s-ino Peterso ĉirkaŭtondas la bildon per skatoltranĉilo kaj poste oni metas inkon sur la linoleumon kaj premas ĝin sur la paperon, kaj jen kial ĉiuj aŭtoj aspektis same, ĉar mi faris unu aŭton kaj premis ĝin sur la paperon 9-foje. Kaj la ideo fari multe da aŭtoj venis de s-ino Peterso, kaj mi ŝatis tion. Kaj mi kolorigis ĉiujn aŭtojn per ruĝa farbo por havigi **Ege Ege Bonan Tagon** al Patrino.

Patro diris ke ŝi mortis pro koratako kaj ke oni ne atendis tion.

Mi diris: «Kia koratako?» ĉar mi surpriziĝis.

Patrino havis nur 38 jarojn kaj koratakoj kutime okazas ĉe pli maljunaj homoj, kaj Patrino estis tre aktiva kaj bicikladis kaj manĝadis sanigajn manĝaĵojn kun multe da fibroj kaj malmulte da saturita graso, kiel kokidaĵo kaj legomoj kaj muslio.

Patro diris ke li ne scias kia koratako ŝin trafis, kaj ke la nuna momento ne konvenas por fari tiajn demandojn.

Mi diris ke verŝajne temis pri aneŭrismo.

Koratako okazas kiam iuj el la muskoloj en la koro ĉesas ricevi sangon kaj mortas. Estas du ĉefaj specoj de koratako. La unua estas embolozo. Tio okazas kiam sangokoagulaĵo ŝtopas unu el la sangotuboj kiuj portas sangon al la muskoloj en la koro. Kaj oni povas malebligi tion per uzado de aspirino kaj manĝado de fiŝaĵo. Kaj jen kial eskimoj ne spertas tiun specon de koratako, ĉar ili manĝas fiŝaĵon kaj fiŝaĵo malebligas al ili la koagulon de la sango, sed se ili tranĉas sin grave, ili povas sangi ĝismorte.

Sed aneŭrismo okazas kiam sangotubo rompiĝas kaj la sango ne atingas la kormuskolojn pro la liko. Kaj kelkaj homoj suferas aneŭrismon nur ĉar iliaj sangotuboj enhavas malfortan parton, kiel s-ino Hardisteo kiu loĝis en numero 72 en nia strato, kiu havis malfortan parton en la sangotuboj en sia kolo kaj mortis nur ĉar ŝi turnis la kapon por retroirigi sian aŭton en parkolokon.

Aliflanke eble temis pri embolozo, ĉar la sango koaguliĝas pli facile kiam oni kuŝadas dum longa tempo, ekzemple kiam oni estas en malsanulejo.

Patro diris: «Mi bedaŭras, Kristoforo, mi vere bedaŭras.» Sed ne kulpis li.

Poste s-ino Ŝirso vizitis kaj kuiris vespermanĝon por ni. Kaj ŝi portis sandalojn kaj ĝinzon kaj T-ĉemizon kiu surhavis la vortojn **TABULVELI** kaj **KORFUO** kaj bildon de tabulvelanto.

Kaj Patro sidis kaj ŝi staris apud li kaj tenis lian kapon al la mamoj kaj diris: «Kuraĝon, Eĉjo. Ni helpos vin elteni.»

Kaj poste ŝi faris por ni spagetojn kaj tomatan saŭcon.

Kaj post la vespermanĝo ŝi ludis Skrablon kun mi kaj mi venkis ŝin per 247 poentoj kontraŭ 134.

59

Mi decidis ke mi eltrovos kiu mortigis Velingtonon malgraŭ tio ke Patro diris al mi ke mi ne enmiksiĝu en aliulajn aferojn.

Tio estas ĉar mi ne ĉiam faras kion oni diras al mi.

Kaj tio estas ĉar kiam homoj diras kion oni faru, tio kutime estas perpleksiga kaj sensenca.

Ekzemple homoj ofte diras: «Silentu», sed ili ne diras kiom longe oni silentu. Aŭ oni vidas ŝildon kun la teksto **NE PAŜU SUR LA HERBO** sed tio devus diri **NE PAŜU SUR LA HERBO ĈIRKAŬ LA ŜILDO** aŭ **NE PAŜU SUR LA HERBO EN LA TUTA PARKO** ĉar sur multe da herbo oni tamen rajtas paŝi.

Krome homoj rompas leĝojn konstante. Ekzemple Patro ofte veturas je pli ol 50 km hore en 50-zono kaj kelkfoje veturas drinkinte kaj ofte li ne uzas la sekurzonon kiam li stiras sian kamioneton. Kaj la Biblio diras: «Ne mortigu», sed okazis la krucmilitoj kaj du mondmilitoj kaj la Golfa Milito kaj kristanoj mortigis homojn en ĉiu el ili.

Krome mi ne scias kion Patro celas kiam li diras «ne enmiksiĝu en aliulajn aferojn» ĉar mi ne scias kion li celas per «aliulaj aferoj» ĉar mi faras multon kun aliuloj, en la lernejo kaj en la butiko kaj en la buso, kaj lia profesio estas eniri en la domojn de aliuloj por ripari ties hejtkaldronojn kaj radiatorojn. Kaj ĉiuj tiuj aferoj estas aliulaj.

Ŝivono komprenas. Kiam ŝi diras al mi ke mi ne faru ion, ŝi diras al mi precize kion mi ne rajtas fari. Kaj mi ŝatas tion.

Ekzemple ŝi iam diris: «Vi neniam pugnu Saron aŭ iel ajn batu ŝin, Kristoforo. Eĉ se ŝi unua batos vin. Se ŝi tamen batos vin denove, foriru de ŝi kaj staru senmove kaj nombru de 1 ĝis 50, kaj poste venu kaj diru al mi kion ŝi faris, aŭ diru al unu el la aliaj instruistoj kion ŝi faris.»

Aŭ ekzemple ŝi iam diris: «Se vi volos ludi sur la pendoloj kaj homoj jam ludos sur la pendoloj, vi neniam forpuŝu ilin. Demandu ilin ĉu vi rajtas pendoli. Kaj poste vi atendu ĝis ili finludos.»

Sed kiam aliaj homoj diras kion oni ne rajtas fari, ili ne agas tiel. Do mi mem decidas kion mi faros kaj kion mi ne faros.

Tiuvespere mi vizitis la domon de s-ino Ŝirso kaj frapis sur la pordo kaj atendis ĝis ŝi respondis ĝin.

Kiam ŝi malfermis la pordon, ŝi tenis tason da teo kaj portis ŝaffelajn pantoflojn kaj ŝi ĵus spektis kvizan programeron ĉar televidilo estis ŝaltita kaj mi aŭdis iun diri: «La ĉefurbo de Venezuelo estas … a) Marako, b) Karako, c) Bogoto aŭ ĉ) Georgurbo.» Kaj mi sciis ke ĝi estas Karako.

Ŝi diris: «Kristoforo, mi vere kredas ke mi ne volas vidi vin ĝuste nun.»

Mi diris: «Mi ne mortigis Velingtonon.»

Kaj ŝi respondis: «Kial vi troviĝas ĉi tie?»

Mi diris: «Mi volis veni por sciigi al vi ke mi ne mortigis Velingtonon. Kaj mi volas ankaŭ eltrovi kiu mortigis lin.»

Iom el ŝia teo disverŝiĝis surtapiŝen.

Mi diris: «Ĉu vi scias kiu mortigis Velingtonon?»

Ŝi ne respondis mian demandon. Ŝi diris nur: «Ĝis

revido, Kristoforo», kaj fermis la pordon.

Tiam mi decidis fari iom da detektiva laboro.

Mi povis vidi ke ŝi observas min kaj atendas ĝis mi foriros, ĉar mi povis vidi ŝin stari en sia vestiblo aliflanke de la laktovitro en sia ĉefpordo. Do mi iris laŭ la vojeto kaj el la ĝardeno. Poste mi turnis min kaj vidis ke ŝi ne plu staras en sia vestiblo. Mi certiĝis ke neniu rigardas, kaj transgrimpis la muron kaj iris laŭflanke de la domo en ŝian malantaŭan ĝardenon ĝis la budo kie ŝi tenis ĉiujn siajn ĝardenilojn.

La budo estis ŝlosita per pendoseruro kaj mi ne povis eniri, do mi paŝis transangule ĝis la flanka fenestro. Tiam mi havis bonan ŝancon. Kiam mi rigardis tra la fenestro, mi vidis forkon kiu aspektis precize same kiel la forko kiu elstaris el Velingtono. Ĝi kuŝis sur la tablo apud la fenestro kaj ĝi estis jam purigita ĉar la pikiloj ne surhavis sangon. Mi vidis ankaŭ kelkajn aliajn ilojn: fosilon kaj rastilon kaj unu el tiuj longaj tondiloj uzataj por tranĉi branĉojn kiuj estas neatingeble altaj. Kaj ĉiu el ili havis la saman verdan plastan tenilon kiel la forko. Tio signifis ke la forko apartenas al s-ino Ŝirso. Aŭ estis tiel, aŭ temis pri *Falsa Spuro*, nome indikaĵo laŭ kiu oni venas al erara konkludo, aŭ io kio aspektas kiel indikaĵo sed ne estas tia.

Mi demandis min ĉu s-ino Ŝirso mem mortigis Velingtonon. Sed se ŝi mem mortigis Velingtonon, kial ŝi elvenis el la domo kriante: «Fek! Kion diable vi faris al mia hundo?»

Mi pensis ke s-ino Ŝirso verŝajne ne mortigis Velingtonon. Sed kiu ajn mortigis lin, tiu verŝajne mortigis lin per la forko de s-ino Ŝirso. Kaj la budo estis ŝlosita. Tio indikis ke temas pri iu kiu havis la ŝlosilon de la budo de s-ino Ŝirso, aŭ ke ŝi lasis ĝin neŝlosita, aŭ ke ŝi lasis sian forkon kuŝanta ie en la ĝardeno.

Mi aŭdis sonon kaj turnis min kaj vidis s-inon Ŝirso stari sur la gazono rigardante min.

Mi diris: «Mi venis por vidi ĉu la forko estas en la budo.»

Kaj ŝi diris: «Se vi ne foriros nun, mi revokos la policon.»

Do mi iris hejmen.

Kiam mi alvenis hejmen, mi salutis Patron kaj iris supren kaj manĝigis Tobion, mian raton, kaj sentis min kontenta, ĉar mi agis kiel detektivo kaj eltrovis aferojn.

61

S-ino Forbso en la lernejo diris ke kiam Patrino mortis, ŝi iris al Paradizo. Tio estis ĉar s-ino Forbso estas tre maljuna kaj ŝi kredas je Paradizo. Kaj ŝi portas sportopantalonon ĉar laŭ ŝi tio estas pli komforta ol ordinara pantalono. Kaj unu el ŝiaj kruroj estas iomete malpli longa ol la alia pro akcidento sur motorciklo.

Sed kiam Patrino mortis, ŝi ne iris al Paradizo, ĉar Paradizo ne ekzistas.

La edzo de s-ino Peterso estas paroĥestro nomita pastro Peterso, kaj li venas al nia lernejo kelkfoje por alparoli nin, kaj mi demandis lin kie estas Paradizo kaj li diris: «Ĝi ne troviĝas en nia universo. Ĝi estas loko de tute alia speco.»

Pastro Peterso faras strangan tiktakan sonon per la lango kelkfoje kiam li pensas. Kaj li fumas cigaredojn kaj oni flaras tion en lia spiro kaj mi ne ŝatas tion.

Mi diris ke troviĝas nenio ekster la universo kaj ne ekzistas loko de tute alia speco. Oni eble tamen trovus tian se oni pasus tra nigra truo, sed nigra truo estas tiel nomata *Singularaĵo*, kio signifas ke ne eblas malkovri kio troviĝas aliflanke, ĉar la gravito de nigra truo estas tiel granda ke eĉ elektromagnetaj ondoj kiel lumo ne povas veni el ĝi, kaj elektromagnetaj ondoj estas nia metodo akiri informojn pri aferoj kiuj estas malproksimaj. Kaj se Paradizo estus aliflanke de nigra truo, homoj devus esti rakete pafitaj en la kosmon por alveni tien, kaj tio ne okazas, ĉar oni rimarkus.

Ŝajnas al mi ke homoj kredas je Paradizo ĉar ili ne ŝatas la ideon morti, ĉar ili deziras plu vivi kaj ili ne ŝatas la ideon ke aliaj homoj ekloĝos en ilia domo kaj forĵetos iliajn aferojn kun la rubaĵo.

Pastro Peterso diris: «Nu, kiam mi diras ke Paradizo troviĝas ekster la universo, tio estas vere nur parolfiguro. Mi supozas ke vere tio signifas ke la mortintoj estas kun Dio.»

Kaj mi respondis: «Sed kie estas Dio?»

Kaj pastro Peterso diris ke ni parolu pri tio en alia tago kiam li havos pli da tempo.

Kio vere okazas post la morto estas ke la cerbo ĉesas funkcii kaj la korpo putras, kiel putris Kuniklo kiam li mortis kaj ni enterigis lin en la grundo ĉe la fino de la ĝardeno. Kaj ĉiuj liaj molekuloj malkombiniĝis al aliaj molekuloj kaj ili eniris la teron kaj estis manĝitaj de vermoj kaj eniris la plantojn, kaj se ni iros fosi samloke post 10 jaroj, restos nenio krom lia skeleto. Kaj post 1000 jaroj eĉ lia skeleto estos for. Sed tio estas en ordo ĉar li estas parto de la floroj kaj la pomarbo kaj la kratagarbusto nun.

Kiam homoj mortas, kelkfoje ili estas enĉerkigitaj kaj pro tio ili ne miksiĝos kun la tero dum tre longa tempo ĝis la ligno de la ĉerko putras.

Sed Patrino estis kremaciita. Tio signifas ke ŝi estis enĉerkigita kaj bruligita kaj muelita kaj ŝanĝita al cindro kaj fumo. Mi ne scias kio okazas al la cindro, kaj mi ne povis demandi en la kremaciejo ĉar mi ne ĉeestis la funebran ceremonion. Sed la fumo eliras laŭ la tubo en la aeron kaj kelkfoje mi levas rigardon al la ĉielo kaj mi pensas ke molekuloj de Patrino troviĝas tie supre, aŭ en nuboj super Afriko aŭ Antarkto, aŭ falante pluve en la pluvarbaroj de Brazilo, aŭ en neĝo ie.

67

La sekva tago estis sabato kaj malmulto estas farinda sabate krom se Patro kunprenas min ien ekskurse al la boatlago aŭ la ĝardenaĵa vendejo, sed tiun sabaton Anglujo ludis kontraŭ Rumanujo piedpilke, kaj pro tio ni ne estis ekskursontaj, ĉar Patro deziris spekti la ludon televide. Do mi decidis fari sola iom pli da detektivado.

Mi decidis ke mi iros demandi kelkajn el la aliaj loĝantoj de nia strato ĉu ili vidis iun mortigi Velingtonon aŭ ĉu ili vidis ion strangan okazi sur la strato ĵaŭdon vespere.

Paroli al nekonatoj ne estas afero kiun mi kutime faras. Mi ne ŝatas paroli al nekonatoj. Tio ne estas pro la **Donaco-Minaco** pri kiu oni avertas nin lerneje, kio okazas kiam nekonata viro proponas bombonojn aŭ veturon en sia aŭto ĉar li volas fari seksumon. Pri tio mi ne maltrankvilas. Se nekonata viro tuŝus min, mi batus lin, kaj mi povas bati homojn tre forte. Ekzemple, kiam mi pugnis Saron ĉar ŝi tiris miajn harojn, mi batis ŝin senkonscia kaj ŝin trafis cerboskuo kaj oni devis preni ŝin al la urĝejo de la malsanulejo. Kaj aldone mi ĉiam havas mian svisarmean trančilon enpoŝe kaj ĝi havas segilan klingon kiu povus fortranĉi ies fingrojn.

Mi ne ŝatas nekonatojn, ĉar mi ne ŝatas homojn kiujn mi neniam renkontis antaŭe. Ili estas malfacile kompreneblaj. Tio similas al estado en Francujo, kien ni iris en ferioj por tendumi kelkfoje kiam Patrino vivis. Kaj mi malamis tion ĉar se oni iris en butikon aŭ restoracion aŭ sur plaĝon, ne eblis kompreni kion iu ajn diris, kio estis timiga.

Mi bezonas longan tempon por kutimiĝi al nekonataj homoj. Ekzemple, kiam venas novaj instruistoj al la lernejo, mi ne parolas kun ili dum multaj semajnoj. Mi nur gvatas ilin ĝis mi scias ke ili estas sendanĝeraj. Poste mi faras demandojn al ili pri ili mem, ekzemple ĉu ili havas dombestojn kaj kiuj estas iliaj ŝatataj koloroj kaj kion ili scias pri la Apolo-kosmoflugoj, kaj mi petas ilin desegni planojn de siaj domoj kaj mi demandas ilin kiajn aŭtojn ili havas, kaj tiel mi konatiĝas kun ili. Poste ne ĝenas min se mi estas en la sama ĉambro kun ili, kaj mi ne bezonas gvati ilin konstante.

Do paroli al la aliaj homoj en nia strato estis kuraĝe. Sed se oni intencas labori detektive, oni devas esti kuraĝa, do mi ne povis elekti.

Unue mi faris planon de nia parto de la strato, kiu nomiĝas Randolfo-Strato, jene:

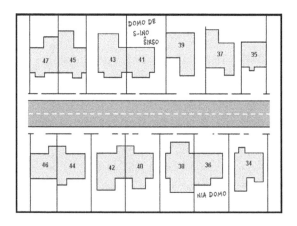

Poste mi certiĝis ke mi havas mian svisarmean tranĉilon enpoŝe, kaj mi eliris kaj mi frapis sur la pordo de numero 40 kiu staras vidalvide al la domo de s-ino Ŝirso, do pro tio estis plej probable ke oni tie rimarkis ion. La homoj loĝantaj en numero 40 nomiĝas Tompsono.

S-ro Tompsono malfermis la pordon. Li portis T-ĉemizon kun la teksto:

Biero.
Helpas malbelulojn
seksumi jam
2000 jarojn.

S-ro Tompsono diris: «Ĉu mi povas helpi vin?»

Mi diris: «Ĉu vi scias kiu mortigis Velingtonon?»

Mi ne rigardis lian vizaĝon. Mi ne ŝatas rigardi la vizaĝojn de homoj, precipe se ili estas nekonataj. Li diris nenion dum kelkaj sekundoj.

Poste li diris: «Kiu vi estas?»

Mi diris: «Mi estas Kristoforo Beno el numero 36 kaj mi konas vian nomon. Vi estas s-ro Tompsono.»

Li diris: «Mi estas la frato de s-ro Tompsono.»

Mi diris: «Ĉu vi scias kiu mortigis Velingtonon?»

Li diris: «Kiu diable estas Velingtono?»

Mi diris: «La hundo de s-ino Ŝirso. S-ino Ŝirso loĝas en numero 41.»

Li diris: «Iu mortigis ŝian hundon, ĉu?»

Mi diris: «Per forko.»

Li diris: «Dio mia.»

Mi diris: «Ĝardenforko», por eviti ke li kredus ke mi celas tian forkon per kiu oni manĝas. Poste mi diris: «Ĉu vi scias kiu mortigis lin?»

Li diris: «Diable, mi havas nenian ideon.»

Mi diris: «Ĉu vi vidis ion suspektindan, ĵaŭdon vespere?»

Li diris: «Aŭskultu, knabo, ĉu vere ŝajnas al vi bone rondvagi farante tiajn demandojn?»

Kaj mi diris: «Jes, ĉar mi volas eltrovi kiu mortigis Velingtonon, kaj mi verkas libron pri tio.»

Kaj li diris: «Nu, mi estis en Kolĉestro ĵaŭdon, do vi ne pridemandas la ĝustan ulon.»

Mi diris: «Dankon», kaj mi forpaŝis.

Neniu respondis ĉe numero 42.

Mi jam antaŭe vidis la loĝantojn de numero 44, sed mi ne konis iliajn nomojn. Ili estis nigruloj kaj ili estis viro kaj virino kun du infanoj, knabo kaj knabino. La virino respondis la pordon. Ŝi portis botojn kiuj aspektis kiel soldatbotoj, kaj ĉirkaŭ ŝia manradiko estis 5 braceletoj faritaj el arĝentokolora metalo kaj ili faris tintan sonon. Ŝi diris: «Vi estas Kristoforo, ĉu ne?»

Mi diris ke jes, kaj mi demandis ŝin ĉu ŝi scias kiu mortigis Velingtonon. Ŝi sciis kiu Velingtono estis, do mi ne bezonis klarigi, kaj ŝi jam aŭdis pri la mortigo.

Mi demandis ĉu ŝi vidis, ĵaŭdon vespere, ion suspektindan kio eble estas indikaĵo.

Ŝi diris: «Kion, ekzemple?»

Kaj mi diris: «Nekonatojn. Aŭ la sonon de homoj disputantaj.»

Sed ŝi diris ke ne.

Kaj tiam mi decidis fari tion kion oni nomas *Alpreni Alian Aliron*, kaj mi demandis ŝin ĉu ŝi scias pri iu kiu eble volas malĝojigi s-inon Ŝirso.

Kaj ŝi diris: «Eble vi parolu kun via patro pri tio.»

Kaj mi klarigis ke mi ne povas demandi mian patron, ĉar la detektivado estas sekreto ĉar li diris al mi ke mi ne enmiksiĝu en aliulajn aferojn.

Ŝi diris: «Nu, eble li bone rezonas, Kristoforo.»

Kaj mi diris: «Do vi scias nenion kio eble estas indikaĵo.»

Kaj ŝi diris: «Ne», kaj poste ŝi diris: «Estu singarda, junulo.»

Mi diris ke mi estos singarda, kaj poste mi diris dankon al ŝi pro ŝia helpo pri miaj demandoj, kaj mi iris al la numero 43 kiu estas la domo apud la domo de s-ino Ŝirso.

La loĝantoj en numero 43 estas s-ro Vajso kaj lia patrino kiu uzas rulseĝon, kaj pro tio li loĝas kun ŝi por povi preni ŝin al la butikoj kaj veturigi ŝin de loko al loko.

La pordon malfermis s-ro Vajso. Li odoris je korpoŝvito kaj malnovaj keksoj kaj putra pufmaizo, kaj tiel oni odoras se oni ne lavis sin dum tre longa tempo, kiel odoras Jazono en la lernejo ĉar lia familio estas malriĉa.

Mi demandis s-ron Vajso ĉu li scias kiu mortigis Velingtonon, ĵaŭdon vespere.

Li diris: «Sankta diablo, la policistoj vere plijuniĝas, ĉu ne?»

Poste li ridis. Mi ne ŝatas kiam homoj priridas min, do mi turnis min kaj forpaŝis.

Mi ne frapis sur la pordo de numero 38 kiu estas la domo apud nia domo, ĉar la homoj tie uzas drogojn kaj Patro diras ke mi neniam parolu al ili, do tion mi ne faras. Kaj ili ludas laŭtan muzikon en la nokto kaj ili timigas min kelkfoje kiam mi vidas ilin surstrate. Kaj la domo ne vere apartenas al ili.

Tiam mi rimarkis ke la maljunulino kiu loĝas en numero 39, kiu troviĝas aliflanke de la domo de s-ino Ŝirso, staris en sia antaŭa ĝardeno, tondante sian heĝon per elektra heĝtondilo. Ŝia nomo estas s-ino Aleksandro. Ŝi havas hundon. Ĝi estas melhundo, do ŝi verŝajne estas bona persono ĉar ŝi ŝatas hundojn. Sed la hundo ne estis en la ĝardeno kun ŝi. Ĝi estis en la domo.

S-ino Aleksandro portis ĝinzon kaj sportoŝuojn kiujn maljunuloj kutime ne portas. Kaj la ĝinzo surhavis koton. Kaj la sportoŝuoj estis de la marko NB. Kaj la laĉoj estis ruĝaj.

Mi proksimiĝis al s-ino Aleksandro kaj diris: «Ĉu vi scias ion pri la mortigo de Velingtono?»

Tiam ŝi malŝaltis la elektran heĝtondilon kaj diris: «Bedaŭrinde vi devos ripeti tion. Mi estas iomete surda.»

Do mi diris: «Ĉu vi scias ion pri la mortigo de Velingtono?»

Kaj ŝi diris: «Mi aŭdis pri tio hieraŭ. Terure. Terure.»

Mi diris: «Ĉu vi scias kiu mortigis lin?»

Kaj ŝi diris: «Ne, mi ne scias.»

Mi respondis: «Iu devas scii, ĉar la mortiginto de Velingtono scias ke li aŭ ŝi mortigis Velingtonon. Krom se temas pri frenezulo kiu ne konstatas siajn faraĵojn. Aŭ estas amnezia.»

Kaj ŝi diris: «Nu, mi supozas ke vi pravas, kredeble.»

Mi diris: «Dankon pro via helpo pri mia detektivado.»

Kaj ŝi diris: «Vi estas Kristoforo, ĉu ne?»

Mi diris: «Jes. Mi loĝas en numero 36.»

Kaj ŝi diris: «Ni ne interparolis antaŭe, ĉu?»

Mi diris: «Ne. Mi ne ŝatas paroli al nekonatoj. Sed mi faras detektivan laboron.»

Kaj ŝi diris: «Mi vidas vin ĉiutage iri al la lernejo.»

Al tio mi ne respondis.

Kaj ŝi diris: «Estas tre agrable ke vi venis por diri saluton.»

Ankaŭ al tio mi ne respondis, ĉar s-ino Aleksandro faris tiel nomatan babiladon, ĉe kiu homoj interŝanĝas frazojn kiuj estas nek demandoj nek respondoj kaj estas senrilataj.

Poste ŝi diris: «Eĉ se tio okazis nur pro via detektiva laboro.»

Kaj mi diris: «Dankon», denove.

Kaj mi estis turnonta min kaj forpaŝonta kiam ŝi diris: «Mi havas nepon samaĝan kiel vi.»

Mi provis fari babiladon dirante: «Mia aĝo estas 15 jaroj kaj 3 monatoj kaj 3 tagoj.»

Kaj ŝi diris: «Nu, preskaŭ samaĝan.»

Poste ni diris nenion dum iomete da tempo ĝis ŝi diris: «Vi ne havas hundon, ĉu?»

Kaj mi diris: «Ne.»

Ŝi diris: «Vi verŝajne ŝatus havi hundon, ĉu ne?»

Kaj mi diris: «Mi havas raton.»

Kaj ŝi diris: «Raton?»

Kaj mi diris: «Li nomiĝas Tobio.»

Kaj ŝi diris: «Ho.»

Kaj mi diris: «Plej multaj homoj ne ŝatas ratojn ĉar ili kredas ke ili portas malsanojn kiel bubona pesto. Sed tio estas nur ĉar ili loĝis en kloakoj kaj kaŝvojaĝis en ŝipoj venantaj el fremdaj landoj kie ekzistis strangaj malsanoj. Sed ratoj estas tre puraj. Tobio ĉiam lavadas sin. Kaj oni ne bezonas eliri promenigi lin. Mi nur lasas lin kuradi tra mia ĉambro por ke li ekzerciĝu. Kaj kelkfoje li sidas sur mia ŝultro aŭ kaŝas sin en mia maniko kvazaŭ tio estus ternesto. Sed ratoj ne loĝas en ternestoj nature.»

S-ino Aleksandro diris: «Ĉu vi volas enveni por temanĝo?»

Kaj mi diris: «Mi ne eniras aliulajn domojn.»

Kaj ŝi diris: «Nu, eble mi povus porti ion ĉi tien. Ĉu vi ŝatas citronan sukakvon?»

Mi respondis: «Mi ŝatas nur oranĝan sukakvon.»

Kaj ŝi diris: «Bonŝance mi havas ankaŭ iom da tio. Kaj ĉu batenbergon?»

Kaj mi diris: «Mi ne scias, ĉar mi ne scias kio estas batenbergo.»

Ŝi diris: «Ĝi estas speco de kuko. Ĝi havas kvar rozajn kaj flavajn kvadratojn en la mezo kaj ĝi havas marcipanan glazuron ĉe la rando.»

Kaj mi diris: «Ĉu ĝi estas longa kuko kun kvadrata transversa sekco dividita en samgrandajn kvadratojn alterne kolorigitajn?»

Kaj ŝi diris: «Jes, mi supozas ke oni povus verŝajne priskribi ĝin tiel.»

Mi diris: «Mi pensas ke mi ŝatus la rozajn kvadratojn sed ne la flavajn kvadratojn, ĉar mi ne ŝatas flavon. Kaj mi ne scias kio estas marcipano, do mi ne scias ĉu mi ŝatus tion.»

Kaj ŝi diris: «Bedaŭrinde ankaŭ marcipano estas flava. Eble mi elportu keksojn anstataŭe. Ĉu vi ŝatas keksojn?»

Kaj mi diris: «Jes. Iajn keksojn.»

Kaj ŝi diris: «Mi alportos sortimenton.»

Poste ŝi turnis sin kaj iris en la domon. Ŝi moviĝis tre malrapide ĉar ŝi estis maljunulino, kaj ŝi estis en la domo dum pli ol 6 minutoj kaj mi komencis nervoziĝi ĉar mi ne sciis kion ŝi faras en la domo. Mi ne konis ŝin sufiĉe bone por scii ĉu ŝi mensogis pri alporto de oranĝa sukakvo kaj batenberga kuko. Kaj mi pensis ke ŝi eble telefonas al la polico kaj tiuokaze mi trafus multe pli profunde en problemojn pro la formala averto.

Do mi forpaŝis.

Kaj dum mi transiris la straton, io inspiris min pri tiu kiu eble mortigis Velingtonon. Mi imagis en mia kapo *Ĉenon de Rezonado* kun la jena formo:

1. Kial oni mortigas hundon?
 a) Ĉar oni malamas la hundon.
 b) Ĉar oni estas freneza.
 c) Ĉar oni volas ĉagreni s-inon Ŝirso.

2. Mi ne konis iun kiu malamis Velingtonon, do se la kialo estus **a)**, kredeble temus pri nekonato.

3. Mi ne konis frenezulojn, do se la kialo estus **b)**, kredeble same temus pri nekonato.

4. Plej multajn murdojn faras iu konato de la viktimo. Efektive oni plej probable estos murdita de propra familiano dum Kristnasko. Tio estas fakto. Velingtono estis tial plej probable mortigita de iu kiun li konis.

5. Se la kialo estus **c)**, mi konis nur unu homon kiu ne ŝatas s-inon Ŝirso, kaj tiu estis s-ro Ŝirso kiu ja konis Velingtonon tre bone.

Pro tio s-ro Ŝirso estis mia *Ĉefa Suspektato*.

S-ro Ŝirso estis la edzo de s-ino Ŝirso kaj ili loĝis kune ĝis antaŭ du jaroj. Tiam s-ro Ŝirso foriris kaj ne revenis. Jen kial s-ino Ŝirso vizitis kaj faris multe da kuirado por ni post la morto de Patrino, ĉar ŝi ne plu devis kuiri por s-ro Ŝirso kaj ŝi ne bezonis resti hejme kaj esti lia edzino. Kaj krome Patro diris ke ŝi bezonis akompanon kaj ne deziris esti sola.

Kaj kelkfoje s-ino Ŝirso tranoktis en nia domo kaj mi ŝatis ke ŝi tion faris, ĉar ŝi bonordigis la aferojn kaj ŝi aranĝis la bokalojn kaj kaserolojn kaj ladskatolojn sur la kuirejaj bretoj laŭorde de ilia alto kaj ŝi ĉiam igis iliajn etikedojn fronti al la ĉambro kaj ŝi metis la tranĉilojn kaj forkojn kaj kulerojn en la ĝustajn fakojn en la manĝilara tirkesto. Sed ŝi fumis cigaredojn kaj ŝi diris multajn aferojn kiujn mi ne komprenis, ekz. «Mi iros rigardi la palpebrojn» kaj «Oni duŝas per siteloj ekstere» kaj «Ni beku gustaĵon». Kaj mi ne ŝatis ke ŝi diris tiajn aferojn, ĉar mi ne sciis kion ŝi celis.

Kaj mi ne scias kial s-ro Ŝirso forlasis s-inon Ŝirso, ĉar neniu informis min. Sed kiam oni geedziĝas, oni tion faras ĉar oni deziras loĝi kune kaj havi infanojn, kaj se oni geedziĝas en preĝejo, oni devas promesi ke oni restos kune «ĝis la morto nin disigos». Kaj se oni ne deziras loĝi kune, oni devas eksedziĝi, kaj tio okazas ĉar unu el la paro faris seksumon kun iu alia aŭ ĉar oni kvereladas kaj oni malamas unu la alian kaj oni ne plu deziras loĝi en la sama domo kaj havi infanojn. Kaj s-ro Ŝirso ne plu deziris loĝi en la sama domo kiel s-ino Ŝirso, do verŝajne li malamis ŝin kaj eble li revenis kaj mortigis ŝian hundon por malĝojigi ŝin.

Mi decidis klopodi eltrovi pli pri s-ro Ŝirso.

71

Ĉiuj aliaj infanoj en mia lernejo estas stultaj. Tamen mi devus ne nomi ilin stultaj, kvankam tiaj ili estas. Mi devus diri ke ili havas lernoproblemojn aŭ ke ili havas specialajn bezonojn. Sed tio estas sensenca ĉar ĉiu havas lernoproblemojn ĉar lerni paroli la francan aŭ kompreni relativecon estas malfacile, kaj krome ĉiu havas specialajn bezonojn, ekzemple Patro kiu devas porti kun si malgrandan paketon da artefaritaj dolĉigaj tablojdoj por meti en sian kafon por malhelpi ke li grasiĝu, aŭ s-ino Peterso kiu uzas flavgrizan aŭdaparaton, aŭ Ŝivono kiu havas okulvitrojn tiel dikajn ke ili doloriĝas la kapon se oni pruntprenas ilin, kaj neniu el tiuj estas homoj kun Specialaj Bezonoj, eĉ se ili havas specialajn bezonojn.

Sed Ŝivono diris ke tiujn vortojn ni devas uzi ĉar en la pasinteco oni nomis infanojn kiel la infanoj en la lernejo «spasmuloj» kaj «kripluloj» kaj «mongoluloj», kaj tiuj estis ofendaj vortoj. Sed ankaŭ tio estas sensenca ĉar kelkfoje la infanoj de la alia apuda lernejo vidas nin surstrate kiam ni elbusiĝas, kaj ili krias: «Specialaj Bezonoj! Specialaj Bezonoj!» Sed mi ne atentas tion, ĉar mi ne aŭskultas kion diras aliuloj, kaj oni vundas nur perforte ne pervorte, kaj mi havos la svisarmean tranĉilon se ili batos min, kaj se mi mortigos ilin, tio estos sindefendo kaj mi ne iros al malliberejo.

Mi pruvos ke mi ne estas stulta. Venontmonate mi faros mian abiturientan ekzamenon pri matematiko kaj mi gajnos unuagradan diplomon. Neniam antaŭe iu en nia lernejo faris abiturientan ekzamenon kaj la estrino, s-ino Gaskonjo, komence ne volis ke mi ĝin faru. Ŝi diris ke la lernejo ne havas la rimedojn por ebligi ke ni faru tiajn ekzamenojn. Sed Patro disputis kun s-ino Gaskonjo kaj li ege koleriĝis. S-ino Gaskonjo diris ke oni ne volas trakti min malsame ol ĉiun alian en la lernejo ĉar tiam ĉiu dezirus tian malsaman traktadon kaj tio kreus precedencon. Kaj mi povos ĉiuokaze fari miajn abiturientajn ekzamenojn poste, kiam mi estos 18-jara.

Mi sidis en la oficejo de s-ino Gaskonjo kun Patro kiam ŝi diris tiujn aferojn. Kaj Patro diris: «Kristoforo jam trafis sufiĉe profunde en la kakon, ĉu ne, sen ke ankaŭ vi fekas dealte sur lin. Dio mia, jen la sola afero kiun li bonege kapablas.»

Tiam s-ino Gaskonjo diris ke ŝi kaj Patro parolu pri tio je iu posta tempo, solaj. Sed Patro demandis ŝin ĉu ŝi volas diri aferojn kiuj embarasus ŝin en mia ĉeesto, kaj ŝi diris ke ne, do li diris: «Do diru ilin nun.»

Kaj ŝi diris ke se mi farus abiturientan ekzamenon, mi bezonus instruiston por prizorgi min, solan, en aparta ĉambro. Kaj Patro diris ke li pagos 50 pundojn por ke iu faru tion vespere, kaj ke li ne akceptos nean respondon. Kaj ŝi diris ke ŝi foriros kaj pripensos. Kaj la postan semajnon ŝi telefonis al Patro hejme kaj sciigis lin ke mi povos fari la ekzamenon kaj pastro Peterso rolos kiel la tiel nomata superrigardanto.

Kaj post kiam mi faros la ekzamenon pri matematiko, mi faros same pri altagrada matematiko kaj pri fiziko kaj poste mi povos iri al universitato. Ne troviĝas universitato en nia urbo, kiu estas Svindono, ĉar tio estas malgranda loko. Do ni devos transloĝiĝi al alia urbo kie troviĝas universitato, ĉar mi ne volas loĝi sola aŭ en domo kun aliaj studentoj. Sed tio estos en ordo ĉar ankaŭ Patro volas transloĝiĝi al alia urbo. Li kelkfoje parolas jene: «Ni eskapu el ĉi tie, bubo.» Kaj kelkfoje li diras: «Svindono estas la pugo de la mondo.»

Poste, kiam mi havos universitatan diplomon pri matematiko, aŭ fiziko, aŭ matematiko kaj fiziko, mi povos dungiĝi kaj gajni multe da mono kaj mi povos pagi al iu kiu prizorgos min kaj kuiros miajn manĝojn kaj lavos miajn vestojn, aŭ mi trovos virinon kiu edziniĝos al mi, kaj ŝi povos prizorgi min por ke mi havu akompanon kaj ne estu sola.

73

Mi iam kredis ke Patrino kaj Patro eble eksedziĝos. Tio estis ĉar ili multe kverelis kaj kelkfoje ili malamis unu la alian. Tio estis pro la premo prizorgi iun kun Kondutaj Problemoj tiaj kiajn mi havas. Mi iam havis multe da kondutaj problemoj, sed nun mi ne tiom havas, ĉar mi estas pli kreskinta kaj mi povas mem fari decidojn kaj memstare agi, ekzemple elhejmiĝante por aĉeti aferojn en la butiko ĉe la fino de la strato.

Jen kelkaj el miaj Kondutaj Problemoj:

A. Ne paroli al homoj dum longa tempo.[4]

B. Nek manĝi nek trinki dum longa tempo.[5]

C. Ne ŝati esti tuŝata.

Ĉ. Krieqi kiam mi estas kolera aŭ konfuzita.

D. Ne ŝati esti en ege malgrandaj lokoj kun aliaj homoj.

E. Frakasi objektojn kiam mi estas kolera aŭ konfuzita.

F. Ĝemadi.

G. Ne ŝati flavaĵojn kaj brunaĵojn kaj rifuzi tuŝi flavaĵojn kaj brunaĵojn.

Ĝ. Rifuzi uzi mian dentobroson se iu alia ĝin tuŝis.

H. Ne manĝi se manĝaĵoj de malsamaj specoj kuntuŝiĝas.

Ĥ. Ne rimarki ke homoj koleras kontraŭ mi.

[4] Iam mi parolis al neniu dum 5 semajnoj.

[5] Kiam mi estis 6-jara, Patrino emis trinkigi al mi fragogustajn sveltigajn manĝojn el mezurkruĉo kaj ni faris konkursojn por vidi kiel rapide mi povas trinki kvaronlitron.

I. Ne rideti.

J. Diri aferojn kiujn aliaj homoj opinias malĝentilaj.[6]

Ĵ. Fari stultajn agojn.[7]

K. Bati aliajn homojn.

L. Malami Francujon.

M. Stiri la aŭton de Patrino.[8]

N. Koleriĝi kiam iu movis la meblojn.[9]

Kelkfoje tiuj aferoj ege kolerigis Patrinon kaj Patron kaj ili alkriaĉis min aŭ ili alkriaĉis unu la alian. Kelkfoje Patro diris: «Kristoforo, se vi ne bone kondutos, mi ĵuras ke mi bategos vin blua», aŭ Patrino diris: «Dio mia, Kristoforo, mi serioze konsideras meti vin en azilon», aŭ Patrino diris: «Mi entombiĝos tro frue pro vi.»

[6] Homoj asertas ke oni ĉiam diru la veron. Sed ili ne vere kredas tion, ĉar oni ne rajtas diri al maljunuloj ke ili estas maljunaj, kaj oni ne rajtas diri al homoj ke ili odoras strange aŭ al plenkreskuloj ke ili furzis. Kaj oni ne rajtas diri: «Mi ne ŝatas vin», krom se tiu persono kontraŭkondutis aĉege.

[7] Stultaj agoj estas tiaj kiel elbokaligi ternuksan buteron sur la tablon en la kuirejo kaj ebenigi ĝin per tranĉilo tiel ke gi tute kovras la tablon ĝis la randoj, aŭ bruligi objektojn sur la gasfornelo por vidi kio okazos al ili, ekzemple miajn ŝuojn aŭ stanfolion aŭ sukeron.

[8] Mi faris tion nur unufoje, pruntepreninte la ŝlosilojn kiam ŝi enurbiĝis perbuse, kaj mi ne stiris aŭton antaŭe kaj mi havis 8 jarojn kaj 5 monatojn, do mi koliziigis ĝin kun la muro, kaj la aŭto ne plu staras tie, ĉar Patrino mortis.

[9] Estas permesite movi la seĝojn kaj la tablon en la kuirejo ĉar tio estas alia afero, sed mi sentas kapturnon kaj vomemon se iu movis la sofon kaj la seĝojn al nova loko en la salono aŭ la manĝoĉambro. Patrino emis fari tion kiam ŝi polvosuĉis, do mi faris specialan planon pri la ĝusta loko de ĉiuj mebloj kaj faris mezurojn kaj mi remetis ĉion al la ĝusta loko poste kaj mi sentis min pli bona. Sed post la morto de Patrino, Patro ne polvosuĉis, do tio estas en ordo. Kaj s-ino Ŝirso polvosuĉis unufoje sed mi faris ĝemadon kaj ŝi alkriaĉis Patron kaj ŝi neniam ripetis tion.

79

Kiam mi alvenis hejmen, Patro sidis ĉe la tablo en la kuirejo kaj li jam preparis mian vespermanĝon. Li portis plejdan ĉemizon. La vespermanĝo estis tomatfaboj kaj brokolo kaj du tranĉaĵoj el ŝinko kaj ili estis aranĝitaj sur la telero tiel ke ili ne kuntuŝiĝis.

Li diris: «Kie vi estis?»

Kaj mi diris: «Mi estis ekstere.» Tion oni nomas pravigebla mensogo. Pravigebla mensogo tute ne estas mensogo. Ĝi okazas kiam oni diras la veron sed oni ne diras la tutan veron. Tial ĉio kion oni diras estas pravigebla mensogo ĉar kiam iu diras ekzemple: «Kion vi volas fari hodiaŭ?», oni diras: «Mi volas fari pentradon kun s-ino Peterso», sed oni ne diras: «Mi volas tagmanĝi kaj mi volas viziti la necesejon kaj mi volas iri hejmen postlerneje kaj mi volas ludi kun Tobio kaj mi volas vespermanĝi kaj mi volas ludi per mia komputilo kaj mi volas enlitiĝi.» Kaj mi diris pravigeblan mensogon ĉar mi sciis ke Patro ne volas ke mi estu detektivo.

Patro diris: «S-ino Ŝirso ĵus telefonis al mi.»

Mi komencis manĝi miajn tomatfabojn kaj brokolon kaj du tranĉaĵojn el ŝinko.

Poste Patro demandis: «Kial diable vi prifosis en ŝia ĝardeno?»

Mi diris: «Mi faris detektivan laboron, penante eltrovi kiu mortigis Velingtonon.»

Patro respondis: «Kiomfoje mi ripetu la instrukcion, Kristoforo?»

La tomatfaboj kaj la brokolo kaj la ŝinko estis malvarmaj sed tio ne ĝenis min. Mi manĝas tre malrapide, do mia manĝaĵo estas preskaŭ ĉiam malvarma.

Patro diris: «Mi petis vin ne ŝovi la nazon en aliulajn aferojn.»

Mi diris: «Laŭ mi s-ro Ŝirso verŝajne mortigis Velingtonon.»

Patro diris nenion.

Mi diris: «Li estas mia Ĉefa Suspektato. Ĉar laŭ mi iu eble mortigis Velingtonon por malĝojigi s-inon Ŝirso. Kaj murdoj estas kutime faritaj de iu konato …»

Patro batis la tablon per sia pugno tiel ege forte ke la teleroj kaj liaj tranĉilo kaj forko saltis el siaj lokoj kaj mia ŝinko flankensaltis tiel ke ĝi tuŝis la brokolon, do mi ne plu povis manĝi la ŝinkon nek la brokolon.

Poste li kriis: «Mi ne permesos mencii la nomon de tiu viro en mia domo.»

Mi demandis: «Kial ne?»

Kaj li diris: «Tiu viro estas fiulo.»

Kaj mi diris: «Ĉu tio signifas ke li eble mortigis Velingtonon?»

Patro enmanigis la kapon kaj diris: «Korpo de Kristo.»

Mi povis vidi ke Patro koleras kontraŭ mi, do mi diris: «Mi scias ke vi petis min ne enmiksiĝi en aliulajn aferojn, sed s-ino Ŝirso estas nia amiko.»

Kaj Patro diris: «Nu, ŝi ne plu estas amiko.»

Kaj mi demandis: «Kial ne?»

Kaj Patro diris: «Do bone, Kristoforo. Mi diros tion la

finan kaj lastan fojon. Mi ne petos denove. Rigardu min kiam mi alparolas vin, je Dio. Rigardu min. Vi ne iru al s-ino Ŝirso por demandi kiu mortigis tiun damnan hundon. Vi ne iru al iu ajn por demandi kiu mortigis tiun damnan hundon. Vi ne iru senrajte en la ĝardenojn de aliuloj. Vi ĉesigu tiun ĉi damne ridindan detektivan ludon ĝuste nun.»

Mi diris nenion.

Patro diris: «Mi igos vin promesi, Kristoforo. Kaj vi scias kion tio signifas kiam mi igas vin promesi.»

Mi ja sciis kion tio signifas kiam oni diras ke oni promesas ion. Oni devas diri ke oni neniam refaros ion, kaj poste oni tion neniam faru, ĉar tio igus la promeson mensoga. Mi diris: «Mi scias.»

Patro diris: «Promesu al mi ke vi ĉesos fari tiajn aferojn. Promesu ke vi rezignos tiun ĉi ridindan ludon ĝuste nun, ĉu?»

Mi diris: «Mi promesas.»

83

Ŝajnas al mi, ke mi fariĝus tre bona kosmonaŭto.

Por esti bona kosmonaŭto oni devas esti inteligenta kaj mi estas inteligenta. Oni devas ankaŭ kompreni kiel maŝinoj funkcias, kaj mi bone kapablas kompreni kiel maŝinoj funkcias. Oni devas ankaŭ esti iu kiu ŝatus esti sola en eta kosmoŝipo multajn milojn da kilometroj for de la supraĵo de la Tero kaj ne panikus kaj ne fariĝus klostrofobia aŭ hejmsopira aŭ freneza. Kaj mi ŝatas ege malgrandajn spacojn, kondiĉe ke neniu alia estu tie kun mi. Kelkfoje kiam mi volas esti sola, mi iras en la sekigoŝrankon en la banĉambro kaj englitas apud la hejtkaldronon kaj tirfermas la pordon malantaŭ mi kaj tie sidadas pensante dum horoj kaj tio tre trankviligas min.

Do mi devus esti kosmonaŭto sola, aŭ havi la propran parton de la kosmoŝipo kien neniu alia rajtus enveni.

Kaj krome troviĝas neniuj flavaĵoj aŭ brunaĵoj en kosmoŝipo, do ankaŭ tio estus bona.

Kaj mi devus paroli kun aliaj homoj en la kontrolcentro, sed ni farus tion per radiokonekto kaj televida ekrano, do ili ne ŝajnus kiel veraj homoj nekonataj, sed estus kvazaŭ mi farus komputilan ludon.

Krome mi tute ne estus hejmsopira, ĉar mi estus ĉirkaŭita de multaj el miaj ŝataĵoj, kiuj estas maŝinoj kaj komputiloj kaj la kosmo. Kaj mi povus elrigardi tra malgranda fenestro en la kosmoŝipo kaj scii ke neniu alia troviĝas pli proksime al mi ol multaj miloj da kilometroj, kiel mi kelkfoje ŝajnigas al mi somernokte kiam mi iras kuŝi sur la gazono kaj suprenrigardas al la ĉielo kaj mi metas la manojn ĉirkaŭ la flankojn de la vizaĝo tiel ke mi ne vidas la barilon kaj la kamentubon kaj la sekigoŝnuron kaj mi povas ŝajnigi ke mi troviĝas en la kosmo.

Kaj ĉio videbla estus steloj. Kaj steloj estas la lokoj kie antaŭ miliardoj da jaroj konstruiĝis la molekuloj el kiuj la vivo estas farita. Ekzemple la tuta fero en la sango, pro kiu oni ne anemiiĝas, estiĝis en stelo.

Kaj mi ŝatus se mi povus kunpreni Tobion en la kosmon, kaj tio eble estus permesita ĉar oni iafoje prenas bestojn al la kosmo por eksperimentoj, do se mi povus elpensi bonan eksperimenton fareblan pri rato sendolore al la rato, mi povus peti ke oni permesu al mi kunpreni Tobion.

Sed se oni tion ne permesus al mi, mi tamen irus ĉar tio estus Revo Realigita.

89

La postan tagon en la lernejo mi sciigis Ŝivonon ke Patro diris al mi ke mi ne plu faru detektivadon, kaj pro tio la libro estas finita. Mi montris al ŝi la paĝojn kiujn mi ĝis tiam verkis, kun la diagramo de la universo kaj la mapo de la strato kaj la primoj. Kaj ŝi diris ke tio ne gravas. Ŝi diris ke la libro estas ege bona jam kia ĝi estas, kaj ke mi tre fieru ke mi entute verkis libron eĉ se ĝi estas iom mallonga, kaj ke ekzistas kelkaj tre bonaj libroj kiuj estas tre mallongaj, ekzemple *Koro de Mallumo* kiu estis verkita de Konrado.

Sed mi diris ke ĝi ne estas proprasenca libro, ĉar ĝi ne havas proprasencan finon, ĉar mi neniam eltrovis kiu mortigis Velingtonon, do la murdinto ankoraŭ Libere Vagas.

Kaj ŝi diris ke tia estas la vivo, kaj ke ne ĉiuj murdoj solviĝas kaj ne ĉiuj murdintoj kaptiĝas. Kiel Joĉjo la Buĉisto.

Mi diris ke mi ne ŝatas la ideon ke la murdinto ankoraŭ Libere Vagas. Mi diris ke mi ne ŝatas pensi ke la homo kiu mortigis Velingtonon eble loĝas ie proksime kaj ke mi eble renkontos tiun homon kiam mi eliros promeni nokte. Kaj tio eblis ĉar murdoj estas kutime faritaj de iu konato de la viktimo.

Poste mi diris: «Patro diris ke mi neniam denove menciu la nomon de s-ro Ŝirso en nia domo kaj ke li estas fiulo, kaj tio eble signifis ke li estas la homo kiu mortigis Velingtonon.»

Kaj ŝi diris: «Eble via patro simple ne multe ŝatas s-ron Ŝirso.»

Kaj mi demandis: «Kial?»

Kaj ŝi diris: «Mi ne scias, Kristoforo. Mi ne scias, ĉar mi scias nenion pri s-ro Ŝirso.»

Mi diris: «S-ro Ŝirso iam estis la edzo de s-ino Ŝirso kaj li forlasis ŝin, kiel ĉe eksedziĝo. Sed mi ne scias ĉu ili efektive eksedziĝis.»

Kaj Ŝivono diris: «Nu, s-ino Ŝirso estas amiko de vi, ĉu ne? Amiko de vi kaj via patro. Do eble via patro ne ŝatas s-ron Ŝirso pro tio ke li forlasis s-inon Ŝirso. Ĉar li faris ion malbonan al iu kiu estas amiko.»

Kaj mi diris: «Sed Patro diras ke s-ino Ŝirso ne plu estas nia amiko.»

Kaj Ŝivono diris: «Mi bedaŭras, Kristoforo. Mi ŝatus povi respondi al ĉiuj ĉi demandoj, sed mi simple ne scias.»

Tiam la sonorilo anoncis la finon de la lerneja tago.

La postan tagon mi vidis 4 sinsekvajn flavajn aŭtojn dumvoje al la lernejo kio indikis **Nigran Tagon**, do mi nenion tagmanĝis kaj mi sidis en la angulo de la ĉambro dum la tuta tago kaj legis la kursolibron por mia ekzameno pri matematiko. Kaj ankaŭ la postan tagon mi vidis 4 sinsekvajn flavajn aŭtojn dumvoje al la lernejo kio indikis ankoraŭ unu **Nigran Tagon**, do mi parolis al neniu kaj dum la tuta posttagmezo mi sidis en la angulo de la Biblioteko ĝemante kun la kapo premita al la renkontejo de la du muroj kaj tio sentigis min trankvila kaj sekura. Sed en la tria tago mi tenis la okulojn konstante fermitaj dumvoje al la lernejo ĝis ni elbusiĝis, ĉar spertinte 2 sinsekvajn **Nigrajn Tagojn** mi rajtas tion fari.

97

Sed tio ne estis la fino de la libro, ĉar kvin tagojn poste mi vidis 5 sinsekvajn ruĝajn aŭtojn kio indikis **Ege Bonan Tagon** kaj mi sciis ke io speciala okazos. Nenio speciala okazis lerneje, do mi sciis ke io speciala okazos postlerneje. Kaj kiam mi alvenis hejmen, mi iris laŭ nia strato ĝis la butiko ĉe la fino por aĉeti kelke da glicirizaj rubandoj kaj Galak-ĉokoladon per mia poŝmono.

Kaj aĉetinte miajn glicirizajn rubandojn kaj Galakon, mi turnis min kaj vidis s-inon Aleksandro, la maljunulinon el numero 39, kiu same troviĝis en la butiko. Ŝi ne portis ĝinzon nun. Ŝi portis robon kiel ordinara maljunulino. Kaj ŝi odoris je kuirado.

Ŝi diris: «Kio okazis al vi tiun tagon?»

Mi demandis: «Kiun tagon?»

Kaj ŝi diris: «Mi reelvenis kaj vi ne plu ĉeestis. Mi devis mem formanĝi la keksojn.»

Mi diris: «Mi foriris.»

Kaj ŝi diris: «Mi konstatis tion.»

Mi diris: «Mi pensis ke vi eble telefonos al la polico.»

Kaj ŝi diris: «Sed kial do mi farus tion?»

Kaj mi diris: «Ĉar mi ŝovis la nazon en aliulajn aferojn kaj Patro diris ke mi ne detektivu pri la mortiginto de Velingtono. Kaj policano formale avertis min kaj se mi denove trafos en problemojn, tio estos multe pli malbona pro la formala averto.»

Poste la hinda virino malantaŭ la vendotablo diris al s-ino Aleksandro: «Ĉu mi povas helpi vin?» kaj s-ino Aleksandro diris ke ŝi volus aĉeti duonlitron da lakto kaj paketon da oranĝokuketoj, kaj mi eliris el la butiko.

Kiam mi estis ekster la butiko, mi vidis ke la melhundo de s-ino Aleksandro sidas sur la trotuaro. Ĝi portis etan mantelon el tartanŝtofo kiu estas skota kaj kvadratita. Ŝi estis liginta ĝian ŝnuron al la pluvtubo apud la pordo. Mi ŝatas hundojn, do mi klinis min kaj mi diris saluton al ŝia hundo kaj ĝi lekis mian manon. Ĝia lango estis malglata kaj malseka kaj ĝi ŝatis la odoron de mia pantalono kaj eksnufis ĝin.

Tiam s-ino Aleksandro elvenis kaj diris: «Li nomiĝas Ivoro.»

Mi diris nenion.

Kaj s-ino Aleksandro diris: «Vi estas tre timema, ĉu ne, Kristoforo?»

Kaj mi diris: «Al mi ne estas permesite paroli kun vi.»

Kaj ŝi diris: «Ne zorgu. Mi ne informos la policon kaj mi ne informos vian patron, ĉar neniel malkonvenas babilado. Babilado estas nur amikeco, ĉu ne?»

Mi diris: «Mi ne povas fari babiladon.»

Poste ŝi diris: «Ĉu vi ŝatas komputilojn?»

Kaj mi diris: «Jes. Mi ŝatas komputilojn. Mi havas komputilon hejme en mia dormoĉambro.»

Kaj ŝi diris: «Mi scias. Mi vidas vin sidi ĉe via komputilo en via dormoĉambro kelkfoje kiam mi rigardas trans la straton.»

Poste ŝi malligis la ŝnuron de Ivoro disde la pluvtubo.

Mi intencis diri nenion, ĉar mi ne volis trafi en problemojn.

Sed tiam mi pensis ke hodiaŭ estas **Ege Bona Tago** kaj ankoraŭ nenio speciala okazis, do eble paroli kun s-ino Aleksandro estas la speciala afero kiu okazos. Kaj mi pensis ke ŝi eble sciigos al mi ion pri Velingtono aŭ pri s-ro Ŝirso senpete, do tio ne estos rompo de mia promeso.

Do mi diris: «Kaj mi ŝatas matematikon kaj prizorgi Tobion. Kaj krome mi ŝatas la kosmon kaj mi ŝatas esti sola.»

Kaj ŝi diris: «Mi vetas ke vi tre kapablas matematikon, ĉu?»

Kaj mi diris: «Jes. Mi faros mian abiturientan ekzamenon pri matematiko venontmonate. Kaj mi gajnos unuagradan diplomon.»

Kaj s-ino Aleksandro diris: «Ĉu vere? Abiturientan?»

Mi respondis: «Jes. Mi ne mensogas.»

Kaj ŝi diris: «Mi pardonpetas. Mi ne celis sugesti ke vi mensogis. Mi nur scivolis ĉu mi ĝuste aŭdis vin. Mi estas iomete surda kelkfoje.»

Kaj mi diris: «Mi memoras. Vi sciigis min.» Kaj poste mi diris: «Mi estas la unua homo en mia lernejo kiu faros abiturientan ekzamenon, ĉar ĝi estas speciala lernejo.»

Kaj ŝi diris: «Nu, mi tre imponiĝas. Kaj mi esperas ke vi gajnos unuan gradon.»

Kaj mi diris: «Mi gajnos ĝin.»

Poste ŝi diris: «Kaj la alia afero, kiun mi scias pri vi, estas ke via plej ŝatata koloro ne estas flavo.»

Kaj mi diris: «Ne. Kaj ĝi estas ankaŭ ne bruno. Mia plej ŝatata koloro estas ruĝo. Kaj metalkoloro.»

Tiam Ivoro faris kakon kaj s-ino Aleksandro prenis ĝin per la mano en plasta saketo kaj poste ŝi internigis la eksteron kaj faris nodon supre tiel ke la kako estis tute enfermita kaj ŝi ne tuŝis la kakon per la manoj.

Kaj poste mi faris iom da rezonado. Mi rezonis ke Patro igis min promesi nur pri kvin aferoj kiuj estis ke mi:

1. Ne menciu la nomon de s-ro Ŝirso en nia domo.
2. Ne iru al s-ino Ŝirso por demandi kiu mortigis tiun damnan hundon.
3. Ne iru al iu ajn por demandi kiu mortigis tiun damnan hundon.
4. Ne iru senrajte en la ĝardenojn de aliuloj.
5. Ĉesigu tiun ĉi damne ridindan detektivan ludon.

Kaj demandi pri s-ro Ŝirso estas neniu el tiuj aferoj. Kaj se oni estas detektivo, oni devas *Akcepti Riskojn* kaj hodiaŭ estas **Ege Bona Tago** kio signifas ke jen bona tago por *Akcepti Riskojn*, do mi diris: «Ĉu vi konas s-ron Ŝirso?», kio similis al babilado.

Kaj s-ino Aleksandro diris: «Ne vere, ne. Nu, mi konis lin sufiĉe bone por diri saluton kaj iomete paroli surstrate, sed mi ne scias multon pri li. Mi kredas ke li laboris en banko. La Nacia-Vestminstra. En la urbo.»

Kaj mi diris: «Patro diras ke li estas fiulo. Ĉu vi scias kial li diris tion? Ĉu s-ro Ŝirso estas fiulo?»

Kaj s-ino Aleksandro diris: «Kial vi demandas min pri s-ro Ŝirso, Kristoforo?»

Mi diris nenion, ĉar mi ne volis ŝajni detektivi pri la murdo de Velingtono sed jen kial mi demandis pri s-ro Ŝirso.

Sed s-ino Aleksandro diris: «Ĉu temas pri Velingtono?»

Kaj mi kapjesis ĉar tion oni ne konsideras detektivado.

S-ino Aleksandro diris nenion. Ŝi paŝis al la malgranda ruĝa ujo sur stango apud la enirejo de la parko kaj ŝi metis la kakon de Ivoro en la ujon, kio estis brunaĵo ene de ruĝaĵo kaj tio donis strangan senton al mia kapo, do mi ne rigardis. Poste ŝi revenis al mi.

Ŝi ensuĉis grandan enspiron kaj diris: «Eble plej bone estus ne paroli pri tiuj aferoj, Kristoforo.»

Kaj mi demandis: «Kial ne?»

Kaj ŝi diris: «Ĉar.» Tiam ŝi paŭzis kaj decidis komenci diri alian frazon. «Ĉar eble via patro pravas kaj vi prefere ne rondiru farante demandojn pri tio.»

Kaj mi demandis: «Kial?»

Kaj ŝi diris: «Ĉar evidente li trovos tion iom ĉagrena.»

Kaj mi diris: «Kial li trovos ĝin ĉagrena?»

Tiam ŝi ensuĉis plian grandan enspiron kaj diris: «Ĉar … ĉar ŝajnas al mi ke vi jam scias kial via patro ne multe ŝatas s-ron Ŝirso.»

Poste mi demandis: «Ĉu s-ro Ŝirso mortigis Patrinon?»

Kaj s-ino Aleksandro diris: «Mortigis ŝin?»

Kaj mi diris: «Jes. Ĉu li mortigis Patrinon?»

Kaj s-ino Aleksandro diris: «Ne. Ne. Kompreneble li ne mortigis vian patrinon.»

Kaj mi diris: «Sed ĉu li donis al ŝi streson tiel ke ŝi mortis pro koratako?»

Kaj s-ino Aleksandro diris: «Mi vere ne scias pri kio vi parolas, Kristoforo.»

Kaj mi diris: «Aŭ ĉu li dolorigis ŝin tiel ke ŝi devis iri en malsanulejon?»

Kaj s-ino Aleksandro diris: «Ĉu ŝi devis iri en malsanulejon?»

Kaj mi diris: «Jes. Kaj komence ne estis tre grave, sed trafis ŝin koratako kiam ŝi estis en la malsanulejo.»

Kaj s-ino Aleksandro diris: «Ho ĉielo.»

Mi diris: «Kaj ŝi mortis.»

Kaj s-ino Aleksandro denove diris: «Ho ĉielo», kaj poste ŝi diris: «Ho, Kristoforo, mi tiom profunde bedaŭras. Mi neniam sciis.»

Poste mi demandis ŝin: «Kial vi diris: ‹Ŝajnas al mi ke vi jam scias kial via patro ne multe ŝatas s-ron Ŝirso›?»

S-ino Aleksandro kovris la buŝon per la mano kaj diris: «Ho ve, ho ve, ho ve.» Sed ŝi ne respondis mian demandon.

Do mi refaris al ŝi la saman demandon, ĉar en krimromano pri murdo kiam iu ne volas respondi demandon, tio estas ĉar la homo penas konservi sekreton aŭ penas malebligi ke iu trafu en problemojn, kio signifas ke la respondoj al tiuj demandoj estas la plej gravaj respondoj el ĉiuj, kaj jen kial la detektivo devas meti premon al tiu homo.

Sed s-ino Aleksandro ankoraŭ ne respondis. Anstataŭe ŝi faris al mi demandon. Ŝi diris: «Do vi ne scias?»

Kaj mi diris: «Mi ne scias kion?»

Ŝi respondis: «Kristoforo, vidu, verŝajne mi ne diru al vi tion ĉi.» Poste ŝi diris: «Eble ni kunpromenu iomete en la parko. Ĉi tie ne estas konvena loko por paroli pri tiaj aferoj.»

Mi estis nervoza. Mi ne konis s-inon Aleksandro. Mi sciis ke ŝi estas maljunulino kaj ke ŝi ŝatas hundojn. Sed ŝi estis nekonato. Kaj mi neniam eniras sola en la parkon ĉar estas danĝere kaj homoj injektas drogojn malantaŭ la publikaj necesejoj en la angulo. Mi volis iri hejmen kaj supreniri al mia ĉambro kaj nutri Tobion kaj iom ekzerci min pri matematiko.

Sed mi estis ankaŭ ekscitita. Ĉar mi pensis ke ŝi eble diros al mi sekreton. Kaj la sekreto eble temos pri la mortiginto de Velingtono. Aŭ pri s-ro Ŝirso. Kaj se ŝi faros tion, mi eble havos pli da atestoj kontraŭ li, aŭ povos *Escepti Lin El Mia Detektivado*.

Do ĉar estis **Ege Bona Tago**, mi decidis promeni en la parkon kun s-ino Aleksandro kvankam tio timigis min.

Kiam ni troviĝis en la parko, s-ino Aleksandro ĉesis paŝi kaj diris: «Mi diros ion al vi kaj vi devas promesi ne sciigi vian patron ke mi tion diris al vi.»

Mi demandis: «Kial?»

Kaj ŝi diris: «Mi prefere ne estu dirinta kion mi diris. Kaj se mi ne klarigos, vi daŭre scivolos kion mi celis. Kaj vi eble demandos vian patron. Kaj mi ne volas ke vi faru tion, ĉar mi ne volas ke vi ĉagrenu lin. Do mi klarigos kial mi diris kion mi diris. Sed antaŭ ol mi faros tion, vi promesu ne sciigi iun ajn ke mi diris ĉi tion al vi.»

Mi demandis: «Kial?»

Kaj ŝi diris: «Kristoforo, mi petas, nur fidu min.»

Kaj mi diris: «Mi promesas.» Ĉar se s-ino Aleksandro informos min kiu mortigis Velingtonon, aŭ ŝi informos min ke s-ro Ŝirso vere mortigis Patrinon, mi ankoraŭ povos iri al la policanoj kaj informi ilin ĉar oni rajtas rompi promeson se iu faris krimon kaj oni scias prie.

Kaj s-ino Aleksandro diris: «Via patrino, antaŭ ol ŝi mortis, estis tre bona amiko de s-ro Ŝirso.»

Kaj mi diris: «Mi scias.»

Kaj ŝi diris: «Ne, Kristoforo. Mi ne certas ke vi komprenas. Mi volas diri ke ili estis tre bonaj amikoj. Treege bonaj amikoj.»

Mi pripensis tion dum tempo kaj diris: «Ĉu vi celas ke ili faris seksumon?»

Kaj s-ino Aleksandro diris: «Jes, Kristoforo. Tion mi celas.»

Poste ŝi diris nenion dum ĉirkaŭ 30 sekundoj.

Poste ŝi diris: «Mi bedaŭras, Kristoforo. Mi vere ne celis diri ion kio ĉagrenos vin. Sed mi volis klarigi kial mi diris kion mi diris. Vidu, mi supozis ke vi jam scias. Jen kial via patro opinias ke s-ro Ŝirso estas fiulo. Kaj jen supozeble kial li ne volas ke vi rondiru parolante al homoj pri s-ro Ŝirso. Ĉar tio revenigos aĉajn memorojn.»

Kaj mi diris: «Ĉu pro tio s-ro Ŝirso forlasis s-inon Ŝirso, ĉar li faris seksumon kun iu alia kiam li estis la edzo de s-ino Ŝirso?»

Kaj s-ino Aleksandro diris: «Jes, mi pensas ke jes.»

Poste ŝi diris: «Mi bedaŭras, Kristoforo. Mi vere bedaŭras.»

Kaj mi diris: «Mi opinias ke mi foriru nun.»

Kaj ŝi diris: «Ĉu vi bone fartas, Kristoforo?»

Kaj mi diris: «Mi timas esti en la parko kun vi ĉar vi estas nekonato.»

Kaj ŝi diris: «Mi ne estas nekonato, Kristoforo. Mi estas amiko.»

Kaj mi diris: «Mi iros hejmen nun.»

Kaj ŝi diris: «Se vi volos paroli pri tio ĉi, vi rajtas veni por viziti min kiam ajn vi deziras. Necesas nur frapi sur mia pordo.»

Kaj mi diris: «En ordo.»

Kaj ŝi diris: «Kristoforo?»

Kaj mi diris: «Kion?»

Kaj ŝi diris: «Vi ne informos vian patron pri ĉi tiu konversacio, ĉu?»

Kaj mi diris: «Ne. Mi promesis.»

Kaj ŝi diris: «Vi ekiru hejmen. Kaj memoru kion mi diris. Kiam ajn.»

Poste mi iris hejmen.

101

S-ro Ĵevonso diris ke mi ŝatas matematikon ĉar ĝi estas sendanĝera. Li diris ke mi ŝatas matematikon ĉar ĝi temas pri solvado de problemoj, kaj tiuj problemoj estas malfacilaj kaj interesaj sed ĉiam fine havas simplan respondon. Kaj per tio li celis ke matematiko ne similas al la vivo, ĉar la vivo fine ne havas simplajn respondojn. Mi scias ke li celis tion, ĉar tion li diris.

Tio estas ĉar s-ro Ĵevonso ne komprenas nombrojn.

Jen fama afero nomita **La Triporda Problemo** kiun mi enmetis en ĉi tiun libron ĉar ĝi estas ekzemplo de tio kion mi celas.

Iam ekzistis rubriko nomita **Demandu al Marilyn** en magazino nomita **Parado** en Usono. Kaj tiun rubrikon verkis Marilyn vos Savant kaj en la magazino oni diris ke ŝi havas la plej altan intelektan kvocienton en la mondo laŭ la **Famsalono de la Gines-Libro de Rekordoj**. Kaj en la rubriko ŝi respondis matematikajn demandojn alsenditajn de legantoj. Kaj en Septembro 1990 la jenan demandon alsendis Craig F. Whitaker el Kolumbio en Marilando (sed ne temos pri tiel nomata rekta citaĵo, ĉar mi igis ĝin pli simpla kaj facile komprenebla).

Vi partoprenas en televida konkurso. En tiu konkurso la celo estas premie gajni aŭton. La gvidanto de la konkurso prezentas al vi tri pordojn.

Li diras ke unu el la pordoj kaŝas aŭton kaj la aliaj du pordoj kaŝas po unu kapron. Li petas vin elekti pordon. Vi elektas pordon sed la pordon oni ne malfermas. Tiam la gvidanto de la konkurso malfermas unu el la neelektitaj pordoj por montri kapron (ĉar li jam scias kio staras malantaŭ la pordoj). Poste li diras ke vi havas unu lastan ŝancon ŝanĝi la decidon antaŭ ol oni malfermos la pordojn kaj vi gajnos aŭton aŭ kapron. Do li demandas vin ĉu vi volas ŝanĝi la decidon kaj anstataŭe elekti la alian fermitan pordon. Kion vi faru?

Marilyn vos Savant diris ke oni ĉiam ŝanĝu kaj elektu la lastan pordon ĉar, en 2 el 3 okazoj, tiu pordo kaŝas aŭton.

Sed se oni sekvas la intuicion, oni kredas ke tiu probablo estas nur 50%, ĉar oni kredas ke la aŭton povas egale probable kaŝi iu ajn pordo.

Multe da homoj skribis al la magazino por diri ke Marilyn vos Savant eraris, eĉ kiam ŝi tre zorge klarigis kial ŝi ne eraris. 92% el la leteroj ricevitaj pri la problemo diris ke ŝi eraris, kaj multaj el tiuj venis de matematikistoj kaj sciencistoj. Jen kelkaj el la aferoj kiujn ili diris:

Min tre maltrankviligas la manko de matematika kapablo ĉe la ĝenerala publiko. Bonvolu helpi per konfeso de via eraro.
d-ro Robert Sachs,
Universitato Georgo Masono

Jam ekzistas sufiĉe da matematika analfabeteco
en ĉi tiu lando, kaj ni ne bezonas ke la
homo kun la plej alta intelekta kvociento
en la mondo disvastigu pli! Hontinde!
d-ro Scott Smith, Universitato de Florido

Mi estas ŝokita ke ricevinte korekton de almenaŭ
tri matematikistoj vi ankoraŭ ne vidas vian eraron.
Kent Ford, Dikinsona Ŝtatuniversitato

Mi certas ke vi ricevos multajn leterojn de
mezlernejaj kaj universitataj studentoj. Eble vi retenu
kelke da adresoj por helpo pri estontaj rubrikeroj.
d-ro W Robert Smith, Georgia Ŝtatuniversitato

Vi komplete eraras ... Kiom da koleraj matematik-
istoj oni trovu ĝis vi ŝanĝos vian opinion?
d-ro E Ray Bobo, Georgurba Universitato

Se malpravus ĉiuj tiuj doktoroj, la lando
sidus tre profunde en la kaĉo.
d-ro Everett Harman,
Esplorinstituto de la Usona Armeo

Sed Marilyn vos Savant pravis. Kaj jen 2 metodoj montri tion.

Unue eblas tion fari per matematiko jene:

La pordoj nomiĝu X, Y kaj Z.

A_X estu la okazo ke la aŭton kaŝas la pordo X, kaj tiel plu.

M_X estu la okazo ke la gvidanto malfermas la pordon X, kaj tiel plu.

Se supozi ke vi elektas la pordon X, tiam laŭ la sekvanta formulo oni kalkulas la probablon ke posta ŝanĝo de via elekto gajnigos al vi aŭton:

$$P(M_Z \wedge A_Y) + P(M_Y \wedge A_Z)$$
$$= P(A_Y) \times P(M_Z \mid A_Y) + P(A_Z) \times P(M_Y \mid A_Z)$$
$$= (\tfrac{1}{3} \times 1) + (\tfrac{1}{3} \times 1) = \tfrac{2}{3}$$

La dua maniero trovi la solvon estas bildigi ĉiujn eblajn rezultojn jene:

Do, se vi ŝanĝas la elekton, en 2 el 3 okazoj vi gajnas aŭton. Kaj se vi restas, vi gajnas aŭton en nur 1 okazo el 3.

Kaj tio montras ke intuicio povas kelkfoje erari. Kaj intuicio estas tio per kio homoj faras decidojn en la vivo. Sed logiko povas helpi malkovri la ĝustan respondon.

Ĝi krome montras ke s-ro Ĵevonso eraris kaj ke nombroj estas kelkfoje tre malfacile kompreneblaj kaj vere tute ne simplaj. Kaj jen kial mi ŝatas **La Tripordan Problemon**.

103

Kiam mi alvenis hejmen, Rodrio ĉeestis. Rodrio estas la viro kiu laboras por Patro, helpante lin bonteni hejtilojn kaj ripari hejtkaldronojn. Kaj li kelkfoje vizitas la domon en la vespero por trinki bieron kun Patro kaj spekti televidon kaj fari konversacion.

Rodrio portis ŝelkan supertuton kiu estis tute kovrita de malpuraj makuloj, kaj li havis oran ringon sur la meza fingro de la maldekstra mano kaj li odoris je io kies nomon mi ne konas, je kio Patro ofte odoras kiam li venas hejmen postlabore.

Mi metis miajn glicirizajn rubandojn kaj Galakon en mian specialan manĝoskatolon surbrete kiun Patro ne rajtas tuŝi ĉar ĝi apartenas al mi.

Poste Patro diris: «Kaj pri kio vi umis, junulo?»

Mi diris: «Mi iris al la butiko por aĉeti glicirizajn rubandojn kaj Galakon.»

Kaj li diris: «Vi estis for dum longa tempo.»

Kaj mi diris: «Mi parolis al la hundo de s-ino Aleksandro ekster la butiko. Kaj mi karesis lin kaj li snufis mian pantalonon.» Tio estis ankoraŭ unu pravigebla mensogo.

Poste Rodrio diris al mi: «Aĥ, oni ja pridemandas vin je la tria grado, ĉu ne?»

Sed mi ne sciis, kio estas «la tria grado».

Kaj li diris: «Do kiel vi fartas, kapitano?»

Kaj mi diris: «Mi fartas tre bone, dankon», kio estas tio

kion oni diru.

Kaj li diris: «Kio estas 251-oble 864?»

Kaj mi pripensis tion kaj mi diris: «216 864.» Ĉar tio estis ege facila kalkulo ĉar oni nur multipliku **864 × 1000** kio faras **864 000**. Poste oni dividu per **4** kio faras **216 000**, kaj tio estas **250 × 864**. Poste oni nur aldonu ankoraŭ **864** por atingi **251 × 864**. Kaj tio estas **216 864**.

Kaj mi diris: «Ĉu mi pravas?»

Kaj Rodrio diris: «Diablo scias», kaj li ridis.

Mi ne ŝatas kiam Rodrio priridas min. Rodrio priridas min ofte. Patro diras ke tio estas amikeco.

Poste Patro diris: «Mi enfornigu unu el tiuj alugobiaj aferoj por vi, ĉu?»

Tio estas ĉar mi ŝatas hindajn manĝaĵojn ĉar ili havas fortan guston. Sed alugobio estas flava, do mi aldonas ruĝan kolorigaĵon al ĝi antaŭ ol manĝi ĝin. Kaj mi tenas tion en malgranda plasta botelo en mia speciala manĝoskatolo.

Kaj mi diris: «En ordo.»

Kaj Rodrio diris: «Do, ŝajnas ke Kiĉjo ilin prifriponis, ĉu?» Sed tio direktiĝis al Patro, ne al mi.

Kaj Patro diris: «Nu, tiuj cirkvitaj tabuloj aspektaĉis antaŭdiluve.»

Kaj Rodrio diris: «Ĉu vi informos ilin?»

Kaj Patro diris: «Kiacele? Ili apenaŭ procesos kontraŭ li, ĉu?»

Kaj Rodrio diris: «Je la sankta Neniamo.»

Kaj Patro diris: «En abelujon prefere ne blovu, laŭ mi.»

Tiam mi iris en la ĝardenon.

Ŝivono diris ke kiam oni verkas libron, oni enmetu priskribojn de kelkaj aferoj. Mi diris ke eble mi faru fotojn kaj aldonu ilin al la libro. Sed ŝi diris ke la celo de libro estas vorte priskribi aferojn tiel ke homoj povu legi tion kaj krei bildon en la propra kapo.

Kaj ŝi diris ke plej bone estas priskribi aferojn kiuj estas interesaj aŭ novspecaj.

Ŝi diris ankaŭ ke por priskribi homojn en la rakonto mi menciu unu-du detalojn pri ili, por ke homoj povu krei enkapan bildon pri ili. Jen kial mi skribis pri la multaj truoj en la ŝuoj de s-ro Ĵevonso, kaj pri la policano kiu aspektis kvazaŭ li havus du musojn en la nazo, kaj pri tio je kio Rodrio odoris, sed kies nomon mi ne konis.

Do mi decidis fari priskribon de la ĝardeno. Sed la ĝardeno ne estis tre interesa aŭ novspeca. Ĝi estis nur ĝardeno, kun herbo kaj budo kaj sekigoŝnuro. Sed la ĉielo estis interesa kaj novspeca ĉar kutime ĉieloj aspektas tede ĉar ili estas tute bluaj aŭ tute grizaj aŭ tute kovritaj per unu sama nubaranĝo kaj ne ŝajnas ke ili situas centojn da kilometroj super la kapo. Ŝajnas ke iu eble pentris ilin sur granda tegmento. Sed ĉi tiu ĉielo enhavis multe da diversaspecaj nuboj je diversaj altoj tiel ke oni povis vidi kiel granda ĝi estas, kaj pro tio ĝi aspektis gigante.

Plej malproksime en la ĉielo estis multe da malgrandaj blankaj nuboj kun aspekto de fiŝoskvamoj aŭ sablodunoj kun tre regula aranĝo.

Poste, pli proksime ol tiuj kaj pli okcidente estis kelke da grandaj nuboj kun iomete oranĝa koloro ĉar estis preskaŭ la vespero kaj la suno estis subiranta.

Poste, plej proksime al la tero estis grandega nubo kiu havis grizan koloron ĉar ĝi estis pluvnubo. Kaj ĝi havis grandan pintan formon kaj ĝi aspektis jene:

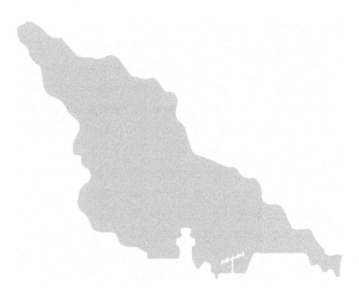

Kaj kiam mi rigardis ĝin dum longa tempo, mi povis vidi ĝin moviĝi tre malrapide kaj ĝi similis al alimonda kosmoŝipo longa je centoj da kilometroj, kiel en la **Duno**-romanoj aŭ la dramo **Blejka 7-o** aŭ la filmo **Proksimaj Renkontiĝoj de la Tria Speco**, sed ĝi tamen ne estis farita el solida materialo: ĝi estis farita el gutetoj da kondensita akvovaporo, kiuj estas tio el kio nuboj estas faritaj.

Kaj ĝi povus esti alimonda kosmoŝipo.

Homoj pensas ke alimondaj kosmoŝipoj estus solidaj kaj

faritaj el metalo kaj kovritaj per lumoj kaj moviĝus malrapide tra la ĉielo ĉar tian kosmoŝipon ni konstruus se ni kapablus konstrui ĝin tiel granda. Sed alimondanoj, se ili ekzistus, verŝajne estus tre diferencaj de ni. Ili eble aspektus kiel grandaj limakoj, aŭ estus plataj kiel spegulbildoj. Aŭ eble ili estus pli grandaj ol planedoj. Aŭ eble ili tute ne havus korpon. Eble ili estus nur informaro, kiel en komputilo. Kaj iliaj kosmoŝipoj eble aspektus kiel nuboj, aŭ estus faritaj el nekunigitaj objektoj kiel polvo aŭ folioj.

Poste mi aŭskultis la sonojn en la ĝardeno kaj mi aŭdis birdon kanti kaj mi aŭdis trafikan bruon kiu similis al la ondoj ĉe strando, kaj mi aŭdis iun ludi muzikon ie kaj infanojn krii. Kaj inter tiuj sonoj, se mi aŭskultis tre zorge kaj staris tute senmove, mi aŭdis etan akutan sonoron en la oreloj kaj la aeron ennaziĝi kaj elnaziĝi.

Poste mi snufis la aeron por ekscii ĉu mi povas eltrovi kiel odoras la aero en la ĝardeno. Sed mi flaris nenion. Ĝi ne havis odoron. Kaj ankaŭ tio estis interesa.

Poste mi eniris kaj manĝigis Tobion.

107

La Ĉashundo de la Baskerviloj estas mia plej ŝatata libro.

En *La Ĉashundo de la Baskerviloj*, Ŝerloko Holmso kaj doktoro Vatsono estas vizititaj de Jakobo Mortimero kiu estas kuracisto el la erikejoj en la graflando Devono. Amiko de Jakobo Mortimero, kavaliro Karlo Baskervilo, mortis pro koratako kaj Jakobo Mortimero pensas ke li eble mortis pro timo. Jakobo Mortimero havas ankaŭ antikvan skribrulaĵon kiu priskribas la malbenon de la Baskerviloj.

Tiu rulaĵo sciigas ke kavaliro Karlo Baskervilo havis praulon nomitan kavaliro Hugo Baskervilo kiu estis homo sovaĝa, profana kaj sendia. Kaj li provis fari seksumon kun filino de etbienulo, sed ŝi eskapis kaj li ĉasis ŝin trans la erikejon. Kaj liaj amikoj, kiuj estis riskemaj festintoj, postsekvis lin.

Kaj kiam ili trovis lin, la filino de la etbienulo jam mortis pro laceco kaj elĉerpiĝo. Kaj ili vidis monstran nigran beston forme similan al ĉashundo, tamen pli grandan ol iu ajn hundo ĝis tiam vidita per mortemula okulo, kaj tiu hundo elŝiris la gorĝon de kavaliro Hugo Baskervilo. Kaj unu el la amikoj mortis pro timo tiunokte mem kaj la ceteraj du estis nur homoj rompitaj dum la cetera vivo.

Jakobo Mortimero pensas ke la ĉashundo de la Baskerviloj eble mortotimigis kavaliron Karlon, kaj li estas maltrankvila ke lia filo kaj heredonto, kavaliro Henriko Baskervilo, estos en danĝero kiam li iros al la Halo en Devono.

Do Ŝerloko Holmso sendas doktoron Vatsono al Devono kun kavaliro Henriko Baskervilo kaj Jakobo Mortimero. Kaj doktoro Vatsono provas malkovri kiu eble mortigis kavaliron Karlo Baskervilo. Kaj Ŝerloko Holmso diras ke li restos en Londono, sed li vojaĝas al Devono sekrete kaj faras la proprajn esplorojn.

Kaj Ŝerloko Holmso eltrovas ke kavaliro Karlo estis mortigita de najbaro nomita Stepeltono kiu estas kolektanto de papilioj kaj malproksima parenco de la Baskerviloj. Kaj Stepeltono estas malriĉa, do li provas mortigi kavaliron Henriko Baskervilo por ke li heredu la Halon.

Por tion fari li kunportis grandegan hundon el Londono kaj kovris ĝin per fosforo por ke ĝi brilu en la mallumo, kaj tiu hundo estis tio kio mortotimigis kavaliron Karlo Baskervilo. Kaj Ŝerloko Holmso kaj Vatsono kaj Lestrado el Skotlanda Korto kaptas lin. Kaj Ŝerloko Holmso kaj Vatsono pafas al la hundo, kiu estas unu el la hundoj kiuj mortas en la rakonto, kio ne estas agrabla, ĉar la hundo ne kulpas. Kaj Stepeltono eskapas en la Grimpenan Marĉon, kiu estas parto de la erikejo, kaj li mortas ĉar ensuĉas lin ŝlimejo.

Kelkajn partojn de la rakonto mi ne ŝatas. Unu tia peco estas la antikva skribrulaĵo ĉar ĝi estas verkita en malnova lingvaĵo malfacile komprenebla, kiel la jeno:

Lernu do per tiu ĉi historio ne timi la fruktojn de la pasinteco, sed prefere gardu vin estontece, por ke tiuj fiaj pasioj, pro kiuj nia familio tiel grave suferis, ne povu denove liberiĝi por nin pereigi.

Kaj kelkfoje kavaliro Arturo Konano Dojlo (kiu estas la aŭtoro) priskribas homojn tiamaniere:

Io subtile misis pri la vizaĝo, ia krudeco de esprimo, ia malmoleco, eble de la okuloj, ia malstrikto de lipoj, difektanta ĝian belperfekton.

Kaj mi ne scias, kion signifas «ia malmoleco, eble de la okuloj», kaj mi ne interesiĝas pri vizaĝoj.

Sed kelkfoje oni amuziĝas se oni ne konas la signifojn de la vortoj ĉar oni povas serĉi ilin en vortaro, kiel «bagnulo» (kiu estas mallibereja punito) kaj «kariolo» (kiu estas veturilo kun du radoj kaj ĉevalo).

Mi ŝatas *La Ĉashundon de la Baskerviloj* ĉar ĝi estas detektiva romano, kio signifas ke ĝi enhavas indikaĵojn kaj Falsajn Spurojn.

Jen kelkaj el la indikaĵoj:

1. Du el la botoj de kavaliro Henriko Baskervilo malaperas dum li loĝas en hotelo en Londono. – Tio signifas ke iu volas doni ilin al la ĉashundo de la Baskerviloj flarcele, kiel al spurhundo, por ke ĝi ĉasu lin. Tio signifas ke la ĉashundo de la Baskerviloj ne estas supernatura estaĵo sed vera hundo.

2. Stepeltono estas la sola persono kiu scipovas trairi la Grimpenan Marĉon, kaj li konsilas ke Vatsono restu ekster ĝi por sia propra sekureco. – Tio signifas ke li kaŝas ion en la mezo de la Grimpena Marĉo kaj deziras ke neniu alia trovu ĝin.

3. Sinjorino Stepeltono diras al doktoro Vatsono ke li: «Reiru rekte al Londono senprokraste.» – Ŝi tion faras ĉar ŝi pensas ke doktoro Vatsono estas kavaliro Henriko Baskervilo, kaj ŝi scias ke ŝia edzo volas mortigi lin.

Kaj jen kelkaj el la Falsaj Spuroj:

1. Ŝerloko Holmso kaj Vatsono, kiam en Londono, estas sekvataj de nigrabarba viro en fiakro. – Pro tio oni kredas ke la viro estas Barimoro kiu estas la prizorgisto de la Halo, ĉar li estas la sola alia homo kiu havas nigran barbon. Sed la viro estas vere Stepeltono kiu portas falsan barbon.

2. Seldeno, la murdinto en Monteto Notingo. – Tiu estas viro kiu eskapis el proksima malliberejo kaj estas persekutata sur la erikejoj, kaj tial oni kredas ke li havas ian rilaton al la rakonto, ĉar li estas krimulo, sed li neniel ajn rilatas al la rakonto.

3. La viro ĉe la monteta pinto. – Temas pri silueto de viro kiun doktoro Vatsono vidas nokte sur la erikejo kaj ne rekonas, kaj pro tio oni kredas ke tiu estas la murdinto. Sed tiu estas Ŝerloko Holmso kiu venis al Devono sekrete.

Mi ŝatas *La Ĉashundon de la Baskerviloj* ankaŭ ĉar mi ŝatas Ŝerlokon Holmson, kaj al mi ŝajnas ke se mi estus propraSenca detektivo, li estas tia detektivo kia mi estus. Li estas tre inteligenta kaj li solvas la misteron kaj li diras:

La mondo plenas je evidentaĵoj,
kiujn neniu ial ajn observas.

Sed observas ilin li, simile al mi. Krome la libro diras:

Ŝerloko Holmso havis, ĝis tre rimarkinda grado,
la povon laŭvole malkroĉi sian menson.

Kaj ankaŭ tio similas al mi, ĉar se mi vere interesiĝas pri io, ekzemple matematikaj ekzercoj aŭ legado de libro pri la Apolo-flugoj aŭ blankaj ŝarkoj, mi rimarkas nenion alian kaj eble Patro vokas min veni por vespermanĝi kaj mi ne aŭdas lin. Kaj jen kial mi tre kapablas ŝakludi, ĉar mi laŭvole malkroĉas mian menson kaj koncentriĝas pri la tabulo kaj post iom da tempo mia kunludanto ĉesas koncentriĝi kaj komencas grati la nazon aŭ rigardadi tra la fenestro kaj tiam li aŭ ŝi faros eraron kaj mi venkos.

Krome doktoro Vatsono diras pri Ŝerloko Holmso:

... lia menso ... provadis konstrui iun
kadron, en kiu povus trovi lokon ĉiuj ĉi
strangaj kaj ŝajne senligaj epizodoj.

Kaj tion mi provas fari verkante ĉi tiun libron.

Krome Ŝerloko Holmso ne kredas je supernaturaĵoj, kiel Dio kaj fabeloj kaj inferaj hundoj kaj malbenoj, kiuj estas stultaĵoj.

Kaj mi finos ĉi tiun ĉapitron per du interesaj faktoj pri Ŝerloko Holmso.

1. En la originaj rakontoj pri Ŝerloko Holmso, oni neniam priskribas ke Ŝerloko Holmso portas dubekan kaskedon kian li ĉiam portas en bildoj kaj desegnofilmoj. La dubekan kaskedon elpensis viro nomita Sidney Paget kiu faris la ilustraĵojn por la originaj libroj.

2. En la originaj rakontoj pri Ŝerloko Holmso, Ŝerloko Holmso neniam diras: «Elemente, mia kara Vatsono.» Li diras tion nur en filmoj kaj televidaĵoj.

109

Tiunokte mi iom pli verkis mian libron kaj la postan matenon mi kunportis ĝin al la lernejo por ke Ŝivono povu legi ĝin kaj sciigi al mi ĉu mi eraris pri la ortografio kaj la gramatiko.

Ŝivono legis la libron dum la matena paŭzo kiam ŝi trinkas tason da kafo kaj sidas ĉe la rando de la ludejo kun la aliaj instruistoj. Kaj post la matena paŭzo ŝi venis kaj sidiĝis apud mi kaj diris ke ŝi legis la pecon pri mia konversacio kun s-ino Aleksandro, kaj ŝi diris: «Ĉu vi rakontis tion al via patro?»

Kaj mi respondis: «Ne.»

Kaj ŝi diris: «Ĉu vi rakontos tion al via patro?»

Kaj mi respondis: «Ne.»

Kaj ŝi diris: «Bone. Tio ŝajnas al mi bona ideo, Kristoforo.» Kaj poste ŝi diris: «Ĉu vi malĝojis eltrovinte tion?»

Kaj mi demandis: «Eltrovinte kion?»

Kaj ŝi diris: «Ĉu vi ĉagreniĝis eltrovinte ke via patrino kaj s-ro Ŝirso havis amrilaton?»

Kaj mi diris: «Ne.»

Kaj ŝi diris: «Ĉu vi diras la veron, Kristoforo?»

Kaj tiam mi diris: «Mi ĉiam diras la veron.»

Kaj ŝi diris: «Mi scias, Kristoforo. Sed kelkfoje ni malĝojas pro io kaj ni preferas ne diri al aliaj homoj ke ni malĝojas tiukiale. Ni preferas ke tio restu sekreta. Aŭ kelkfoje ni malĝojas sed ni ne vere scias kial ni malĝojas. Do ni diras ke ni ne malĝojas. Sed ni ja malĝojas.»

Kaj mi diris: «Mi ne malĝojas.»

Kaj ŝi diris: «Se vi tamen eksentos vin malĝoja pro tio ĉi, bonvolu scii ke vi povas veni al mi por priparoli ĝin. Ĉar mi pensas ke paroli kun mi helpos vin senti vin malpli malĝoja. Kaj se vi ne sentos vin malĝoja sed vi deziros nur priparoli la aferon kun mi, ankaŭ tio estos en ordo. Ĉu vi komprenas?»

Kaj mi diris: «Mi komprenas.»

Kaj ŝi diris: «Bone.»

Kaj mi respondis: «Sed mi ne sentas min malĝoja pro tio. Ĉar Patrino estas mortinta. Kaj s-ro Ŝirso ne plu ĉeestas. Do mi sentus min malĝoja pro io kio ne estas reala kaj ne ekzistas. Kaj tio estus stulta.»

Kaj poste mi ekzercis min pri matematiko dum la cetera mateno kaj tagmanĝe mi ne prenis la kiŝon, ĉar ĝi estis flava, sed mi ja manĝis la karotojn kaj la pizojn kaj multe da keĉupo. Kaj deserte mi manĝis rubusan-poman strudelon, sed ne la strudelan parton, ĉar ankaŭ tiu estis flava, kaj mi petis s-inon Daviso forigi la strudelan parton antaŭ ol surtelerigi ĝin, ĉar ne gravas se malsamaj specoj de manĝaĵo kuntuŝiĝas antaŭ ol ili vere kuŝas sur la telero.

Poste, tagmanĝinte, mi pasigis la posttagmezon farante artaĵojn kun s-ino Peterso kaj mi pentris kelkajn bildojn de alimondanoj kiuj aspektis jene:

113

Mia memoro similas al filmo. Jen kial mi tre kapablas rememori aferojn, ekzemple la konversaciojn kiujn mi transskribis en ĉi tiu libro, kaj kiujn vestojn homoj portis, kaj kiel ili odoris, ĉar mia memoro havas odortrakon analogan al sontrako.

Kaj kiam oni petas min rememori ion, mi povas simple premi la butonojn **Rekurigi** kaj **Kurigi** kaj **Paŭzigi** kvazaŭ ĉe vidbendo, sed pli simile al videodisko, ĉar mi ne bezonas Rekurigi tra ĉio interveninta por atingi memoron de io en la fora pasinteco. Kaj krome la butonoj ne ekzistas, ĉar tio okazas en mia kapo.

Se iu diras al mi: «Kristoforo, diru al mi kia estis via patrino», mi povas Rekurigi al multe da diversaj scenoj kaj diri kia ŝi estis en tiuj scenoj.

Ekzemple mi povus Rekurigi ĝis la 4-a de Julio 1992, kiu estis sabato kiam mi estis 9-jara, kaj ni feriis en Kornvalo kaj posttagmeze ni trovis nin sur la strando en loko nomita Polpero. Kaj Patrino portis mallongan ĝinzon kaj helbluan bikinsupron kaj ŝi fumis cigaredojn de la marko Konsulejo kiuj havis mentan guston. Kaj ŝi ne naĝis. Patrino sunbaniĝis sur bantuko kiu havis ruĝajn kaj purpurajn striojn, kaj ŝi legis libron de Georgette Heyer nomitan ***La Maskeradantoj.*** Kaj poste ŝi ĉesis sunbaniĝi kaj eniris la akvon por naĝi kaj ŝi diris: «Porka bovino! Malvarmas.» Kaj ŝi diris ke ankaŭ mi venu kaj naĝu, sed mi ne ŝatas naĝi, ĉar mi ne ŝatas senvestigi min. Kaj ŝi diris ke mi nur suprenrulu la pantalonon kaj paŝu en la akvon iomete, do mi tion faris. Kaj mi staris en la akvo. Kaj Patrino diris: «Vidu. Estas bele.» Kaj ŝi saltis malantaŭen kaj malaperis sub la akvon kaj mi pensis ke ŝarko ŝin manĝis, kaj mi kriegis kaj ŝi restariĝis el la akvo kaj venis tien kie mi staris, kaj levis la dekstran manon kaj disetendis la fingrojn ventumile kaj diris: «Venu, Kristoforo, tuŝu mian manon. Venu do. Ĉesu kriegi. Tuŝu mian manon. Aŭskultu min, Kristoforo. Vi kapablas.» Kaj post iom da tempo mi ĉesis kriegi kaj mi levis la maldekstran manon kaj disetendis la fingrojn ventumile kaj ni kuntuŝigis la fingrojn. Kaj Patrino diris: «Ĉio en ordo, Kristoforo. Ĉio en ordo. Ne ekzistas ŝarkoj en Kornvalo», kaj tiam mi sentis min pli bona.

Tamen mi nenion rememoras pri la vivo antaŭ ol mi estis proksimume 4-jara, ĉar tiam mi ne ĝuste rigardis la aferojn, do ili ne bone registriĝis.

Kaj jen kiel mi rekonas iun se mi ne scias pri kiu temas. Mi vidas kiel la homo estas vestita, aŭ ĉu tiu havas bastonon, aŭ strangan hararon, aŭ okulvitrojn de notinda speco, aŭ apartan manieron movi la brakojn, kaj mi komencas **Serĉi** tra miaj memoroj por vidi, ĉu mi jam renkontis la personon.

Kaj jen ankaŭ kiel mi scias kiel mi agu en malfacilaj situacioj kiam mi ne scias kion fari.

Ekzemple, se oni diras ion sensencan kiel: «Ĝis revido, krokodilido!», aŭ: «Vin kaptos la frosto tiel vestitan», mi komencas **Serĉi** por vidi ĉu mi iam antaŭe aŭdis iun diri tion.

Kaj se iu kuŝas surplanke en la lernejo, mi komencas **Serĉi** tra mia memoro por trovi bildon pri iu kiun trafas epilepsia atako, kaj poste mi komparas la bildon kun tio kio okazas antaŭ mi, por ke mi decidu ĉu la persono nur kuŝas lude, aŭ dormas, aŭ estas trafata de epilepsia atako. Kaj se temas pri epilepsia atako, mi formovas eventualajn meblojn por malebligi ke la trafato frapu la kapon, kaj mi deprenas la puloveron kaj mi metas ĝin sub ties kapon kaj mi iras trovi instruiston.

Ankaŭ aliaj homoj havas bildojn enkape. Sed tiuj estas alispecaj ĉar ĉiu bildo en mia kapo estas bildo pri io kio vere okazis. Sed aliaj homoj havas bildojn enkape pri aferoj kiuj ne estas realaj kaj ne okazis.

Ekzemple kelkfoje Patrino kutimis diri: «Se mi ne edziniĝus al via patro, ŝajnas al mi ke mi loĝus en malgranda biendomo en suda Francujo kun iu nomita Ĵano. Kaj li estus, nu, loka plurmetiulo. Vi scias: li farbus kaj dekoracius por la homoj, ĝardenus, konstruus barilojn. Kaj ni havus verandon super kiu kreskus figarboj, kaj starus kampo da sunfloroj ĉe la fundo de la ĝardeno kaj eta urbo sur la fora monteto kaj vespere ni sidus ekstere kaj trinkus ruĝan vinon kaj fumus Gaŭlo-cigaredojn kaj rigardus la sunon subiri.»

Kaj Ŝivono iam diris ke kiam ŝi sentas sin deprimita aŭ malĝoja, ŝi emas fermi la okulojn kaj imagi ke ŝi gastas en domo en Kabo Moruo kun sia amiko Elinjo, kaj ke ili ekskursas en boato el Provincurbo, veturante en la golfeton por observi la ĝibajn balenojn, kaj tio sentigas ŝin trankvila kaj paca kaj kontenta.

Kaj kelkfoje, kiam iu mortis, kiel mortis Patrino, oni diras: «Kion vi volus diri al la patrino se ŝi ĉeestus nun?» aŭ: «Kion via patrino pensus pri tio?», kio estas stulta ĉar

Patrino mortis, kaj ne eblas paroli kun homoj kiuj mortis, kaj mortintoj ne povas pensi.

Kaj ankaŭ Avinjo havas bildojn enkape, sed ŝiaj bildoj estas tute konfuzitaj kvazaŭ iu fuŝmiksis la filmon, kaj ŝi ne kapablas ordigi la okazintaĵojn, do ŝi pensas ke mortintoj ankoraŭ vivas, kaj ŝi ne scias ĉu io okazis en la reala vivo aŭ ĉu ĝi okazis en televidaĵo.

127

Kiam mi alvenis hejmen de la lernejo, Patro ankoraŭ forestis laborante, do mi malŝlosis la ĉefpordon kaj eniris kaj demetis la palton. Mi iris en la kuirejon kaj surtabligis miajn aferojn. Kaj unu el la aferoj estis ĉi tiu libro kiun mi kunportis al la lernejo por montri ĝin al Ŝivono. Mi faris por mi framban laktokirlaĵon kaj varmigis ĝin en la mikroondilo kaj poste trairis ĝis la salono por spekti unu el miaj vidbendoj **Blua Planedo** pri la vivo en la plej profundaj partoj de la oceano.

La vidbendo temis pri la marbestoj kiuj vivas ĉirkaŭ sulfurtuboj, kiuj estas subakvaj vulkanoj kie gasoj elpuŝiĝas el la tera krusto en la akvon. Sciencistoj neniam atendis trovi vivulojn tie, ĉar estas tiel varmege kaj venene, sed tie estas tutaj ekosistemoj.

Mi ŝatas tiun parton ĉar ĝi montras ke ĉiam ekzistas io nova kion scienco povas malkovri, kaj ke ĉiuj faktoj akceptitaj kiel normalaj povas esti tute eraraj. Kaj mi ŝatas ankaŭ ke oni filmis en loko kiu estas pli malfacile atingebla ol la supro de Everesto sed troviĝas nur kelkajn kilometrojn for de la marnivelo. Kaj tio estas unu el la plej silentaj kaj plej senlumaj kaj plej sekretaj lokoj sur la supraĵo de la Tero. Kaj mi ŝatas imagi ke mi trovas min tie kelkfoje, en sfera metala submarŝipeto kun fenestroj 30 cm dikaj por ke ili ne implodu sub la premo. Kaj mi imagas ke mi estas la sola persono en ĝi, kaj ke ĝi estas tute ne ligita al ŝipo, sed ĝi kapablas funkcii per la propra energio kaj mi povas regi la motorojn kaj moviĝi sur la marfundo ien ajn kien mi deziras, kaj oni neniam trovos min.

Patro venis hejmen je 17:48. Mi aŭdis lin veni tra la ĉefpordo. Poste li venis en la salonon. Li surhavis ĉemizon kun limeoverdaj kaj ĉielbluaj kvadratoj, kaj estis duobla nodo ĉe unu el liaj ŝuoj sed ne ĉe la alia. Li portis malnovan reklamon pri laktopulvoro faritan el metalo kaj farbitan per blua kaj blanka emajlo kaj kovritan per etaj rustocirkloj kiuj similis al kuglotruoj, sed li ne klarigis kial li portas tion.

Li diris: «Ho la, kamarado», kio estas ŝerco kiun li emas fari.

Kaj mi diris: «Saluton.»

Mi plu spektis la vidbendon kaj Patro iris en la kuirejon.

Mi forgesis ke mi lasis mian libron kuŝi sur la kuireja tablo, ĉar mi tro interesiĝis pri la vidbendo **Blua Planedo**. Tion oni nomas *Kompromiti Sian Singardemon* kaj tion oni neniam faru se oni estas detektivo.

Estis 17:54 kiam Patro revenis en la salonon. Li diris: «Kio estas ĉi tio?», sed li diris ĝin tre mallaŭte kaj mi ne konstatis ke li koleras, ĉar li ne kriis.

Li tenis la libron en la dekstra mano.

Mi diris: «Ĝi estas libro kiun mi verkas.»

Kaj li diris: «Ĉu tio veras? Ĉu vi parolis kun s-ino Aleksandro?» Li diris ankaŭ tion tre mallaŭte, do mi ankoraŭ ne konstatis ke li koleras.

Kaj mi diris: «Jes.»

Poste li diris: «Je la sankta feka ĉielo, Kristoforo. Kiel stulta vi estas?»

Jen io kion laŭ Ŝivono oni nomas retorika demando. Ĝi havas demandosignon ĉe la fino, sed oni ne respondu ĝin, ĉar la persono dirinta ĝin jam scias la respondon. Malfacilas rimarki retorikan demandon.

Poste Patro diris: «Fek! Kion diable mi diris al vi, Kristoforo?» Tio estis multe pli laŭta.

Kaj mi respondis: «Ke mi ne menciu la nomon de s-ro Ŝirso en nia domo. Kaj mi ne iru al s-ino Ŝirso, aŭ al iu ajn, por demandi kiu mortigis tiun damnan hundon. Kaj mi ne iru senrajte en la ĝardenojn de aliuloj. Kaj mi ĉesigu tiun ĉi damne ridindan detektivan ludon ĝuste nun. Tamen mi faris neniun el tiuj aferoj. Mi demandis s-inon Aleksandro pri s-ro Ŝirso nur ĉar ...»

Sed Patro interrompis min kaj diris: «Ne buŝu tian sensencaĵon al mi, fekuleto. Damne, vi sciis precize kion vi faris. Mi legis la libron, komprenu.» Kaj kiam li diris tion, li levis la libron kaj skuis ĝin. «Kion alian mi diris, Kristoforo?»

Ŝajnis al mi ke eble tio estas plia retorika demando, sed mi ne certis. Mi trovis malfacile elpensi kion mi diru, ĉar mi komencis ektimi kaj konfuziĝi.

Poste Patro ripetis la demandon: «Kion alian mi diris, Kristoforo?»

Mi diris: «Mi ne scias.»

Kaj li diris: «Ek al! Vi estas la fekaĉa memoristo.»

Sed mi ne povis pensi.

Kaj Patro diris: «Ke vi ne ŝovu la fekaĉan nazon en aliulajn aferojn. Kaj kion vi faris? Vi rondiris ŝovante la nazon en aliulajn aferojn. Vi rondiris elfosante la pasintecon kaj kundividis ĝin kun ĉiu ajnulo renkontita. Kion mi faru pri vi, Kristoforo? Fek, kion mi faru pri vi?»

Mi diris: «Mi nur faris babiladon kun s-ino Aleksandro. Mi ne faris detektivadon.»

Kaj li diris: «Mi petis vin fari nur unu aferon por mi, Kristoforo. Unu aferon.»

Kaj mi diris: «Mi ne volis paroli kun s-ino Aleksandro. S-ino Aleksandro estis tiu kiu …»

Sed Patro interrompis min kaj ektenis mian brakon ege forte.

Patro neniam antaŭe ektenis min tiel. Patrino batis min kelkfoje ĉar ŝi estis persono tre flamiĝema, kio signifas ke ŝi koleriĝis pli rapide ol aliaj homoj kaj ŝi kriis pli ofte. Sed Patro estas persono pli ekvilibreca, kio signifas ke li ne koleriĝas tiel rapide kaj li ne krias tiel ofte. Do mi estis tre surprizita kiam li ektenis min.

Mi ne ŝatas kiam homoj ektenas min. Kaj mi ankaŭ ne ŝatas esti surprizita. Do mi batis lin, kiel mi batis la policanon kiam li prenis miajn brakojn kaj levstarigis min. Sed Patro ne liberigis min, kaj li kriis. Kaj mi batis lin denove. Kaj poste mi ne plu sciis kion mi faras.

Mi havis neniom da memoroj dum mallonga tempo. Mi scias ke la tempo estis mallonga ĉar mi rigardis la brakhorloĝon poste. Estis kvazaŭ iu malŝaltis min kaj poste min reŝaltis. Kaj kiam oni min reŝaltis, mi sidis sur la tapiŝo kun mia dorso ĉe la muro kaj mia dekstra mano surhavis sangon kaj la flanko de mia kapo doloris. Kaj Patro staris sur la tapiŝo unu metron antaŭ mi, rigardante min desupre, kaj li ankoraŭ tenis mian libron en la dekstra mano, sed ĝi estis tordita tra la mezo kaj ĉiuj anguloj estis ĉifaĉitaj, kaj lia kolo havis gratvundon kaj la maniko de lia verde-blue kvadratita ĉemizo havis grandan ŝiron kaj li spiris ege profunde.

Post ĉirkaŭ minuto li turnis sin kaj li trapaŝis ĝis la kuirejo. Tiam li malŝlosis la malantaŭan pordon al la ĝardeno kaj eliris. Mi aŭdis lin levi la kovrilon de la rubujo kaj enfaligi ion kaj remeti la kovrilon sur la rubujon. Poste li venis en la kuirejon denove, sed li ne plu portis la libron. Poste li ŝlosis la malantaŭan pordon kaj metis la ŝlosilon en la porcelanan kruĉeton kiu havas la formon de dika monaĥino, kaj li staris en la mezo de la kuirejo kaj fermis la okulojn.

Poste li malfermis la okulojn kaj li diris: «Fek, mi bezonas drinki.»

Kaj li alprenis skatolon da biero.

131

Jen kelkaj el la kialoj pro kiuj mi malamas flavon kaj brunon.

FLAVAS

1. Kustardo

2. Bananoj (bananoj ankaŭ bruniĝas)

3. Flavaj linioj, kiuj malpermesas parki tie

4. Flava febro (kiu estas malsano el la tropika Ameriko kaj Okcident-Afriko kiu kaŭzas altan febron, akutan nefriton, ikteron kaj hemoragiojn, kaj ĝin kaŭzas viruso transdonata per la mordo de moskito nomita *Aëdes aegypti*, kiun oni antaŭe nomis *Stegomyia fasciata*; kaj nefrito estas inflamo de la renoj)

5. Flavaj floroj (ĉar min trafas florpolena fojnkataro, kiu estas unu el tri specoj de fojnkataro, kaj la aliaj estas herbopolena kaj fungopolena, kaj ĝi sentigas min malsana)

6. Maizo (ĉar ĝi elvenas en la kako kaj oni ne digestas ĝin, do vere oni ne manĝu ĝin, same kiel herbon aŭ foliojn)

BRUNAS

1. Koto

2. Viandosuko

3. Kako

4. Ligno (ĉar oni iam faris maŝinojn kaj veturilojn el ligno sed ne plu, ĉar ligno rompiĝas kaj putras kaj kelkfoje enhavas vermojn, kaj nun oni faras maŝinojn kaj veturilojn el metalo kaj plasto kiuj estas multe pli bonaj kaj pli modernaj)

5. Meliso Bruno (kiu estas lernejanino kiu efektive ne estas bruna kiel Anilo aŭ Mohamedo, temas nur pri ŝia nomo, sed ŝi ŝiris mian grandan pentraĵon pri kosmonaŭto en du pecojn kaj mi forĵetis ĝin eĉ post kiam s-ino Peterso riparis ĝin per glubendo, ĉar ĝi aspektis rompite)

S-ino Forbso diris ke malami flavon kaj brunon estas stultaĵo. Kaj Ŝivono diris ke ŝi ne diru tiajn aferojn kaj ĉiu havas ŝatatajn kolorojn. Kaj Ŝivono pravis. Sed ankaŭ s-ino Forbso iomete pravis. Ĉar tio ja estas iasence stultaĵo. Sed en la vivo oni devas ofte decidi kaj se oni ne decidus, oni neniam farus ion, ĉar oni pasigus la tutan tempon elektante inter fareblaĵoj. Do estas bone ke oni havu kialon malami kelkajn aferojn kaj ŝati aliajn. Estas simile en restoracio, ekzemple kiam Patro ekskurse kunprenas min al Berni-Taverno kelkfoje kaj oni rigardas la menuon kaj oni devas elekti kion oni manĝos. Sed oni ne scias ĉu io plaĉos, ĉar oni ankoraŭ ne gustumis tion, do oni havas ŝatatajn manĝaĵojn kaj oni elektas tiujn, kaj oni havas neŝatatajn manĝaĵojn kaj oni ne elektas tiujn, kaj tiel la afero estas simpla.

137

La postan tagon Patro diris ke li bedaŭras bati min kaj ke li ne intencis tion. Li petis min lavi la vundon sur mia vango per kontraŭsepsaĵo por certiĝi ke ĝi ne infektiĝis, kaj poste li petis min almeti pretpansaĵon por ke ĝi ne sangu.

Tiam, ĉar estis sabato, li diris ke li kunprenos min en ekskurso por montri al mi ke li vere bedaŭras, kaj ni iros al la Tvajkrosa Bestoparko. Do li faris por mi kelke da sandviĉoj el blanka pano kaj tomatoj kaj laktuko kaj ŝinko kaj fraga konfitaĵo por manĝigi min, ĉar mi ne ŝatas manĝi aferojn el lokoj kiujn mi ne konas. Kaj li diris ke estos bone ĉar la bestoparko ne enhavos multe da homoj, ĉar oni prognozis pluvon, kaj tio kontentigis min ĉar mi ne ŝatas homamasojn kaj mi ŝatas kiam pluvas. Do mi iris preni mian pluvmantelon kiu estas oranĝa.

Poste ni veturis al la Tvajkrosa Bestoparko.

Mi neniam antaŭe vizitis la Tvajkrosan Bestoparkon, do mi ne havis bildon pri ĝi en la menso antaŭ ol ni alvenis tien, do ni aĉetis gvidlibron en la informejo kaj poste ni promenis tra la tuta bestoparko kaj mi decidis kiuj estas miaj plej ŝatataj bestoj.

Miaj plej ŝatataj bestoj estis:

1. **RANDIMANO**, kiel nomiĝas la plej maljuna *Ruĝvizaĝa Nigra Araneo-Simio* (*Ateles paniscus paniscus*) iam tenita en bestoparko. Randimano estas 44-jara kaj

samaĝa kiel Patro. Li iam estis hejmbesto sur ŝipo kaj havis metalan bendon ĉirkaŭ la ventro, kiel en rakonto pri piratoj.

2. La **PATAGONAJ MARLEONOJ**, kiuj nomiĝas Miraklo kaj Stelo.

3. MALIKUO, kiu estas *Orangutano*. Mi aparte ŝatis ĝin ĉar ĝi kuŝis en speco de hamako farita el striita verda piĵampantalono, kaj laŭ la blua plasta informoŝildo apud la kaĝo ĝi mem kreis la hamakon.

Poste ni iris al la kafejo kaj Patro manĝis plateson kun terpomfritoj kaj pomkukon kun glaciaĵo kaj trinkis kruĉon da bergamota teo kaj mi manĝis miajn sandviĉojn kaj mi legis la gvidlibron pri la bestoparko.

Kaj Patro diris: «Mi amas vin tre multe, Kristoforo. Neniam forgesu tion. Kaj mi scias ke de tempo al tempo mi ekbolas. Mi scias ke mi koleriĝas. Mi scias ke mi krias. Kaj mi scias ke mi tion ne faru. Sed mi faras tion nur ĉar mi zorgas pri vi, ĉar mi ne deziras vidi vin trafi en problemojn, ĉar mi ne deziras vidi vin vundiĝi. Ĉu vi komprenas?»

Mi ne sciis ĉu mi komprenas. Do mi diris: «Mi ne scias.»

Kaj Patro diris: «Kristoforo, ĉu vi komprenas, ke mi amas vin?»

Kaj mi diris: «Jes», ĉar ami iun estas helpi kiam tiu persono trafas en problemojn, kaj prizorgi, kaj ne mensogi, kaj Patro prizorgas min kiam mi trafas en problemojn, ekzemple venante al la policejo, kaj li prizorgas min kuirante por mi, kaj li neniam mensogas al mi, kio signifas ke li amas min.

Kaj tiam li levis la dekstran manon kaj disetendis la fingrojn ventumile, kaj mi levis la maldekstran manon kaj disetendis la fingrojn ventumile kaj ni kuntuŝigis la fingrojn.

Poste mi elsakigis paperon kaj mi faris mapon de la bestoparko parkere por testi min. La mapo aspektis jene:

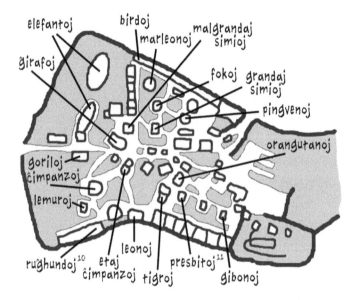

Poste ni iris rigardi la ĝirafojn. Kaj la odoro de ilia kako similis al la odoro en la lerneja gerbilkaĝo kiam ni havis gerbilojn, kaj kiam ili kuris, iliaj kruroj estis tiel longaj ke aspektis kvazaŭ ili kurus en malrapidigita filmo.

Poste Patro diris ke ni iru hejmen antaŭ ol la vojoj ŝtopiĝos.

[10] La ruĝhundo estas *La Azia Sovaĝa Hundo* kaj ĝi aspektas kiel vulpo.

[11] La presbito estas *La Entelo-Simio*.

139

Mi ŝatas Ŝerlokon Holmson, sed mi ne ŝatas kavaliron Arturo Konano Dojlo kiu verkis la rakontojn pri Ŝerloko Holmso. Tio estas ĉar li ne similis al Ŝerloko Holmso kaj li kredis je supernaturaĵoj. Kaj kiam li maljuniĝis, li fariĝis ano de la Spiritisma Societo, kio signifas ke li kredis ke eblas komuniki kun mortintoj. Tio estis ĉar lia filo mortis pro gripo en la Unua Mondmilito kaj li ankoraŭ deziris paroli kun li.

Kaj en 1917 okazis fama afero nomita **La Kazo de la Kotingleaj Feinoj**. 2 kuzinoj nomitaj Frances Griffiths, kiu estis 9-jara, kaj Elsie Wright, kiu estis 16-jara, diris ke ili kutimas ludi kun feinoj apud rivereto nomita Kotinglea Rojo, kaj ili uzis la fotilon de la patro de Frances por fari 5 fotojn de la feinoj jene:

Sed tiuj ne estis veraj feinoj. Ili estis surpaperaj desegnaĵoj kiujn ili eltondis kaj starigis per pingloj, ĉar Elsie estis ege bona artisto.

Harold Snelling, kiu estis fakulo pri falsita fotografio, diris:

Tiuj dancantaj figuroj ne estas faritaj el papero aŭ ia ŝtofo; ili ne estas pentritaj sur fotografia fono – sed por mi la plej perpleksiga afero estas, ke ĉiuj tiuj figuroj moviĝis dum la ekspono.

Sed li pensis stulte ĉar papero ja moviĝus dum ekspono, kaj la ekspono estis tre longa ĉar en la foto oni vidas etan akvofalon malantaŭe kaj ĝi estas svaga.

Poste kavaliro Arturo Konano Dojlo aŭdis pri la bildoj kaj li diris ke li kredas ilin veraj en artikolo en magazino nomita **La Strando**. Sed ankaŭ li pensis stulte ĉar se oni rigardas la bildojn, oni vidas ke la feinoj aspektas ĝuste kiel feinoj en malnovaj libroj kaj ili havas flugilojn kaj robojn kaj ŝtrumpojn kaj ŝuojn, kio similas al la ideo ke alimondanoj surteriĝus kaj aspektus kiel Imperiaj Sturmotrupoj el la Mortostelo en **Stel-Militoj** aŭ kiel Dalekoj en la serio **Doktoro Kiu** aŭ kiel etaj verduloj en desegnofilmoj pri alimondanoj.

Kaj en 1981 viro nomita Joe Cooper intervjuis Elsie Wright kaj Frances Griffiths por artikolo en magazino nomita **Neklarigitaĵoj** kaj Elsie Wright diris ke ĉiuj 5 fotoj estis falsitaj, kaj Frances Griffiths diris ke 4 estis falsitaj sed unu estis vera. Kaj ili diris ke Elsie desegnis la feinojn laŭ libro nomita **Donaclibro de Princino Mario** de Arthur Shepperson.

Kaj tio montras ke kelkfoje homoj volas esti stultaj kaj ili ne volas scii la veron.

Kaj ĝi montras la verecon de io nomita la Okama razilo. Kaj la Okama razilo ne estas razilo per kiu viroj razas sin, sed leĝo, kaj ĝi diras:

Entia non sunt multiplicanda praeter necessitatem.

Kaj tio estas latina kaj ĝi signifas:

Oni ne supozu ke ekzistas pli da
aferoj ol nepre necesas.

Kaj tio signifas ke murdito estas kutime mortigita de konato kaj feinoj estas faritaj el papero kaj ne eblas paroli kun iu kiu mortis.

149

Kiam mi iris al la lernejo lundon, Ŝivono demandis min kiel kontuziĝis la flanko de mia vizaĝo. Mi diris ke Patro koleris kaj ektenis min, do mi batis lin kaj poste ni batalis. Ŝivono demandis ĉu Patro batis min, kaj mi diris ke mi ne scias, ĉar mi furioziĝis kaj tio strangigis mian memoron. Kaj poste ŝi demandis ĉu Patro batis min ĉar li koleris. Kaj mi diris ke li ne batis min, li ektenis min, sed li koleris. Kaj Ŝivono demandis ĉu li ektenis min forte, kaj mi diris ke li ektenis min forte. Kaj Ŝivono demandis ĉu mi timas iri hejmen, kaj mi diris ke ne. Kaj poste ŝi demandis min ĉu mi volas plu paroli pri tio, kaj mi diris ke ne. Kaj poste ŝi diris: «Bone», kaj ni ne plu parolis pri ĝi, ĉar ekteni iun estas en ordo se tio okazas je la brako aŭ la ŝultro kiam oni estas kolera, sed oni ne rajtas ekteni ies harojn aŭ ies vizaĝon. Sed batado ne estas permesita, krom se oni jam batalas kontraŭ iu kaj tiam ĝi estas malpli malbona.

Kaj kiam mi alvenis hejmen de la lernejo, Patro ankoraŭ laboris, do mi iris en la kuirejon kaj prenis la ŝlosilon el la porcelana kruĉeto kun la formo de monaĥino kaj malfermis la malantaŭan pordon kaj iris eksteren kaj rigardis en la rubujon por trovi mian libron.

Mi deziris rehavi mian libron ĉar mi ŝatis verki ĝin. Mi ŝatis havi farendan projekton kaj mi aparte ŝatis se temis pri malfacila projekto kiel libro. Krome mi ankoraŭ ne sciis kiu mortigis Velingtonon, kaj en mia libro mi tenis ĉiujn indikaĵojn kiujn mi malkovris, kaj mi ne deziris ke oni forĵetu ilin.

Sed mia libro ne troviĝis en la rubujo.

Mi remetis la kovrilon sur la rubujon kaj promenis tra la ĝardeno por rigardi en la ujo kie Patro tenas la ĝardenan rubaĵon, ekzemple herbotondaĵojn kaj pomojn kiuj falis de la arboj, sed mia libro ankaŭ ne troviĝis en tio.

Mi scivolis ĉu Patro metis ĝin en sian kamioneton kaj veturis al la rubejo kaj metis ĝin en unu el la grandaj rubujoj tie, sed mi ne deziris ke estu tiel, ĉar tiuokaze mi neniam revidus ĝin.

Unu alia eblo estis ke Patro kaŝis mian libron ie en la domo. Do mi decidis fari iom da detektivado por vidi ĉu mi povos trovi ĝin. Tamen mi devis ĉiam aŭskultadi ege atente por ke mi aŭdu lian kamioneton kiam li alvenos ekster la domo, por ke li ne kaptu min dum mi detektivos.

Mi komencis per serĉado en la kuirejo. Mia libro mezuriĝis proksimume **25 cm × 35 cm × 1 cm**, do ĝi ne povis esti kaŝita en tre malgranda loko, kaj tial mi ne devis serĉi en ege malgrandaj lokoj. Mi serĉis supre de la ŝrankoj kaj malantaŭ la tirkestoj kaj sub la forno, kaj mi uzis mian specialan brilegan poŝlampon kaj spegulpecon el la aparatoĉambro por helpi min vidi en la mallumajn spacojn malantaŭ la ŝrankoj kie fojfoje envenis musoj el la ĝardeno kaj naskis siajn idojn.

Poste mi detektivis en la aparatoĉambro.

Poste mi detektivis en la manĝoĉambro.

Poste mi detektivis en la salono, kie mi retrovis la

mankantan radon de mia plasta etmodelo de Meserŝmito Bf 109 G-6 sub la sofo.

Poste ŝajnis al mi ke mi aŭdas Patron veni tra la ĉefpordo, kaj mi eksaltetis kaj mi provis stariĝi rapide kaj mia genuo trafis la angulon de la kaftablo kaj ĝi multe doloris, sed okazis nur ke unu el la droguzantoj en la najbara domo faligis ion surplanken.

Poste mi iris supren, sed mi ne detektivis en mia propra ĉambro, ĉar mi rezonis ke Patro ne kaŝus ion de mi en mia propra ĉambro, krom se li agus tre lerte kaj farus tiel nomatan *Duoblan Blufon* kiel en proprasenca krimromano pri murdo, do mi decidis rigardi en mia propra ĉambro nur se mi ne povos trovi la libron aliloke.

Mi detektivis en la banĉambro, sed la sola priserĉinda loko estis la sekigoŝranko kaj ĝi enhavis nenion.

Pro tio la sola ĉambro ankoraŭ inda je detektivado estis la dormoĉambro de Patro. Mi ne sciis ĉu mi rigardu tie, ĉar li jam antaŭe diris ke mi ne rearanĝu la aferojn en lia ĉambro. Sed se li volus ion kaŝi de mi, la plej bona kaŝejo estus lia ĉambro.

Do mi diris al mi ke mi ne rearanĝos la aferojn en lia ĉambro. Mi movos ilin kaj poste mi remetos ilin. Kaj li neniam scios ke mi tion faris, do li ne koleros.

Mi komence rigardis sub la lito. Tie kuŝis 7 ŝuoj kaj kombilo enhavanta multe da haroj kaj peco da kupra tubo kaj ĉokolada kekso kaj porna magazino nomita **Fiesto** kaj mortinta abelo kaj kravato kun motivo de Homero Simpsono kaj ligna kulero, sed ne mia libro.

Poste mi rigardis en la tirkestoj ambaŭflanke de la tualeta tablo, sed tiuj enhavis nur aspirinon kaj ungotondilon kaj pilojn kaj dentofadenon kaj tamponon kaj papertukojn kaj rezervan falsan denton por la eventualo ke Patro perdus la falsan denton per kiu li plenigis la truon kie li elbatis denton kiam li falis de la ŝtupetaro alfiksante nestokesteton en la ĝardeno, sed mia libro estis ankaŭ ne tie.

Poste mi rigardis en lia vestoŝranko. Ĝi estis plena de liaj vestoj sur vestarkoj. Troviĝis plej alte ankaŭ malgranda breto kies surhavon mi povis vidi se mi staris sur la lito, sed mi devis demeti la ŝuojn por ne lasi malpuran piedsignon kiu estus indikaĵo se Patro decidus fari detektivadon. Sed la solaj aferoj sur la breto estis pli da pornaj magazinoj kaj rompita sandviĉrostilo kaj 12 metalaj vestarkoj kaj malnova harsekigilo kiu iam apartenis al Patrino.

En la malsupro de la ŝranko sidis granda plasta ilujo kiu estis plena de iloj por memfara bontenado de la hejmo, kiel borilo kaj peniko kaj kelke da ŝraŭboj kaj martelo, sed mi povis vidi tiujn sen malfermi la ujon ĉar ĝi estis el travidebla griza plasto.

Poste mi vidis ke troviĝas alia skatolo sub la ilujo, do mi levis la ilujon el la ŝranko. La alia skatolo estis malnova kartona skatolo kian oni nomas ĉemizoskatolo ĉar pasintece oni aĉetis ĉemizojn en tiaj. Kaj kiam mi malfermis la ĉemizoskatolon, mi vidis ke mia libro kuŝas en ĝi.

Tiam mi ne sciis kion fari.

Mi kontentis ĉar Patro ne forĵetis mian libron. Sed se mi prenus la libron, li scius ke mi rearanĝis aferojn en lia ĉambro, kaj li tre kolerus kaj mi promesis ne rearanĝi aferojn en lia ĉambro.

Tiam mi aŭdis lian kamioneton alveni ekster la domo kaj mi sciis ke mi devas pensi rapide kaj agi lerte. Do mi decidis ke mi lasos la libron kie ĝi kuŝas, ĉar mi rezonis ke Patro ne forĵetos ĝin se li jam metis ĝin en la ĉemizoskatolon, kaj mi povos plu verki en alia libro kiun mi tenos ege sekreta, kaj poste li eble iam ŝanĝos la opinion kaj permesos ke mi rehavu la unuan libron, kaj mi povos transkopii la novan libron en ĝin. Kaj se li neniam redonos ĝin al mi, mi povos rememori la plimulton el tio kion mi verkis, do mi metos la tuton en la duan sekretan libron, kaj se pri iu ero mi volos kontroli por certiĝi ke mi ĝuste memoras ĝin, mi povos veni en lian ĉambron kaj kontroli kiam li estos for de la hejmo.

Poste mi aŭdis Patron fermi la pordon de la kamioneto.

Kaj jen kiam mi vidis la koverton.

Ĝi estis koverto adresita al mi kaj ĝi kuŝis sub mia libro en la ĉemizoskatolo kun kelkaj aliaj kovertoj. Mi levis ĝin. Ĝi estis neniam malfermita. Ĝi tekstis:

Kristoforo Beno
Randolfo-Strato 36
Svindono
Viltŝiro

Poste mi rimarkis ke tie kuŝas multe da aliaj kovertoj kaj ĉiuj estis adresitaj al mi. Kaj tio estis interesa kaj perpleksiga.

Kaj poste mi rimarkis kiamaniere estis skribitaj la vortoj «Kristoforo» kaj «Svindono». Ili estis skribitaj jene:

Kristoforo
Svindono

Mi konas nur 3 homojn kiuj faras etajn cirklojn anstataŭ punktoj super la litero *i*. Kaj unu el ili estas Ŝivono, kaj unu el ili estis s-ro Loksleo kiu iam instruis en la lernejo, kaj unu el ili estis Patrino.

Kaj poste mi aŭdis Patron malfermi la ĉefpordon, do mi prenis unu koverton el sub la libro kaj mi remetis la kovrilon sur la ĉemizoskatolon kaj mi remetis la ilujon sur ĝin kaj mi fermis la ŝrankopordon ege atente.

Poste Patro elvokis: «Kristoforo?»

Mi diris nenion, ĉar li eble povus aŭdi de kie mi vokus. Mi stariĝis kaj paŝis ĉirkaŭ la lito ĝis la pordo, tenante la koverton, penante fari kiel eble plej malmulte da sono.

Patro staris malsupre de la ŝtuparo kaj mi pensis ke li eble vidos min, sed li trafoliumis la poŝtaĵojn kiuj alvenis tiumatene, do lia kapo rigardis planken. Poste li forpaŝis de la piedo de la ŝtuparo direkte al la kuirejo kaj mi fermis la pordon de lia ĉambro tre mallaŭte kaj iris en mian propran ĉambron.

Mi deziris rigardi la koverton, sed mi ne deziris kolerigi Patron, do mi kaŝis la koverton sub mia matraco. Poste mi iris malsupren kaj diris saluton al Patro.

Kaj li diris: «Do pri kio vi umis hodiaŭ, junulo?»

Kaj mi diris: «Hodiaŭ ni faris **Ĉiutagajn Kapablojn** kun s-ino Grejo. Temis pri **Uzado de Mono** kaj **Publika Transporto**. Kaj mi tagmanĝis tomatan supon kaj 3 pomojn. Kaj mi iom ekzercis min pri matematiko posttagmeze kaj ni iris promeni en la parko kun s-ino Peterso kaj kolektis foliojn por fari kungluaĵojn.»

Kaj Patro diris: «Bonege, bonege. Kion vi ŝatus beki ĉi-vespere?»

Beki estas manĝi.

Mi diris ke mi deziras tomatfabojn kaj brokolon.

Kaj Patro diris: «Tio ŝajnas al mi tre facile aranĝebla.»

Poste mi sidis sur la sofo kaj mi legis iom pli el mia legata libro nomita *Ĥaoso* de James Gleick.

Poste mi iris en la kuirejon kaj manĝis miajn tomatfabojn kaj brokolon dum Patro manĝis kolbasojn kaj frititajn ovojn kaj fritpanon kaj trinkis tason da teo.

Poste Patro diris: «Mi alfiksos tiujn bretojn en la salono, se tio ne ĝenos vin. Mi iomete bruegos, bedaŭrinde, do se vi volas uzi la televidilon, ni devos porti ĝin supren.»

Kaj mi diris: «Mi iros esti sola en mia ĉambro.»

Kaj li diris: «Bravulo.»

Kaj mi diris: «Dankon pro la vespermanĝo», ĉar tio estas ĝentila.

Kaj li diris: «Ne dankinde, bubo.»

Kaj mi supreniris al mia ĉambro.

Kaj kiam mi estis en mia ĉambro, mi fermis la pordon kaj mi elprenis la koverton el sub mia matraco. Mi levis la leteron antaŭ la lampo por vidi ĉu mi povis rekoni la enhavon de la koverto, sed la papero de la koverto estis tro dika. Mi demandis min ĉu mi rajtas malfermi la koverton, ĉar ĝi estas io kion mi prenis el la ĉambro de Patro. Sed poste mi rezonis ke ĝi estas adresita al mi, do ĝi apartenas al mi, do malfermi ĝin estas en ordo.

Do mi malfermis la koverton.

Ĝi enhavis leteron.

Kaj jen tio, kio estis skribita en la letero:

Kanonik-Strato 451C
Vîlsdeno
Londono NW2 5NG
0208 887 8907

Kara Kristoforo!

Mi bedaŭras ke pasis tiom multege
da tempo post mia lasta letero
al vi. Mi tre okupiĝis. Mi havas
novan postenon kiel sekritario
por fabriko kiu faras aferojn el
ŝtalo. Vi tre ŝatus ĝin. La fabriko
plenas je grandegaj maŝinoj
kiuj produktas la ŝtalon kaj
trancas ĝin kaj fleksas ĝin en

ian ajn formon bezonatan. Ĉi-
semajne oni kreas tegmenton
por kafejo en komerca centro en
Birmingamo. Ĝi estas en formo de
grandega floro kaj oni kovros ĝin
per streĉita tolo por ke ĝi aspektu
kiel giganta tendo.

Kaj ni fine transloĝiĝis en la
novan apartementon, kiel vi vidos
laŭ la adreso. Tie-ĉi ne estas
same agrable kiel en la malnova
kaj Vilsdeno ne multe plaĉas al
mi, sed Roĝero povas pli facile
iri labori, kaj li aĉetis ĝin (li nur
luis la alian) do ni povos enmeti
la proprajn meblojn kaj farbi la
murojn per nia preferata koloro.

Kaj jen kial pasis tiom da
tempo post mia lasta letero al vi,
ĉar estis penige paki ĉiujn niajn
aferojn kaj poste elpaki ilin kaj
poste alkutimiĝi al tiu-ĉi nova
posteno.

Mi estas tre laca nun kaj mi
bezonas endormiĝi kaj mi volas
meti tion-ĉi en la poŝtkeston
morgaŭ matene, do mi ĝisos nun

kaj skribos plian leteron al vi
baldaŭ.

Vi ankoraŭ ne skribis al mi, do
mi scias ke vi verŝajne ankoraŭ
koleras kontraŭ mi. Pardonu,
Kristoforo. Sed mi ankoraŭ amas
vin. Mi esperas ke vi ne ĉiam
restos kolera kontraŭ mi. Kaj ege
plaĉus al mi se vi povus skribi al mi
leteron (sed ne forgesu sendi ĝin
al la nova adreso!)

Mi pensas pri vi konstante.

Amege,

Via Panjo.

xxxxxx

Poste mi estis vere perpleksa ĉar Patrino neniam laboris kiel sekretario por firmao kiu faras aferojn el ŝtalo. Patrino laboris kiel sekretario por granda garaĝon en la urbocentro. Kaj Patrino neniam loĝis en Londono. Patrino ĉiam loĝis ĉe ni. Kaj Patrino neniam antaŭe skribis leteron al mi.

Mankis dato al la letero, do mi ne povis malkovri kiam Patrino skribis la leteron, kaj mi scivolis ĉu iu alia skribis la leteron kaj ŝajnigis sin Patrino.

Kaj poste mi rigardis la antaŭon de la koverto kaj mi vidis ke ĝi havis poŝtan stampon kaj la poŝta stampo havis daton kaj tio estis iom malfacile legebla, sed ĝi tekstis:

Kaj tio signifis ke la letero estis enpoŝtigita la 16-an de Oktobro 1997, do 18 monatojn post la morto de Patrino.

Kaj tiam la pordo de mia dormoĉambro malfermiĝis kaj Patro diris: «Kion vi faras?»

Mi diris: «Mi legas leteron.»

Kaj li diris: «Mi finis bori. Tiu naturfilmo de David Attenborough estas en la televido se vi interesiĝas.»

Mi diris: «En ordo.»

Poste li reiris malsupren.

Mi rigardis la leteron kaj pensis ege profunde. Jen mistero kaj mi ne povis solvi ĝin. Eble la letero estis en la malĝusta koverto kaj ĝi estis skribita antaŭ la morto de Patrino. Sed kial ŝi skribis el Londono? Ŝia plej longa foresto estis semajno kiam ŝi iris viziti sian kuzinon Ruto, kiun trafis kancero, sed Ruto loĝis en Manĉestro.

Kaj poste mi pensis ke eble ĝi ne estas letero de Patrino. Eble ĝi estas letero al alia persono nomita Kristoforo, de la patrino de tiu Kristoforo.

Mi ekscitiĝis. Kiam mi ekverkis mian libron, estis nur unu mistero solvenda. Nun estis du.

Mi decidis ke mi ne plu pripensos la aferon tiuvespere, ĉar mi havis malsufiĉe da informoj kaj povus facile *Salti al Eraraj Konkludoj* kiel s-ro Atelneo Ĝonso el Skotlanda Korto, kio estus ago danĝera ĉar oni devas esti certa ke oni jam havas ĉiun disponeblan indikaĵon antaŭ ol oni ekdeduktos. Tiel estas multe malpli probable ke oni eraros.

Mi decidis ke mi atendos ĝis Patro foriros el la domo. Tiam mi iros en la ŝrankon en lia dormoĉambro kaj rigardos la aliajn leterojn kaj vidos de kiu ili venis kaj kion ili diras.

Mi faldis la leteron kaj kaŝis ĝin sub mia matraco pro la risko ke Patro trovus ĝin kaj koleriĝus. Poste mi iris malsupren kaj spektis televidon.

151

Multe da aferoj estas misteroj. Sed tio ne signifas ke ili ne havas solvon. Temas nur pri tio ke sciencistoj ankoraŭ ne trovis la solvon.

Ekzemple iuj kredas je la fantomoj de homoj kiuj revenas postmorte. Kaj Onklo Teĉjo diris ke li vidis fantomon en ŝubutiko en vendejaro en Nordhamptono ĉar kiam li iris malsupren en la kelon, li vidis grize vestitan personon transpaŝi malsupre de la ŝtuparo. Sed kiam li alvenis malsupre de la ŝtuparo, la kelo estis malplena kaj neniu pordo troviĝis tie.

Kiam li informis la virinon ĉe la kaso supre, ŝi diris ke tiu nomiĝas Fraĉjo kaj ke li estas la fantomo de franciskana monaĥo kiu iam loĝis en la monaĥejo kiu staris samloke antaŭ centoj da jaroj, kaj jen kial la vendejaro nomiĝas la **Franciskana Centro**, kaj oni alkutimiĝis al li kaj lin tute ne timis.

Fine sciencistoj malkovros ion kio klarigos fantomojn, ĝuste kiel ili malkovris elektron kiu klarigis la fulmon, kaj tio eble iel rilatos al la cerboj de homoj, aŭ iel rilatos al la magneta kampo de la Tero, aŭ eble temos pri ia tute nova forto. Kaj tiam fantomoj ne estos misteroj. Ili estos similaj al elektro kaj ĉielarkoj kaj malgluaj patoj.

Sed kelkfoje mistero ne estas mistero. Kaj jen ekzemplo de mistero kiu ne estas mistero.

Ni havas lageton lerneje, kun ranoj ene, kiuj estas tie

por ke ni povu lerni trakti bestojn kun kompato kaj respekto, ĉar kelkaj el la infanoj en la lernejo kondutas aĉege kontraŭ bestoj kaj opinias ke estas amuze kunpremi vermojn aŭ priĵeti katojn per ŝtonoj.

Kaj en kelkaj jaroj estas multe da ranoj en la lageto, kaj en kelkaj jaroj estas tre malmulte. Kaj se oni desegnus grafikaĵon pri la kvantoj de ranoj en la lageto, tio aspektus jene (sed ĉi tiu grafikaĵo estas tia kian oni nomas *Hipoteza*, kio signifas ke la ciferoj ne estas la veraj ciferoj kaj ke temas nur pri *Ilustraĵo*):

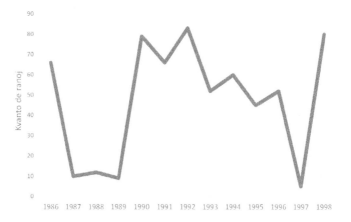

Kaj se oni rigardus la grafikaĵon, oni eble kredus ke okazis ege malvarma vintro en 1987 kaj 1988 kaj 1989 kaj 1997, aŭ ke estis ardeo kiu venis kaj manĝis multe de la ranoj (kelkfoje ja estas ardeo kiu venas kaj provas manĝi la ranojn, sed la lageto surhavas dratreton por malebligi tion).

Sed kelkfoje tio neniel rilatas al malvarmaj vintroj aŭ katoj aŭ ardeoj. Kelkfoje temas nur pri matematiko.

Jen formulo pri bestaro:

$$N_{nova} = \lambda (N_{eksa}) (1 - N_{eksa})$$

Kaj en tiu formulo **N** reprezentas la denson de la bestaro. Kiam **N = 1**, la bestoj estas kiel eble plej multaj. Kaj kiam **N = 0**, la bestoj formortis. N_{nova} estas la denso de la bestaro en unu jaro, kaj N_{eksa} estas la denso de la bestaro en la antaŭa jaro. Kaj **λ** estas tiel nomata konstanto.

Kiam **λ** estas malpli ol 1, la bestoj fariĝas ĉiam pli malmultaj kaj formortas. Kaj kiam **λ** estas inter 1 kaj 3, la bestaro pligrandiĝas kaj poste ĝi restas stabila jene (kaj ankaŭ ĉi tiuj grafikaĵoj estas hipotezaj):

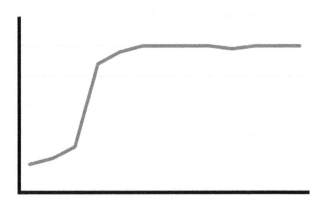

Kaj kiam **λ** estas inter 3 kaj 3,57, la bestonombro cikliĝas jene:

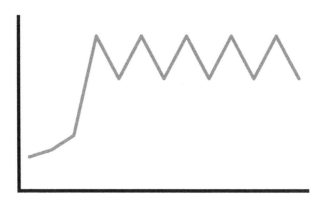

Sed kiam **λ** estas pli ol 3,57, la bestonombro fariĝas ĥaosa kiel en la unua grafikaĵo.

Tion malkovris Robert May kaj George Oster kaj Jim Yorke. Kaj tio signifas ke kelkfoje afero estas tiel malsimpla ke ne eblas antaŭdiri kion ĝi faros poste, sed ĝi nur sekvas ege simplajn regulojn.

Kaj tio signifas ke, kelkfoje, tuta aro da ranoj aŭ vermoj aŭ homoj povas formorti nenial ajn, nur ĉar jen kiel funkcias la nombroj.

157

Pasis ses tagoj antaŭ ol mi povis reiri en la ĉambron de Patro por rigardi en la ĉemizoskatolo en la ŝranko.

En la unua tago, kiu estis merkredo, Jozefo Flemingo demetis la pantalonon kaj uzis la plankon de la vestejo kiel necesejon kaj ekmanĝis la kakon, sed s-ro Daviso haltigis lin.

Jozefo manĝas ĉion. Li iam manĝis unu el la briketoj da blua malinfektaĵo kiuj pendas sub la necesejaj seĝoj. Kaj li iam manĝis kvindekpundan bileton el la monujo de sia patrino. Kaj li manĝas ŝnuretojn kaj kaŭĉukajn bendojn kaj papertukojn kaj farbojn kaj plastajn forketojn. Krome li frapas al si la mentonon kaj ofte kriegas.

Tirono diris ke la kako enhavas ĉevalon kaj porkon, do mi diris ke li stultumas, sed Ŝivono diris ke ne. Temis pri plastaj bestetoj el la biblioteko kiujn la instruistoj uzas por rakontigi la homojn. Kaj Jozefo manĝis ilin.

Do mi diris ke mi ne iros al la necesejo, ĉar la planko surhavas kakon, kaj min maltrankviligis pensi pri tio, kvankam s-ro Enisono jam envenis kaj forpurigis ĝin. Kaj mi pisis en la pantalono kaj mi devis surmeti alian pantalonon el la ŝranko de rezervaj vestoj en la ĉambro de s-ino Gaskonjo. Do Ŝivono diris ke mi rajtas uzi la necesejon de la instruista salono dum du tagoj, sed nur du tagoj, kaj poste mi devos uzi la infanan necesejon denove. Kaj ni interkonsentis pri tio.

En la dua, tria kaj kvara tagoj, kiuj estis ĵaŭdo, vendredo kaj sabato, nenio interesa okazis.

En la kvina tago, kiu estis dimanĉo, pluvis tre forte. Mi ŝatas, kiam pluvas forte. Tio sonas kiel blanka bruo ĉie, kio similas al silento sed ne estas malplena.

Mi iris supren kaj sidis en mia ĉambro kaj rigardis la akvon fali sur la straton. Ĝi falis tiel forte ke ĝi aspektis kiel blankaj fajreroj (kaj ankaŭ tio estas komparo, ne metaforo). Kaj neniu estis videbla ĉar ĉiu restis subtegmente. Kaj tio pensigis min ke ĉiuj akvoj en la mondo estas interligitaj, kaj ke ĉi tiu akvo vaporiĝis el la oceanoj ie meze de la Meksika Golfo aŭ la Bafina Golfo, kaj ke nun ĝi falas antaŭ la domo kaj ĝi fordreniĝos tra la defluiloj kaj fluos al akvopurigejo kie oni purigos ĝin, kaj poste ĝi eniros riveron kaj reiros al la oceano denove.

Kaj lundon vespere telefonis al Patro virino kies kelo inundiĝis, kaj li devis eliri por krizripari tion.

Se okazas nur unu krizo, Rodrio iras ripari ĝin ĉar liaj edzino kaj infanoj foriris por loĝi en Somerseto, kaj tial li havas nenion farindan vespere krom ludi bilardon kaj drinki kaj spekti televidon, kaj li devas labori ekstre por gajni monon sendotan al la edzino por helpi al ŝi prizorgi la infanojn. Kaj Patro devas prizorgi min. Sed tiuvespere okazis du krizoj, do Patro diris ke mi bone kondutu kaj ke mi voku al lia poŝtelefono se okazos problemo, kaj poste li forveturis en la kamioneto.

Do mi iris en lian dormoĉambron kaj malfermis la ŝrankon kaj levis la ilujon de sur la ĉemizoskatolo kaj malfermis la ĉemizoskatolon.

Mi nombris la leterojn. Ili estis 43. Ĉiu el ili estis

adresita al mi per la sama manskribo.

Mi elprenis unu kaj malfermis ĝin.

Ĝi enhavis la jenan leteron:

3-an de Majo   Kanonik-Strato
                                451C
                            Vîlsdeno
                     Londono NW2 5NG
                        0208 887 8907

Kara Kristoforo!

Ni fine havas novajn fridujon
kaj kuirfornon! Roĝero kaj mi
veturis semajnfine al la rubejo
por forĵeti la malnovajn. Tio
estas kie oni forĵetas ĉion.
Staras tie grandegaj rubujoj por
tri malsamaj koloroj de boteloj
kaj kartono kaj motoroleo kaj
ĝardena rubaĵo kaj mastruma
rubaĵo kaj pli grandaj aferoj (jen
kie ni metis la malnovajn fridujon
kaj kuirfornon).

Poste ni iris al brokantejo
kaj aĉetis novan kuirfornon kaj
novan fridujon. Nun la domo
sentiĝas iomete pli hejmece.

Mi iom trarigardis malnovajn fotojn hieraŭ vespere, kio malgajigis min. Poste mi trovis foton de vi ludanta kun la etmodela fervojo kiun ni aĉetis por vi antaŭ du-tri kristnaskoj. Kaj tio gajigis min ĉar jen unu el niaj ege bonaj kunspertoj.

Ĉu vi memoras kiel vi ludis per ĝi la tutan tagon kaj vi refuzis enlitiĝi nokte ĉar vi ankoraŭ ludis per ĝi. Kaj ĉu vi memoras kiel ni informis vin pri trajnhoraroj kaj vi faris trajnhoraron kaj vi havis horloĝon kaj vi igis la trajnojn alveni akurate. Kaj estis ankaŭ eta ligna stacidomo, kaj ni montris al vi kiel homoj kiuj volas veturi trajne iras al la stacidomo kaj aĉetas bileton kaj poste entrajniĝas? Kaj poste ni elprenis mapon kaj ni montris al vi la etajn liniojn kiuj estis la fervojoj ligantaj ĉiujn staciojn. Kaj vi ludis per tio dum multe da multaj semajnoj kaj ni aĉetis pli da trajnoj por vi, kaj vi sciis kien ĉiu el ili veturas.

Tre plaĉis al mi tion rememori.

Mi devas foriri nun. Estas la
tria kaj duono posttagmeze. Mi
scias ke vi ĉiam ŝatas scii precize
kioma horo estas. Kaj mi devas iri
al la kooperejo kaj aĉeti ŝinkon
por la vespermanĝo de Roĝero.
Mi metos tiun-ĉi leteron en la
poŝtkeston survoje al la butiko.
     Ame,
        Via Panjo
          xxxxxx

Poste mi malfermis alian koverton. Jen la letero kiun
ĝi enhavis:

          Ap. 1, Laŭzan-Strato 312
             Londono N8 5BV
               0208 756 4321

Kara Kristoforo!

Mi diris ke mi volas klarigi al vi kial
mi foriris, kiam mi havos tempon por
tion bone fari. Nun mi havas multe
da tempo. Do jen mi sidas sur la sofo
kun tiu-ĉi letero kaj la radioaparato
ŝaltita kaj mi provos klarigi.

Mi ne estis tre bona patrino, Kristoforo. Eble se aferoj estus malsamaj, eble se vi estus malsama, mi estus pli bone suksesinta. Sed la situacio simple okazis tia.

Mi ne similas al via patro. Via patro estas homo multe pli paciensa. Li simple akseptadas la vivon kaj se io ĉagrenas lin li ne lasas tion montriĝi. Sed mi ne estas tia kaj mi povas nenion fari por ŝanĝi tion.

Ĉu vi memoras kiam ni iam kune butikumis en la urbo? Kaj ni eniris ĉe Bentalo kaj la butiko estis ege homplena kaj ni devis aĉeti kristnaskan donacon por Avinjo? Kaj vi timis pro tiom da homoj en la butiko. Tio estis meze de kristnaska butikumado kiam ĉiuj troviĝis enurbe. Kaj mi parolis kun s-ro Lando kiu laboras sur la kuireja etaĝo kaj estis samtempe kun mi en la lernejo. Kaj vi kaŭris sur la planko kaj kovris la orelojn per la manoj

kaj baris la vojon de homoj. Do
mi koleriĝis, ĉar ankaŭ mi ne
ŝatas butikumi kristnaske, kaj
mi petis vin konduti pli bone kaj
mi provis starigi vin kaj movi vin.
Sed vi kriis kaj vi elbatis tiujn
miksaparatojn de sur la breto kaj
aŭdiĝis granda frakaso. Kaj ĉiu
turnis sin por vidi kio okazas. Kaj
s-ro Lando agis tre afable pri tio,
sed skatoloj kaj pecoj de rompita
bovlo kuŝis sur la planko kaj ĉiuj
rigardadis kaj mi vidis ke vi pisis
kaj mi estis tre kolera kaj mi volis
preni vin el la butiko, sed vi ne
lasis min tuŝi vin kaj vi nur kuŝis
sur la planko kaj kriegis kaj batis
la plankon per manoj kaj piedoj,
kaj la estro venis kaj demandis
kio misas kaj mi ne kapablis pli
toleri kaj mi devis pagi por du
rompitaj miksaparatoj kaj ni
povis nur atendi ĝis vi ĉesis kriegi.
Kaj poste mi devis piediri kun vi
laŭ la tuta vojo hejmen kio daŭris
horojn ĉar mi sciis ke vi ne plu
enbusiĝos.

Kaj mi memoras ke tiuvespere
mi nur ploris kaj ploradis, kaj
via patro agis tre afable pri
tio komense kaj li pretigis vian
vespermanĝon kaj li enlitigis vin
kaj li diris ke tiaj aferoj tamen
okazas kaj ke ĉio finiĝos bone.
Sed mi diris ke mi ne povas pli
elteni, kaj finfine li ege koleriĝis
kaj diris al mi ke mi agas stulte
kaj ke mi ekregu min, kaj mi batis
lin, kio estis maljusta, sed mi estis
tiom ĉagrenita.

Ni faris multe da tiaj
kvereloj. Ĉar mi ofte pensis ke
mi ne kapablas pli elteni. Kaj via
patro estas ege paciensa sed mi
ne estas tia, mi emas koleriĝi,
kvankam mi ne celas tion. Kaj
fine ni ĉesis multe paroli inter ni
ĉar ni sciis ke tio ĉiam finiĝos per
kverelo kaj atingos nenion. Kaj mi
sentis min ege soleca.

Kaj jen kiam mi komensis
pasigi multe da tempo kun Roĝero.
Nu, evidente ni jam antaŭe pasigis
multe da tempo kun Roĝero kaj

Evelino. Sed mi komensis rendevui nur kun Roĝero ĉar mi povis paroli kun li. Li estis la sola homo kun kiu mi povis vere paroli. Kaj kiam mi estis kun li mi ne plu sentis min soleca.

Kaj mi scias ke vi eble komprenos nenion el tio, sed mi volis provi klarigi por ke vi sciu. Kaj eĉ se vi ne komprenos nun, vi povos reteni tiun-ĉi leteron kaj legi ĝin poste kaj eble vi komprenos tiam.

Kaj Roĝero diris al mi ke li kaj Evelino ne plu amas unu la alian, kaj ke ili ne amas unu la alian dum longa tempo. Kaj pro tio ankaŭ li sentis sin soleca. Do ni havis multon komunan. Kaj poste ni konstatis ke ni amas unu la alian. Kaj li proponis ke mi forlasu vian patron kaj ke ni kune transloĝiĝu. Sed mi diris ke mi ne povas forlasi vin, kaj li malĝojis pro tio sed li komprenis ke vi estas ege grava al mi.

Kaj poste vi kaj mi faris tiun kverelon. Ĉu vi memoras? Temis pri via vespermanĝo iun vesperon.

Mi kuiris ion por vi kaj vi refuzis manĝi ĝin. Kaj vi jam ne manĝis dum multe da tagoj kaj vi aspektis tiel maldike. Kaj vi komensis krii kaj mi koleriĝis kaj mi jetis la manĝaĵon trans la ĉambron. Sed mi scias ke mi ne devus tion fari. Kaj vi ekprenis la haktabulon kaj vi jetis ĝin kaj ĝi trafis al mi la piedon kaj rompis la piedfingrojn. Post tio, kompreneble, ni devis iri al la malsanulejo kaj oni metis tiun gipson sur la piedon. Kaj poste, hejme, via patro kaj mi forte kverelis. Li kulpigis min ĉar mi koleriĝis kontraŭ vi. Kaj li diris ke mi simple donu al vi kion vi deziras, eĉ se temas pri nur telero da laktuko aŭ fraga laktokirlaĵo. Kaj mi diris ke mi nur provis manĝigi al vi ion sanigan. Kaj li diris ke vi ne povas konduti alie. Kaj mi diris ke nu, ankaŭ mi ne povas konduti alie kaj mi simple ekbolis. Kaj li diris ke se li kapablas resti senkolera, do ankaŭ mi restu senkolera, damne. Kaj daŭris kaj daŭradis tiel.

Kaj mi ne povis paŝi bone dum monato, ĉu vi memoras, kaj via patro devis prizorgi vin. Kaj mi memoras rigardi vin duope kaj vidi vin kune kaj pensi kiel vere malsame vi kondutas kun li. Multe pli trankvile. Kaj vi ne alkriaĉis unu la alian. Kaj tio ege malĝojigis min ĉar ŝajnis al mi ke vi vere tute ne bezonas min. Kaj iamaniere tio estis eĉ pli malbona ol la konstanta kverelado inter vi kaj mi ĉar ŝajnis al mi ke mi ne estas videbla.

Kaj mi pensas ke jen kiam mi konstatis ke vi kaj via patro verŝajne fartus pli bone se mi ne loĝus en la domo. Tiam li devus prizorgi nur unu homon anstataŭ du.

Poste Roĝero diris ke li petis la bankon pri translokiĝo. Tio signifas ke li demandis ilin ĉu li povas preni postenon en Londono, kaj li intensis foriri. Li demandis min ĉu mi volas akompani lin. Mi longe pripensis tion, Kristoforo.

Verdire longe. Kaj tio rompis al
mi la koron, sed finfine mi decidis
ke estos pli bone por ni ĉiuj se mi
foriros. Do mi jesis.

Mi intensis adiaŭi. Mi celis
reveni kaj preni kelke da vestoj
kiam vi sidos hejme postlerneje.
Kaj mi planis tiam klarigi kion
mi faras kaj diri ke mi revenos
por vidi vin kiel eble plej ofte
kaj ke vi povos veni al Londono
kelkfoje kaj gasti ĉe ni. Sed kiam
mi telefonis al via patro li diris
ke li ne permesas al mi reveni.
Li estis ege kolera. Li diris ke
mi ne rajtas paroli kun vi. Mi
ne sciis kion fari. Li diris ke mi
agas nur por mi mem kaj ke mi
neniam denove metu piedon en la
domon. Do tion mi ne faris. Sed mi
ja skribis al vi tiujn-ĉi leterojn
anstataŭe.

Mi demandas min ĉu vi povos
kompreni ion ajn el tio-ĉi. Mi scias
ke estos tre malfacile por vi. Sed
mi esperas ke vi povos kompreni
iomete.

Kristoforo, mi neniam celis dolorigi vin. Mi kredis ke tio kion mi faras estas plej bona por ni ĉiuj. Mi esperas tion. Kaj mi volas sciigi al vi ke tio-ĉi ne estas via kulpo.

Mi iam havis sonĝojn ke ĉio pliboniĝos. Ĉu vi memoras, vi iam diris ke vi deziras iĝi kozmonaŭto? Nu, mi iam havis sonĝojn en kiuj vi estis kozmonaŭto kaj vi estis en televido kaj mi pensis: jen mia filo. Mi scivolas kion vi nun deziras fari. Ĉu ŝanĝiĝis? Ĉu vi ankoraŭ faras matematikon? Mi esperas ke jes.

Mi petas, Kristoforo, skribu al mi iam, aŭ voku min telefone. La numero staras komense de la letero.

Kun amo kaj kisoj,

Via Patrino

x x x x x x

Poste mi malfermis trian koverton. Jen la letero, kiun ĝi enhavis:

18-an de Septembro   Ap. 1
                        Laŭzan-Strato 312
                                Londono N8
                        0208 756 4321

Kara Kristoforo!

Nu, mi diris ke mi skribos al vi ĉiusemajne, kaj mi suksesis. Fakte jen la dua letero ĉi-semajne, do mi suksesas eĉ pli ol mi diris.

Mi havas postenon! Mi laboras en Kamdeno, ĉe Perkeno kaj Raŝido, domekspertizistoj. Tio signifas ke oni vizitadas domojn kaj kalkulas kiom ili kostu kaj kian laboron oni faru pri ili kaj kiom kostos tiu laboro. Kaj oni kalkulas ankaŭ kiom kostos konstrui novajn domojn kaj oficejojn kaj fabrikojn.

La oficejo agrablas. La alia sekritario estas Anjo. Ŝia tablo estas kovrita per etaj pluŝursoj

kaj molbestoj kaj bildoj de ŝiaj
infanoj (do mi metis bildon de
vi en kadro sur mian tablon). Ŝi
tre simpatias kaj ni ĉiam eliras
tagmanĝi kune.

Mi ne scias kiom longe mi
restos tie-ĉi, tamen. Mi devas
multe adicii nombrojn kiam ni
sendos fakturojn al klientoj kaj mi
ne tre bone kapablas tion (vi farus
pli bone ol mi!)

La kompanion estras du viroj
nomitaj s-ro Perkeno kaj s-ro
Raŝido. S-ro Raŝido venas de
Pakistano kaj tre severas kaj ĉiam
volas ke ni laboru pli rapide. Kaj
s-ro Perkeno estas stranga (Anjo
nomas lin Perversia Perkeno).
Kiam li venas stari apud mi por fari
demandon li ĉiam metas la manon
sur mian ŝultron kaj kaŭras tiel ke
lia vizaĝo tre proksimas al la mia
kaj mi flaras lian dentopaston kaj
estas abomeninde. Kaj la salajro
ne estas tre bona, cetere. Do mi
serĉos ion pli bonan tuj kiam eblos
al mi kapti la okazon.

Mi supreniris al Aleksandra Palaco antaŭ kelkaj tagoj. Tio estas granda parko en kvartalo najbara al nia apartamento, kaj la parko estas vasta monteto kun granda konferensejo supre kaj tio igis min pensi pri vi ĉar se vi venus tien-ĉi ni povus iri tien por flugigi kajtojn aŭ rigardi la aviadilojn alveni ĉe Hitrova Flughaveno kaj mi scias ke vi ŝatus tion.

Mi devas ĉesi nun, Kristoforo. Mi skribas tion-ĉi en mia lunĉhoro (Anjo formalsanas pro gripo, do ni ne povas tagmanĝi kune). Bonvolu skribi al mi iam kaj diri al mi kiel vi fartas kaj kion vi faras lerneje.

Mi esperas ke vi ricevis la donacon kiun mi sendis. Ĉu vi jam solvis ĝin? Roĝero kaj mi vidis ĝin ĉe budo en la Kamden-bazaroj kaj mi scias ke ĉiam plaĉas al vi enigmoj. Roĝero provis disigi la du pecojn antaŭ ol ni pakis ĝin kaj li ne kapablis. Li diris ke se vi sukcesos fari tion vi estos geniulo.

Kun multege da amego,

Via Patrino

x x x x

Kaj jen la kvara letero:

23-an de Aŭgusto   Ap. 1
                    Laŭzan-Strato 312
                      Londono N8

Kara Kristoforo!

Mi bedaŭras ke mi ne skribis
pasintan semajnon. Mi devis
iri al la dentisto por eltirigi du
molarojn. Vi eble ne memoras kiam
ni devis konduki vin al dentisto. Vi
ne lasis iun ajn meti la manon en
vian buŝon do ni devis endormigi
vin por ke la dentisto eltiru unu el
viaj dentoj. Nu, oni ne endormigis
min, oni nur donis al mi tiel
nomatan lokan anecezaĵon kio
signifas ke oni sentas nenion en la
buŝo, sed tio estis do bonege ĉar
necesis trasegi la oston por eligi
la denton. Kaj tio tute ne doloris.

Efektive mi ridis ĉar la dentisto devis tiom tiri, tiradi, tiregi kaj tio ŝajnis al mi ege komika. Sed kiam mi venis hejmen la doloro komensis reveni kaj mi devis kuŝi du tagojn sur la sofo kaj preni multe da sendoloriga medikamento ...

Tiam mi ĉesis legi la leteron ĉar mi sentis min vomema.

Patrino ne estis trafita de koratako. Patrino ne mortis. Patrino vivis tiun tutan tempon. Kaj Patro mensogis pri tio.

Mi penegis pensi ĉu eblas ia alia klarigo, sed mi ne povis elpensi alian. Kaj poste mi povis pensi pri nenio ajn ĉar mia cerbo ne bone funkciis.

La kapo turniĝis. La ĉambro ŝajnis balanciĝi, kvazaŭ ĝi troviĝus supre de ege alta konstruaĵo kaj la konstruaĵo balanciĝus tien kaj reen en forta vento (ankaŭ tio estas komparo). Sed mi sciis ke la ĉambro ne povas balanciĝi tien kaj reen, do tio devis esti io okazanta en mia kapo.

Mi ruliĝis surliten kaj buligis min.

La ventro doloris.

Mi ne scias kio okazis poste, ĉar mia memoro enhavas truon, kvazaŭ parto de la vidbendo estus forviŝita. Sed mi scias ke pasis multe da tempo ĉar pli poste, kiam mi malfermis la okulojn denove, mi vidis ke mallumas ekster la fenestro. Kaj mi estis vominta, ĉar vomaĵo kovris la liton kaj miajn manojn kaj brakojn kaj vizaĝon.

Sed antaŭ tio mi aŭdis Patron veni en la domon kaj

voki mian nomon, kaj jen alia kialo pro kiu mi scias ke pasis multe da tempo.

Kaj estis strange ĉar li vokis: «Kristoforo ...? Kristoforo ...?» kaj mi povis vidi mian nomon skribita dum li diris tion. Ofte mi vidas tion kion iu diras kvazaŭ tekston aperantan sur komputila ekrano, precipe se tiu persono troviĝas en alia ĉambro. Sed ĉi-foje tio ne similis al komputila ekrano. Mi povis vidi la vortojn tre grande skribitaj, kvazaŭ en reklamego surflanke de buso. Kaj ili estis en la manskribo de mia patrino, jene:

Kristoforo

Kristoforo

Kaj poste mi aŭdis Patron suprenveni laŭ la ŝtuparo kaj eniri la ĉambron.

Li diris: «Kristoforo, kion diable vi faras?»

Kaj mi konstatis ke li staras en la ĉambro, sed lia voĉo sonis ete kaj malproksime, kiel foje okazas al la voĉoj de homoj kiam mi ĝemadas kaj mi ne deziras ilin apud mi.

Kaj li diris: «Fek, kion vi ...? Tio estas mia ŝranko, Kristoforo. Tiuj estas ... Ho fek ... Fek, fek, fek, fek, fek.»

Poste li diris nenion dum iom da tempo.

Poste li metis la manon sur mia ŝultro kaj movis min surflanken kaj li diris: «Ho, Dio.» Sed kiam li tuŝis min, tio ne doloris kiel kutime. Mi povis vidi lin tuŝi min, kvazaŭ mi spektus filmon de tio kio okazas en la ĉambro, sed mi preskaŭ tute ne sentis lian manon. Estis ĝuste kvazaŭ alblovus min vento.

Kaj poste li silentis denove dum iom da tempo.

Poste li diris: «Mi bedaŭras, Kristoforo. Mi tiom profunde bedaŭras.»

Kaj tiam mi rimarkis ke mi vomis, ĉar mi sentis min kovrita per io malseka, kaj mi tion flaris, kiel kiam iu vomas en la lernejo.

Poste li diris: «Vi legis la leterojn.»

Tiam mi aŭdis ke li ploras, ĉar lia spiro sonis tute ŝaŭme kaj malseke, kiel la spiro de iu kiu malvarmumis kaj havas multe da muko en la nazo.

Poste li diris: «Mi faris tion por helpi vin, Kristoforo. Verdire tiel. Mi neniam celis mensogi. Mi pensis nur … Mi pensis nur ke estus pli bone se vi ne scius … ke … ke … Mi ne celis … Mi intencis montri ilin al vi kiam vi estos pli aĝa.»

Poste li silentis denove.

Poste li diris: «Okazis hazarde.»

Poste li silentis denove.

Poste li diris: «Mi ne scias kion diri … Mi estis en tia ĥaoso … Ŝi lasis noton kaj … Poste ŝi telefonis kaj … mi diris ke ŝi estas en la malsanulejo, ĉar … ĉar mi ne scipovis klarigi. Estis tiom komplike. Tiom malfacile. Kaj mi … mi diris ke ŝi estas en la malsanulejo. Kaj mi scias ke tio ne estis vera. Sed dirinte tion … mi ne povis … mi ne povis ĝin ŝanĝi. Ĉu vi komprenas … Kristoforo …? Kristoforo …? Tio do … tio iĝis ne plu stirebla kaj mi deziras …»

Poste li silentis dum ege longa tempo.

Poste li tuŝis min je la ŝultro denove kaj diris: «Kristoforo, ni devas ja repurigi vin, ĉu ne?»

Li skuis mian ŝultron iomete sed mi ne moviĝis.

Kaj li diris: «Kristoforo, mi iros nun al la banĉambro kaj mi metos varman akvon en la kuvon por vi. Poste mi revenos kaj kondukos vin al la banĉambro, ĉu? Poste mi povos meti la litotukojn en la lavmaŝinon.»

Poste mi aŭdis lin stariĝi kaj iri al la banĉambro kaj malfermi la kranojn. Mi aŭskultis la akvon flui en la bankuvon. Li ne revenis dum iom da tempo. Poste li revenis kaj tuŝis mian ŝultron denove kaj diris: «Ni faru ĉi tion tute dolĉe, Kristoforo. Ni sidigu vin kaj senvestigu vin kaj enkuvigu vin, ĉu ne? Mi devos tuŝi vin, sed ĉio estos en ordo.»

Poste li levis min kaj sidigis min surflanke de la lito. Li deprenis de mi la puloveron kaj ĉemizon kaj surlitigis ilin. Tiam li igis min stari kaj trapaŝi al la banĉambro. Kaj mi ne kriegis. Kaj mi ne batalis. Kaj mi ne batis lin.

163

Kiam mi estis tre juna kaj komencis vizitadi la lernejon, mia ĉefa instruisto nomiĝis Julinjo, ĉar Ŝivono ankoraŭ ne eklaboris lerneje. Ŝi eklaboris lerneje kiam mi estis dekdujara.

Kaj iun tagon Julinjo sidiĝis ĉe tablo apud mi kaj surtabligis tubon da Ĉoko-Lentoj kaj ŝi diris: «Kristoforo, kio estas en tio laŭ vi?»

Kaj mi diris: «Ĉoko-Lentoj.»

Poste ŝi demetis la kovrilon de la tubo kaj renversis ĝin kaj ruĝa krajoneto elvenis kaj ŝi ridis kaj mi diris: «Ne estas Ĉoko-Lentoj, estas krajono.»

Poste ŝi remetis la ruĝan krajoneton en la Ĉoko-Lentan tubon kaj remetis la kovrilon.

Poste ŝi diris: «Se via Panjo envenus nun, kaj ni demandus ŝin kio estas en la Ĉoko-Lenta tubo, kion ŝi dirus laŭ vi?», ĉar mi tiam nomis Patrinon «Panjo», ne «Patrino».

Kaj mi diris: «Krajono.»

Tio okazis ĉar kiam mi estis tre juna, mi ne komprenis ke aliuloj havas la propran menson. Kaj Julinjo diris al Patrino kaj Patro ke mi ĉiam trovos tion tre malfacila. Sed mi ne trovas tion malfacila nun. Ĉar mi decidis ke tio estas speco de enigmo, kaj se io estas enigmo, ĉiam ekzistas metodo por solvi ĝin.

Estas same pri komputiloj. Oni kredas ke komputiloj diferencas de homoj ĉar ili ne havas menson, kvankam, en la Turinga Testo, komputiloj povas konversacii kun homoj pri la vetero kaj pri vino kaj pri tio kia estas Italujo, kaj ili povas eĉ ŝerci.

Sed la menso estas nur komplikita maŝino.

Kaj kiam ni rigardas aferojn, ni kredas ke ni rigardas tra la okuloj kvazaŭ ni rigardus tra etaj fenestroj, kaj ke troviĝas persono en la kapo, sed ne estas tiel. Ni rigardas ekranon ene de la kapo, kiel komputilan ekranon.

Kaj eblas konstati tion per eksperimento kiun mi televidis en serio nomita *Kiel Funkcias la Menso*. Kaj en tiu eksperimento oni krampas la kapon kaj oni rigardas paĝon da teksto sur ekrano. Kaj tio aspektas kiel normala paĝo da teksto kaj nenio ŝanĝiĝas. Sed post iom da tempo, dum la okulo vagas tra la paĝo, oni ekscias ke io tre stranga okazas, ĉar kiam oni provas legi jam legitan parton de la paĝo, ĝi estas malsama.

Kaj tio estas ĉar kiam la okulo saltas de unu punkto al alia, oni vidas tute nenion kaj estas blinda. Kaj la saltoj nomiĝas *Sakadoj*. Ĉar se oni vidus ĉion kiam la okulo saltas de unu punkto al alia, oni sentus kapturnon. Kaj la eksperimento enhavas sensilon kiu observas kiam la okulo saltas de unu loko al alia, kaj dum tio okazas, ĝi ŝanĝas kelke da vortoj sur la paĝo en nerigardata loko.

Sed oni ne rimarkas ke oni estas blinda dum sakadoj, ĉar la cerbo flikas la enkapan ekranon por ŝajnigi ke oni rigardas tra du etaj fenestroj en la kapo. Kaj oni ne rimarkas ke vortoj ŝanĝiĝis en alia parto de la paĝo, ĉar la menso plenskribas bildon pri la aferoj kiujn oni tiumomente ne rigardas.

Kaj homoj diferencas de bestoj ĉar sur la enkapaj

ekranoj ili povas havi bildojn pri aferoj kiujn ili ne rigardas. Ili povas havi bildojn pri iu en alia ĉambro. Aŭ ili povas havi bildon pri tio kio okazos morgaŭ. Aŭ ili povas havi bildojn pri si kiel kosmonaŭto. Aŭ ili povas havi bildojn pri ege grandaj nombroj. Aŭ ili povas havi bildojn pri ĉenoj de rezonado kiam ili klopodas solvi ion perpense.

Kaj jen kial hundo povas iri al bestokuracisto kaj sperti ege grandan operacion kiu lasas metalajn bastonetojn elstari el la kruro, sed se ĝi vidas katon, ĝi forgesas ke metalaj bastonetoj elstaras el la kruro, kaj ĝi postkuras la katon. Sed kiam homo havas operacion, ĝi havas enkapan bildon pri la doloro daŭronta dum multe da monatoj. Kaj ĝi havas bildon pri la multaj sutureroj en la kruro kaj la rompita osto kaj la bastonetoj, kaj eĉ se ĝi vidas trafindan buson, ĝi ne kuras, ĉar ĝi havas enkapan bildon pri la ostoj kunskrapiĝontaj kaj la sutureroj rompiĝontaj kaj eĉ pli da doloro.

Kaj jen kial homoj kredas ke komputiloj ne havas menson, kaj kial homoj kredas ke ili havas menson specialan kaj ne similan al komputiloj. Ĉar homoj povas vidi la enkapan ekranon kaj ili kredas ke iu troviĝas enkape kiu sidas tie kaj rigardas la ekranon, kiel Kapitano Ĵan-Luko Pikardo en **Stela Vojaĝo: La Sekva Generacio** sidas sur sia kapitana seĝo kaj rigardas grandan ekranon. Kaj ili kredas ke tiu persono estas ilia speciala homa menso kiun oni nomas *Homunkulo*, kio signifas «hometon». Kaj ili kredas ke komputiloj ne havas tiun homunkulon.

Sed tiu homunkulo estas nur plia bildo sur la enkapa ekrano. Kaj kiam la homunkulo estas sur la enkapa ekrano (ĉar la homo pensas pri la homunkulo), alia parto de la cerbo rigardas la ekranon. Kaj kiam la homo pensas pri tiu parto de la cerbo (la parto kiu rigardas la homunkulon surekrane), oni metas tiun parton de la cerbo sur la ekranon kaj alia parto de la cerbo rigardas la ekranon. Sed la cerbo ne vidas tion okazi, ĉar tio similas al la okulo saltanta de unu loko al alia, kaj homoj estas blindaj kiam ili enkape transiras de pensado pri unu afero al pensado pri alia.

Kaj jen kial la cerboj de homoj similas al komputiloj. Kaj tio ne estas ĉar ili estas specialaj, sed ĉar ili devas sin malŝalti dum sekunderetoj kiam la ekrano ŝanĝiĝas. Kaj se io okazas nevideble, homoj kredas ke tio estas nepre speciala, ĉar homoj ĉiam kredas ke ia specialeco apartenas al aferoj nevideblaj, kiel la malluma flanko de la luno, aŭ la alia flanko de nigra truo, aŭ la mallumo en kiu ili vekiĝas en la nokto kaj ektimas.

Krome homoj kredas ke ili ne estas komputiloj, ĉar ili havas sentojn kaj komputiloj ne havas sentojn. Sed sentoj estas nur bildigo sur la enkapa ekrano pri tio kio okazos morgaŭ aŭ venontjare, aŭ kio povus esti okazinta sed efektive ne okazis, kaj se la bildo ĝojigas, ili ridetas, kaj se la bildo malĝojigas, ili ploras.

167

Post kiam Patro banis min kaj forpurigis de mi la vomaĵon kaj sekigis min per bantuko, li kondukis min al mia dormoĉambro kaj vestis min per puraj vestoj.

Poste li diris: «Ĉu vi jam manĝis ion ĉi-vespere?»

Sed mi diris nenion.

Poste li diris: «Ĉu mi havigu al vi iom da manĝaĵo, Kristoforo?»

Sed mi ankoraŭ diris nenion.

Do li diris: «Bone. Vidu. Mi iros meti viajn vestojn kaj la litotukojn en la lavmaŝinon kaj poste mi revenos, ĉu?»

Mi sidis sur la lito kaj rigardis la genuojn.

Do Patro iris el la ĉambro kaj prenis miajn vestojn de sur la banĉambra planko kaj metis ilin ĉe la supro de la ŝtuparo. Poste li iris kaj prenis la litotukojn de sia lito kaj elportis ilin ĝis la ŝtuparo kun miaj ĉemizo kaj pulovero. Poste li levis ilin ĉiujn kaj portis ilin malsupren. Poste mi aŭdis lin startigi la lavmaŝinon kaj mi aŭdis la hejtkaldronon ekfunkcii kaj la akvon en la akvotuboj iri en la lavmaŝinon.

Nur tion mi aŭdis dum longa tempo.

Mi duobligis duojn enkape, ĉar tio plitrankviligis min. Mi atingis **33 554 432**, kiu estas 2^{25}, sed tio ne estis tre alta ĉar mi atingis 2^{45} antaŭe, sed mia cerbo ne tre bone funkciis.

Tiam Patro revenis en la ĉambron denove kaj diris: «Kiel vi fartas? Ĉu mi havigu ion al vi?»

Mi diris nenion. Mi daŭre rigardis la genuojn.

Kaj ankaŭ Patro diris nenion. Li nur sidiĝis surlite apud mi kaj algenuigis la kubutojn kaj mallevis la rigardon al la tapiŝo inter siaj kruroj kie kuŝis malgranda ruĝa LEGO-briketo kun ok elstaraĵetoj.

Poste mi aŭdis Tobion vekiĝi, ĉar li estas noktulo, kaj mi aŭdis lin susuri en sia kaĝo.

Kaj Patro silentis dum ege longa tempo.

Poste li diris: «Vidu, eble mi ne diru ĉi tion, sed … mi volas ke vi sciu ke vi povas fidi min. Kaj … nu, eble mi ne ĉiam diras la veron. Dio scias, mi klopodas, Kristoforo, sed … la vivo estas malfacila, komprenu. Estas damne malfacile ĉiam diri la veron. Foje tio ne eblas. Kaj mi volas ke vi sciu ke mi strebas, mi vere strebas. Kaj eble nun ne estas tre bona tempo por diri ĉi tion, kaj mi scias ke ĝi ne plaĉos al vi, sed … vi nepre sciu ke ekde nun mi diros la veron al vi. Pri ĉio. Ĉar … se oni ne diras la veron nun, do poste … poste tio eĉ pli doloros. Do …»

Patro frotis la vizaĝon per la manoj kaj tiris la mentonon malsupren per la fingroj kaj rigardadis la muron. Mi vidis lin okulangule.

Kaj li diris: «Mi mortigis Velingtonon, Kristoforo.»

Mi scivolis ĉu tio estas ŝerco, ĉar mi ne komprenas ŝercojn, kaj kiam homoj ŝercas, ili ne kredas kion ili diras.

Sed poste Patro diris: «Mi petas, Kristoforo … Mi nur klarigu.» Poste li ensuĉis iom da aero kaj li diris: «Kiam via patrino foriris … Evelino … s-ino Ŝirso … ŝi tre bonfaris al ni. Tre bonfaris al mi. Ŝi helpis min tra tre malfacila tempo. Kaj mi ne certas ke mi estus traveninta sen ŝi. Nu, vi jam scias ke ŝi estis ĉi tie en plej multaj tagoj. Helpis pri la kuirado kaj la purigado. Ekvizitis por vidi ĉu ni bone fartas, ĉu ni bezonas ion ... Mi kredis ... Nu ... Fek, Kristoforo, mi provas simpligi la aferon ... Mi kredis ke eble ŝi daŭre vizitados. Mi pensis ... kaj eble mi tre stultis ... mi kredis ke ŝi eble ... fine ... volos ekloĝi ĉi tie. Aŭ ke ni eble transloĝiĝos al ŝia domo. Ni ... ni vere bonege simpatiis. Mi kredis nin amikoj. Kaj ŝajne mi kredis erare. Ŝajne ... finfine ... esence temas pri ... Fek ... Ni kverelis, Kristoforo, kaj ... ŝi diris kelkajn aferojn kiujn mi ne diros al vi, ĉar ili malagrablas, sed ili doloris, sed ... Mi pensas ke tiu damna hundo estis al ŝi pli grava ol mi, ol ni. Kaj eble tio ne estas tute stulta, retrospektive. Eble ni estas nur diabla ŝarĝo. Kaj eble pli facilas loĝi sola kaj prizorgi iun stultegan hundon ol dividi la vivon kun aliaj realaj homoj. Verdire, kamarado, fek, oni ja devas iomege varti nin, ĉu ne ...? Ĉiel ajn, ni kverelis. Nu, kverelis plurfoje, honeste dirite. Sed post unu aparte aĉa disputo, ŝi elĵetis min el la domo. Kaj vi jam scias kiel tiu damna hundo kondutis post la operacio. Damne skizofrenie. Jen sukerdolĉe, ĝi rulturniĝis, ĝuis ventrotiklon. Tuj poste ĝi metis la dentojn en ies kruron. Ĉiel ajn, dum ni alkriegis unu la alian, ĝi staris en la ĝardeno, maltrinkante. Do kiam ŝi batfermis la pordon malantaŭ mi, la bestaĉo min atendis. Kaj ... mi scias, mi scias. Eble se mi nur piedbatus ĝin, ĝi kredeble retiriĝus. Sed fek, Kristoforo, kiam oni trovas sin en tiu nebulo el furiozo ... Dio mia, tion vi jam konas. Verdire, ni ne tre malsimilas, mi kaj vi. Kaj mi kapablis nur pensi ke tiu damna hundo al ŝi pli gravas ol vi aŭ mi. Kaj estis kvazaŭ ĉiuj sentoj interne kaŝitaj dum du jaroj simple ...»

Poste Patro silentis dum iom da tempo.

Poste li diris: «Mi bedaŭras, Kristoforo. Mi promesas al vi ke mi neniam celis ĉi tian rezulton.»

Kaj tiam mi sciis ke ne temas pri ŝerco, kaj mi ege timis.

Patro diris: «Ni ĉiuj eraras, Kristoforo. Vi, mi, via panjo, ĉiu. Kaj iafoje la eraroj estas vere grandaj. Ni estas nur homoj.»

Poste li levis la dekstran manon kaj disetendis la fingrojn ventumile.

Sed mi kriegis kaj puŝis lin malantaŭen tiel ke li falis delite surplanken.

Li sidiĝis kaj diris: «Bone. Vidu. Kristoforo. Mi bedaŭras. Ni lasu la aferon ĉi-vespere, ĉu? Mi iros nun malsupren kaj vi endormiĝu kaj ni kunparolos morgaŭ matene.» Poste li diris: «Ĉio estos en ordo. Verdire. Fidu min.»

Poste li stariĝis kaj profunde enspiris kaj eliris el la ĉambro.

Mi sidis sur la lito dum longa tempo, rigardante la plankon. Poste mi aŭdis Tobion ungograti en sia kaĝo. Mi levis la okulojn kaj vidis ke li rigardadas min tra la stangetoj.

Mi devis eskapi el la domo. Patro murdis Velingtonon. Tio signifis ke li eble murdos min, ĉar mi ne povis fidi lin, kvankam li diris: «Fidu min», ĉar li mensogis pri grava afero.

Sed mi ne povis tuj eskapi el la domo ĉar li vidus min, do mi devis atendi ĝis li dormos.

La horo estis 23:16.

Mi provis duobligi duojn denove, sed mi ne povis atingi pli alten ol 2^{15}, kiu estis **32 768**. Do mi ĝemadis por pli rapide pasigi la tempon kaj ne pensi.

Poste la horo estis 01:20, sed mi ankoraŭ ne aŭdis Patron veni supren por enlitiĝi. Mi scivolis ĉu li dormas sube aŭ ĉu li atendas antaŭ ol enveni kaj mortigi min. Do mi elprenis mian svisarmean tranĉilon kaj etendis la segilan klingon por povi defendi min. Poste mi iris el mia dormoĉambro ege silente kaj aŭskultis. Mi aŭdis nenion, do mi komencis malsupreniri ege silente kaj ege malrapide. Kaj kiam mi atingis la suban etaĝon, mi vidis la piedon de Patro tra la pordo de la salono. Mi atendis kvar minutojn por vidi ĉu ĝi moviĝos, sed ĝi ne moviĝis. Do mi paŝis plu ĝis mi atingis la vestiblon. Tiam mi rigardis el malantaŭ la salona pordo.

Patro kuŝis sur la sofo kun la okuloj fermitaj.

Mi rigardis lin dum longa tempo.

Tiam li ronkis kaj mi eksaltetis kaj mi aŭdis la sangon en la oreloj kaj la koron bati ege rapide kaj dolore kvazaŭ iu ŝveligus ege grandan balonon en mia brusto.

Mi scivolis ĉu min trafos koratako.

La okuloj de Patro estis ankoraŭ fermitaj. Mi scivolis ĉu li ŝajnigas dormi. Do mi tenis la poŝtranĉilon ege forte kaj mi frapetis la pordokadron.

Patro rulis la kapon de unu flanko al la alia kaj lia piedo ekmoviĝis kaj li diris: «Gnnnn», sed liaj okuloj restis fermitaj. Kaj poste li ronkis denove.

Li dormis.

Tio signifis ke mi povos eskapi el la domo se mi agos ege silente por ne veki lin.

Mi prenis ambaŭ miajn paltojn kaj mian koltukon de

la hokoj apud la ĉefpordo kaj mi surmetis ĉiujn ĉar estos malvarme ekstere en la nokto. Poste mi reiris supren ege silente, sed malfacile ĉar miaj kruroj tremis. Mi iris en mian ĉambron kaj mi levis la kaĝon de Tobio. Li faris ungogratajn sonojn, do mi demetis unu el la paltoj kaj kovris la kaĝon per ĝi por malplilaŭtigi la sonon. Poste mi portis lin malsupren denove.

Patro ankoraŭ dormis.

Mi iris en la kuirejon kaj mi prenis mian specialan manĝoskatolon. Mi malŝlosis la malantaŭan pordon kaj paŝis eksteren. Poste mi premtenis la manilon dum mi refermis ĝin, por ke ĝi ne klaku tro laŭte. Poste mi paŝis ĝis la fino de la ĝardeno.

Ĉe la fino de la ĝardeno staras budo. Ĝi enhavas la herbotondilon kaj la heĝtondilon, kaj multe da ĝardena ekipaĵo iam uzita de Patrino, kiel potoj kaj kompoŝtosakoj kaj bambukanoj kaj ŝnuro kaj fosiloj. Estus iomete pli varme en la budo, sed mi sciis ke Patro eble serĉos min en la budo, do mi iris malantaŭ la budon kaj mi enpremis min en la spacon inter la buda muro kaj la barilo, malantaŭ la granda nigra plasta cisterno kiu kolektas pluvakvon. Poste mi sidiĝis kaj mi sentis min pli sekura.

Mi decidis lasi mian alian palton kovri la kaĝon de Tobio ĉar mi ne volis ke li malvarmiĝu kaj mortu.

Mi malfermis mian specialan manĝoskatolon. En ĝi troviĝis la Galako kaj du glicirizaj rubandoj kaj tri klementinoj kaj rozkolora vaflokekso kaj mia ruĝa kolorigaĵo. Mi ne sentis min malsata sed mi sciis ke mi devas ion manĝi, ĉar se oni nenion manĝas, oni riskas malvarmiĝi, do mi manĝis du klementinojn kaj la Galakon.

Poste mi demandis min kion mi faru sekve.

173

Inter la tegmento de la budo kaj la granda planto kiu transpendas la barilon de la najbara domo, mi povis vidi la stelaron **Oriono**.

Oni diras ke **Oriono** nomiĝas Oriono ĉar Oriono estis ĉasisto kaj la stelaro aspektas kiel ĉasisto kun klabo kaj pafarko, jene:

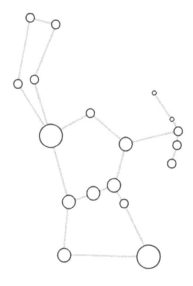

Sed tio estas tute absurda ĉar temas nur pri steloj, kaj oni povus ligi la punktojn iel ajn laŭplaĉe, kaj oni povus vidi en ĝi la aspekton de ombrelporta virino kiu svingas la manon, aŭ de la kafmaŝino kiun s-ino Ŝirso havas, kiu venas de Italujo, kun tenilo kaj elvenanta vaporo, aŭ de dinosaŭro:

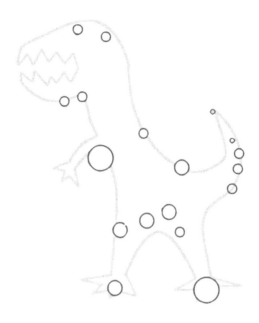

Kaj ne ekzistas linioj en la kosmo, do oni povus ligi partojn de **Oriono** al partoj de la **Leporo** aŭ la **Taŭro** aŭ la **Ĝemeloj** kaj diri ke ili estas stelaro nomita la **Grapolo da Vinberoj** aŭ **Jesuo** aŭ la **Biciklo** (tamen oni ne havis biciklojn en la roma kaj greka antikveco kiam oni donis la nomon Oriono al **Oriono**).

Kaj ĉiaokaze, **Oriono** estas nek ĉasisto nek kafmaŝino nek dinosaŭro. Ĝi estas nur Betelĝuzo kaj Belatrikso kaj Alnilamo kaj Riĝelo kaj 17 aliaj steloj kies nomojn mi ne konas. Kaj ili estas nukleaj eksplodoj foraj je bilionoj da kilometroj.

Kaj jen la vero.

179

Mi restis maldorma ĝis 03:47. Tio estis la horo kiam mi lastafoje rigardis mian brakhorloĝon antaŭ ol mi endormiĝis. Ĝi havas luman ciferplaton kaj ekbrilas se oni puŝas butonon, do mi povis legi ĝin en la mallumo. Mi estis malvarma kaj mi timis ke Patro eble elvenos kaj trovos min. Sed mi sentis min pli sekura en la ĝardeno ĉar mi estis kaŝita.

Mi multe rigardis la ĉielon. Mi ŝatas rigardadi la ĉielon en la ĝardeno nokte. En somero mi kelkfoje eldomiĝas nokte kun mia poŝlampo kaj mia planisfero, kiu estas du plastaj cirkloj trapasitaj de pinglo meze. Kaj sube estas mapo de la ĉielo kaj supre estas aperturo kiu estas truo kun formo de parabolo, kaj oni turnas ĝin por vidi mapon de la ĉielo kian oni vidus en la responda tago de la jaro el latitudo 51,5° norde kiu estas la latitudo kie situas Svindono, ĉar la plej granda parto de la ĉielo estas ĉiam aliflanke de la Tero.

Kaj kiam oni rigardas la ĉielon, oni scias ke oni rigardas stelojn kiuj foras je centoj kaj miloj da lumjaroj. Kaj kelkaj el la steloj eĉ ne plu ekzistas, ĉar tiel longe daŭris la vojaĝo de ilia lumo al ni ke ili jam mortis, aŭ ili eksplodis kaj kolapsis al ruĝaj nanoj. Kaj tio donas senton ke oni estas tre malgranda, kaj se oni spertas malfacilaĵojn en la vivo, estas agrable pensi ke ili estas tiel nomate *Neatentindaj* kio signifas ke ili estas tiel etaj ke oni ne bezonas konsideri ilin dum oni kalkulas ion.

Mi ne tre bone dormis pro la malvarmeco kaj ĉar la

tero estis tre malebena kaj pika sub mi kaj ĉar Tobio multe ungogratis en sia kaĝo. Sed kiam mi proprasence vekiĝis, estis tagiĝo kaj la ĉielo estis tute oranĝa kaj blua kaj purpura kaj mi aŭdis birdojn kanti, kion oni nomas *La Birdoĥoro*. Kaj mi restis kie mi estis, dum ankoraŭ 2 horoj kaj 32 minutoj, kaj poste mi aŭdis Patron veni en la ĝardenon kaj ekvoki: «Kristoforo …? Kristoforo …?»

Do mi turniĝis kaj mi trovis malnovan plastan kotkovritan sakon kiu iam enhavis sterkaĵon, kaj mi premis min kaj la kaĝon de Tobio kaj mian specialan manĝoskatolon en la angulon inter la buda muro kaj la barilo kaj la pluvakva cisterno kaj mi kovris min per la sterkaĵa sako. Kaj poste mi aŭdis Patron veni tra la ĝardeno kaj mi elpoŝigis mian svisarmean tranĉilon kaj etendis la segilan klingon kaj tenis ĝin pro la risko ke li trovos nin. Kaj mi aŭdis lin malfermi la budan pordon kaj rigardi ene. Kaj tiam mi aŭdis lin diri: «Fek.» Kaj poste mi aŭdis liajn paŝojn en la arbustoj flanke de la budo kaj mia koro batis ege rapide kaj mi denove spertis la balonecan senton en la brusto kaj mi kredas ke li eble rigardis malantaŭ la budo, sed mi ne povis vidi, ĉar mi kaŝis min, sed li ne vidis min, ĉar mi aŭdis lin repaŝi for tra la ĝardeno.

Poste mi restis senmova kaj mi rigardis la brakhorloĝon kaj mi restis senmova dum 27 minutoj. Kaj poste mi aŭdis Patron startigi la motoron de sia kamioneto. Mi sciis ke tio estas lia kamioneto, ĉar mi tre ofte aŭdis ĝin kaj ĝi estis proksima, kaj mi sciis ke tio ne estas aŭto de iu najbaro, ĉar la droguzantoj havas Volkswagen-loĝaŭton kaj s-ro

Tompsono kiu loĝas en numero 40 havas Vauxhall-Kavaliron kaj la homoj kiuj loĝas en numero 34 havas Peugeot-aŭton kaj ĉiuj sonas malsame.

Kaj kiam mi aŭdis lin forveturi de la domo, mi sciis ke elveni estas sekure.

Kaj poste mi devis decidi kion fari, ĉar mi ne plu povis loĝi en la domo kun Patro, ĉar estis danĝere.

Do mi faris decidon.

Mi decidis ke mi iros frapi sur la pordo de s-ino Ŝirso kaj mi iros loĝi kun ŝi, ĉar mi konas ŝin kaj ŝi ne estas fremdulo kaj mi jam antaŭe loĝis en ŝia domo kiam okazis elektropaneo ĉe nia flanko de la strato. Kaj ĉi-foje ŝi ne diros ke mi foriru, ĉar mi povos diri al ŝi kiu mortigis Velingtonon, kaj tiel ŝi scios ke mi estas amiko. Kaj krome ŝi komprenos kial mi ne plu povas loĝi kun Patro.

Mi prenis la glicirizajn rubandojn kaj la rozkoloran vaflokekson kaj la finan klementinon el mia speciala manĝoskatolo kaj enpoŝigis ilin kaj kaŝis la specialan manĝoskatolon sub la sterkaĵosako. Poste mi prenis la kaĝon de Tobio kaj mian kroman palton kaj mi elgrimpis el malantaŭ la budo. Mi paŝis trans la ĝardenon kaj laŭflanke de la domo. Mi malfermis la riglilon en la ĝardena pordeto kaj elpaŝis antaŭ la domon.

Neniu estis surstrate, do mi transiris kaj paŝis laŭ la alirejo ĝis la domo de s-ino Ŝirso kaj frapis sur la pordo kaj atendis kaj elpensis kion mi diros kiam ŝi malfermos la pordon.

Sed ŝi ne venis al la pordo. Do mi frapis denove.

Poste mi turnis min kaj vidis homojn promeni laŭ la strato kaj mi timis denove ĉar tio estis du el la droguzantoj el la najbara domo. Do mi ekprenis la kaĝon de Tobio kaj iris al la flanko de la domo de s-ino Ŝirso kaj sidiĝis malantaŭ la rubujo por ke ili ne vidu min.

Kaj tiam mi devis elpensi kion fari.

Kaj tion mi faris konsiderante ĉiujn fareblaĵojn kaj decidante ĉu temas pri la ĝusta decido aŭ ne.

Mi decidis ke mi ne povas reiri hejmen.

Kaj mi decidis ke mi ne povas iri loĝi kun Ŝivono, ĉar ŝi ne povos prizorgi min kiam la lernejo estos fermita, ĉar ŝi estas instruisto kaj ne amiko nek familiano.

Kaj mi decidis ke mi ne povas iri loĝi kun Onklo Teĉjo, ĉar li loĝas en Sunderlando kaj mi ne scias kiel iri al Sunderlando, kaj mi ne ŝatas Onklon Teĉjo, ĉar li fumas cigaredojn kaj karesas miajn harojn.

Kaj mi decidis ke mi ne povas iri loĝi kun s-ino Aleksandro, ĉar ŝi estas nek amiko nek familiano, kvankam ŝi ja havas hundon, ĉar mi ne povas tranokti en ŝia domo aŭ uzi ŝian necesejon, ĉar ŝi jam uzis ĝin kaj ŝi estas fremdulo.

Kaj poste mi pensis ke mi povas iri loĝi kun Patrino ĉar ŝi estas mia familiano kaj mi scias kie ŝi loĝas ĉar mi memoras la adreson el la leteroj kaj ĝi estas Kanonik-Strato 451C, Vilsdeno, Londono NW2 5NG. Tamen ŝi loĝas en Londono kaj mi neniam iris al Londono antaŭe. Mi iris nur al Dovro por transiri al Francujo, kaj al Sunderlando por viziti Onklon Teĉjo, kaj al Manĉestro por viziti Onklinon Ruto kiun trafis kancero, kvankam kancero ankoraŭ ne trafis ŝin kiam mi estis tie. Kaj mi neniam iris ien ajn sola krom al la butiko ĉe la fino de la strato. Kaj la penso iri ien sola estis timiga.

Sed poste mi konsideris reiri hejmen, aŭ resti kie mi estas, aŭ kaŝi min en la ĝardeno ĉiunokte kie Patro eble trovus min, kaj tio eĉ pli timigis min. Kaj kiam mi pensis pri tio, mi sentis ke mi vomos denove kiel en la antaŭa vespero.

Kaj poste mi komprenis ke mi povas fari nenion kio ŝajnas sendanĝera. Kaj mi faris bildon pri tio enkape jene:

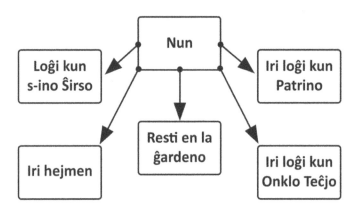

Kaj poste mi imagis forstreki ĉiujn eblojn kiuj ne eblas, simile kiel en matematika ekzameno kiam oni rigardas ĉiujn demandojn kaj oni decidas kiujn oni respondos kaj kiujn oni ne respondos, kaj oni forstrekas ĉiujn kiujn oni ne respondos, ĉar post tio la decido estas definitiva kaj oni ne povas ŝanĝi la opinion. Kaj estis jene:

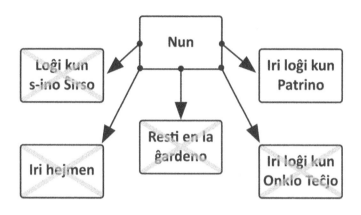

Tio signifis ke mi iru al Londono por loĝi kun Patrino. Kaj mi povis tion fari per trajnveturo ĉar mi komprenis pri trajnoj pro la etmodela fervojo, ke oni rigardu la hortabelon kaj iru al la stacio kaj aĉetu bileton kaj rigardu la forirtabulon por vidi ĉu la trajno venos akurate, kaj poste oni iru al la ĝusta kajo kaj entrajniĝu. Kaj mi foriros el la stacidomo de Svindono kie Ŝerloko Holmso kaj doktoro Vatsono paŭzas por tagmanĝi kiam ili veturas de Padingtono al Roso en *La Mistero de la Valo Boskamo*.

Kaj poste mi rigardis la muron trans la eta pasejo laŭflanke de la domo de s-ino Ŝirso kie mi sidis, kaj tie estis apogita al la muro la cirkla kovrilo de tre malnova metala kaserolo. Kaj ĝi estis kovrita per rusto. Kaj ĝi aspektis kiel la supraĵo de planedo ĉar la rusto havis formon de landoj kaj kontinentoj kaj insuloj.

Kaj poste mi pensis ke mi neniam povos esti kosmonaŭto, ĉar esti kosmonaŭto signifas trovi sin centojn da miloj da kilometroj for de la hejmo, kaj mia hejmo estas en Londono nun kaj tio estas ĉirkaŭ 150 kilometrojn for, do pli ol 1000-oble pli proksima ol estus mia hejmo se mi trovus min en la kosmo, kaj tiu pensado doloris min. Estis simile unu fojon kiam mi falis sur la herbo ĉe la rando de ludejo kaj mi tranĉis al mi la genuon per peco el rompita botelo kiun iu ĵetis trans la muron, kaj mi detranĉis haŭtklapon kaj s-ro Daviso devis purigi la karnon sub la klapo per malinfektaĵo por forigi la mikrobojn kaj la malpuraĵojn kaj tio doloris tiom ke mi ploris. Sed la nuna doloro okazis enmense. Kaj malĝojigis min pensi ke mi neniam povos fariĝi kosmonaŭto.

Kaj poste mi pensis ke mi devas agi kiel Ŝerloko Holmso kaj mi devas «laŭvole malkroĉi mian menson ĝis rimarkinda grado» por ke mi ne rimarku kiom doloras enkape.

Kaj poste mi pensis ke mi bezonos monon se mi veturu al Londono. Kaj mi bezonos preni manĝaĵon ĉar la vojaĝo estos longa kaj mi ne scios el kie mi akiru manĝaĵon. Kaj poste mi pensis ke mi bezonos iun kiu prizorgos Tobion kiam mi veturos al Londono, ĉar mi ne povos kunporti lin.

Kaj poste mi *Formulis Planon*. Kaj tio sentigis min pli bona ĉar mia kapo enhavis ion kun ordo kaj skemo kaj mi devis nur sekvi la instrukciojn unu post la alia.

Mi stariĝis kaj mi certiĝis ke neniu estas surstrate. Poste mi iris al la domo de s-ino Aleksandro kiu najbaras al la domo de s-ino Ŝirso, kaj mi frapis sur la pordo.

Tiam s-ino Aleksandro malfermis la pordon kaj ŝi diris: «Kristoforo, kio do okazaĉis al vi?»

Kaj mi diris: «Ĉu vi povas prizorgi Tobion por mi?»

Kaj ŝi diris: «Kiu estas Tobio?»

Kaj mi diris: «Tobio estas mia hejma rato.»

Poste s-ino Aleksandro diris: «Ho … ho jes. Mi rememoras nun. Vi jam diris.»

Poste mi levis la kaĝon de Tobio kaj diris: «Jen li.»

S-ino Aleksandro retroiris unu paŝon en sian vestiblon.

Kaj mi diris: «Li manĝas specialajn buletojn kaj oni povas aĉeti ilin en hejmbesta butiko. Sed li povas manĝi ankaŭ keksojn kaj karotojn kaj panon kaj kokidostojn. Sed oni ne donu al li ĉokoladon, ĉar ĝi enhavas kafeinon kaj teobrominon kiuj estas metilksantinoj, kaj en granda kvanto ĝi venenas ratojn. Kaj li bezonas ankaŭ novan akvon en sia botelo ĉiutage. Kaj ne ĝenos lin loĝi en la domo de aliulo, ĉar li estas besto. Kaj li ŝatas veni el sia kaĝo, sed ne gravos se vi ne elkaĝigos lin.»

Poste s-ino Aleksandro diris: «Kial vi bezonas iun por prizorgi Tobion, Kristoforo?»

Kaj mi diris: «Mi iros al Londono.»

Kaj ŝi diris: «Kiom longe vi estos tie?»

Kaj mi diris: «Ĝis mi iros al universitato.»

Kaj ŝi diris: «Ĉu vi ne povos kunporti Tobion?»

Kaj mi diris: «Londono estas longe for kaj mi ne volas kunporti lin en la trajno, ĉar mi eble perdus lin.»

Kaj s-ino Aleksandro diris: «Nu ja.» Kaj poste ŝi diris: «Ĉu vi kaj via patro transloĝiĝos?»

Kaj mi diris: «Ne.»

Kaj ŝi diris: «Kial do vi iros al Londono?»

Kaj mi diris: «Mi iros loĝi kun Patrino.»

Kaj ŝi diris: «Laŭ mia memoro vi diris ke via patrino mortis.»

Kaj mi diris: «Mi kredis ke ŝi mortis, sed ŝi ankoraŭ vivis. Kaj Patro mensogis al mi. Kaj krome li diris ke li mortigis Velingtonon.»

Kaj s-ino Aleksandro diris: «Ho ĉielo.»

Kaj mi diris: «Mi iros loĝi kun mia patrino ĉar Patro mortigis Velingtonon kaj li mensogis kaj mi timas esti en la domo kun li.»

Kaj s-ino Aleksandro diris: «Ĉu via patrino estas ĉi tie?»

Kaj mi diris: «Ne. Patrino estas en Londono.»

Kaj ŝi diris: «Do vi iros al Londono sola?»

Kaj mi diris: «Jes.»

Kaj ŝi diris: «Vidu, Kristoforo, kial vi ne envenu kaj sidu kaj ni priparolu ĉi tion kaj elpensu kion ni plej bone faru?»

Kaj mi diris: «Ne. Mi ne povas enveni. Ĉu vi prizorgos Tobion por mi?»

Kaj ŝi diris: «Mi vere ne kredas ke tio estus bona ideo, Kristoforo.»

Kaj mi diris nenion.

Kaj ŝi diris: «Kie estas via patro nun, Kristoforo?»

Kaj mi diris: «Mi ne scias.»

Kaj ŝi diris: «Nu, eble ni provu telefoni al li kaj vidu ĉu eblas ekkontakti lin. Mi certas ke li maltrankvilas pri vi. Kaj mi certas ke okazis ia terura miskompreno.»

Do mi turnis min kaj mi rekuris trans la straton al nia domo. Kaj mi ne rigardis antaŭ ol mi transiris la straton, kaj flava Mini-aŭto devis halti kaj la pneŭoj kriĉis surstrate. Kaj mi rekuris laŭflanke de la domo kaj tra la ĝardena pordeto kaj mi riglis ĝin malantaŭ mi.

Mi provis malfermi la kuirejan pordon sed ĝi estis ŝlosita. Do mi levis brikon kiu kuŝis surtere, kaj mi ĵetŝovis ĝin tra la fenestro kaj la vitro disfrakasis ĉien. Poste mi metis la brakon tra la rompita vitro kaj mi malfermis la pordon deinterne.

Mi iris en la domon kaj mi metis Tobion sur la kuirejan tablon. Poste mi kuris supren kaj mi ekprenis mian lernejan sakon kaj mi enmetis iom da manĝaĵo por Tobio kaj kelkajn el miaj matematikaj libroj kaj purajn subĉemizon kaj kalsonon kaj puran ĉemizon. Poste mi venis malsupren kaj mi malfermis la fridujon kaj mi ensakigis skatolon da oranĝosuko kaj nemalfermitan botelon da lakto. Kaj mi prenis du pliajn klementinojn kaj paketon da kremkeksoj kaj du ladskatolojn da tomatfaboj el la ŝranko kaj ankaŭ ilin mi ensakigis, ĉar mi povos malfermi ilin per la elladigilo de mia svisarmea trančilo.

Poste mi rigardis sur la labortabulo apud la lavujo kaj mi vidis la poŝtelefonon de Patro kaj lian monujon kaj lian adresaron kaj mi sentis «mian haŭton … malvarma sub mia vesto» kiel doktoro Vatsono en *La Signo de la Kvar* kiam li vidas la etajn piedspurojn de Tongao, la andamanano, sur la tegmento de la domo de Bartolomeo Ŝolto en Norvudo, ĉar mi pensis ke Patro revenis kaj li estas en la domo, kaj la doloro en mia kapo multe pli aĉiĝis. Sed poste mi rekurigis la bildojn en mia memoro kaj mi vidis ke lia kamioneto ne staras ekster la domo, do li ŝajne lasis la poŝtelefonon kaj la monujon kaj la adresaron kiam li foriris de la domo. Kaj mi prenis lian monujon kaj mi eligis lian bankokarton ĉar tiel mi povos akiri monon ĉar la karto havas PIN-kodon kiu estas la sekreta numero kiun oni tajpas ĉe la bankaŭtomato por eltiri monon, kaj Patro ne skribis ĝin en sekura loko kiel oni devus, sed li sciigis ĝin al mi ĉar li diris ke mi neniam forgesos ĝin. Kaj ĝi estis 3558. Kaj mi enpoŝigis la karton.

Poste mi elkaĝigis Tobion kaj metis lin en la poŝon de unu el miaj paltoj ĉar la kaĝo estus tre peza se mi portus ĝin tutvojaĝe ĝis Londono. Kaj poste mi eliris tra la kuireja pordo en la ĝardenon denove.

Mi eliris tra la ĝardena pordeto kaj certiĝis ke neniu rigardas, kaj poste mi ekpaŝis al la lernejo ĉar tiun direkton mi konis, kaj kiam mi alvenos en la lernejo, mi povos demandi Ŝivonon kie troviĝas la trajnstacio.

Normale mi ĉiam pli timus se mi paŝus al la lernejo, ĉar mi neniam antaŭe faris tion. Sed mi timis laŭ du malsamaj manieroj. Kaj unu maniero estis la timo esti malproksima de loko al kiu mi jam kutimiĝis, kaj la alia estis la timo esti proksima al tie kie loĝas Patro, kaj ili estis en *Inversa Rilatumo* unu al la alia tiel ke la entuta timo restis konstanto dum mi pli foriĝis de la hejmo kaj pli foriĝis de Patro, jene:

$$\text{Timo}_{entuta} = \text{Timo}_{nova\ loko} \times \text{Timo}_{proksimeco\ al\ Patro} \approx \textbf{konstanto}$$

La buso bezonas 19 minutojn por veturi de nia domo al la lernejo, sed mi bezonis 47 minutojn por paŝi la saman distancon, do mi estis tre laca kiam mi alvenis tien, kaj mi esperis ke mi povos resti en la lernejo dum iomete da tempo kaj preni kelke da keksoj kaj oranĝosukon antaŭ ol mi iros al la trajnstacio. Sed tio ne eblis, ĉar kiam mi alvenis al la lernejo, mi vidis ke la kamioneto de Patro staras ekstere en la parkejo. Kaj mi sciis ke tio estas lia kamioneto pro la teksto **Eĉjo Beno – Bonteno de Hejtiloj – Hejtkaldronaj Riparoj** surflanke kun bildo de krucitaj boltiloj, jene:

Kaj kiam mi vidis la kamioneton, mi vomis denove. Sed ĉi-foje mi sciis ke mi vomos, do mi ne kovris min per vomaĵo kaj mi vomis nur sur la muron kaj la trotuaron, kaj ne venis multe da vomaĵo, ĉar mi malmulton manĝis. Kaj post la vomo mi deziris buligi min sur la tero kaj fari ĝemadon. Sed mi sciis ke se mi buligos min sur la tero kaj faros ĝemadon, tiam Patro elvenos el la lernejo kaj li vidos min kaj li kaptos min kaj kondukos min hejmen. Do mi faris multe da profundaj enspiroj kiel laŭ Ŝivono mi faru se iu batus min en la lernejo, kaj mi nombris kvindek spirojn kaj mi koncentriĝis tre forte pri la nombroj kaj kalkulis ĉies kubon dirante ĝin. Kaj tio igis la doloron malpli suferiga.

Kaj poste mi forpurigis la vomaĵon de mia buŝo kaj mi faris decidon ke mi eltrovu kiel atingi la trajnstacion, kaj ke por tion fari mi demandu iun, kaj tiu estu virino ĉar kiam en la lernejo oni alparolas nin pri la Donaco-Minaco, oni diras ke se viro alproksimiĝas kaj alparolas nin kaj ni sentas nin timigitaj, ni ekkriu kaj trovu virinon al kiu kuri, ĉar virinoj estas malpli danĝeraj.

Do mi elprenis mian svisarmean trančilon kaj mi ĵetetendis la segilan klingon kaj mi tenis ĝin forte en la poŝo kiu ne enhavis Tobion, por ke mi povu tranĉi iun kiu eventuale ektenus min, kaj poste mi vidis virinon aliflanke de la strato kun bebo en infanĉareto kaj juna knabo kun pluŝelefanto, do mi decidis demandi ŝin. Kaj ĉi-foje mi rigardis dekstren kaj maldekstren kaj denove dekstren por ke aŭto ne surveturu min, kaj mi transiris la straton.

Kaj mi diris al la virino: «Kie mi povas aĉeti mapon?»

Kaj ŝi diris: «He?»

Kaj mi diris: «Kie mi povas aĉeti mapon?» Kaj mi sentis skuiĝi la manon kiu tenis la tranĉilon, kvankam mi ne skuis ĝin.

Kaj ŝi diris: «Patriko, demetu tion, ĝi estas malpura. Mapon de kie?»

Kaj mi diris: «Mapon de tie ĉi.»

Kaj ŝi diris: «Mi ne scias.» Kaj poste ŝi diris: «Kien vi celas iri?»

Kaj mi diris: «Mi iras al la trajnstacio.»

Kaj ŝi ridis kaj ŝi diris: «Vi ne bezonas mapon por iri al la trajnstacio.»

Kaj mi diris: «Mi tamen bezonas ĉar mi ne scias kie troviĝas la trajnstacio.»

Kaj ŝi diris: «Vi povas vidi ĝin de ĉi tie.»

Kaj mi diris: «Mi ne povas. Kaj krome mi bezonas scii kie troviĝas bankaŭtomato.»

Kaj ŝi fingromontris kaj diris: «Jen. Tiu konstruaĵo. Teksto ‹Signal-Punkto› supre. Kaj fervoja simbolo ĉe la alia fino. La stacidomo staras piede de tio. Patriko, ĉu mi ne jam milfoje diris? Ne enbuŝigu kion vi trovas sur la trotuaro!»

Kaj mi rigardis kaj mi vidis konstruaĵon kun teksto supre sed ĝi estis longe for, do tio estis malfacile legebla, kaj mi diris: «Ĉu vi celas la strian konstruaĵon kun la horizontalaj fenestroj?»

Kaj ŝi diris: «Ĝuste tiu.»

Kaj mi diris: «Kiel mi atingu tiun konstruaĵon?»

Kaj ŝi diris: «Sankta diablo.» Kaj poste ŝi diris: «Sekvu tiun buson», kaj ŝi fingromontris buson kiu preterpasis.

Do mi ekkuris. Sed busoj veturas ege rapide kaj mi devis certiĝi ke Tobio ne elfalu de mia poŝo. Sed mi sukcesis longe postkuradi la buson kaj mi transiris 6 stratetojn antaŭ ol ĝi turnis sin sur alian straton kaj mi ne plu povis vidi ĝin.

Kaj poste mi ĉesis kuri ĉar mi spiris ege forte kaj miaj kruroj doloris. Kaj mi staris sur strato kun multe da vendejoj. Kaj mi rememoris stari sur tiu strato kiam mi butikumis kun Patrino. Kaj multe da homoj butikumis surstrate, sed mi ne volis ke ili tuŝu min, do mi paŝis laŭrande de la trotuaro. Kaj mi ne ŝatis tiom da homoj proksimaj al mi kaj tiom da bruo ĉar temis pri tro da informoj en la kapo kaj tio malfaciligis al mi pensi, kvazaŭ okazus kriado en la kapo. Do mi kovris la orelojn per la manoj kaj mi ĝemis tre mallaŭte.

Kaj poste mi rimarkis ke mi ankoraŭ povas vidi la simbolon ⇥ kiun indikis la virino, do mi plu paŝis en tiu direkto.

Kaj poste mi ne plu povis vidi la simbolon ⇥. Kaj mi forgesis memori kie ĝi troviĝas, kaj tio timigis min ĉar mi estis perdita kaj ĉar mi ne forgesas aferojn. Kaj normale mi farus mapon enkape kaj mi sekvus la mapon kaj min reprezentus eta kruco surmape kiu montrus mian lokon, sed okazis tro da interfero enkape kaj pro tio mi estis konfuzita. Do mi staris sub la verda-blanka tolmarkezo ekster legomvendejo kie kuŝis karotoj kaj cepoj kaj pastinakoj kaj brokoloj en skatoloj kiuj enhavis plastan peltecan verdan tapiŝon, kaj mi faris planon.

Mi sciis ke la trajnstacio situas ie proksime. Kaj se io situas proksime, oni povas trovi ĝin se oni moviĝas laŭ spiralo, paŝante horloĝdirekte kaj ĉiam turniĝante dekstren ĝis oni revenos al strato jam vizitita, kaj tiam kiel eble plej frue maldekstren sed poste ĉiam dekstren, kaj tiel plu, jene (sed ankaŭ tio estas hipoteza diagramo kaj ne mapo de Svindono):

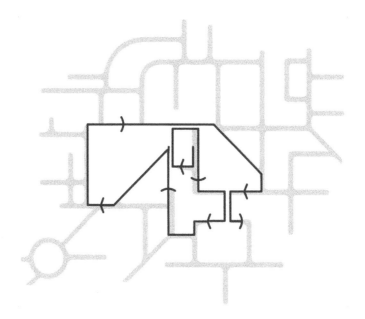

Kaj jen kiel mi trovis la trajnstacion, kaj mi koncentriĝis ege forte por ke mi sekvu la regulojn kaj faru mapon enkape pri la centro de la urbo dum mi paŝis, kaj tiel mi pli facile ignoris la multajn homojn kaj la multan bruon ĉirkaŭ mi.

Kaj tiam mi eniris la trajnstacion.

181

Mi vidas ĉion.

Tial mi ne ŝatas novajn lokojn. Se mi troviĝas en loko konata, kiel la hejmo, aŭ la lernejo, aŭ la buso, aŭ la butiko, aŭ la strato, mi jam vidis preskaŭ ĉion en ĝi antaŭe kaj la sola afero farenda estas rigardi la partojn kiuj intertempe ŝanĝiĝis aŭ moviĝis. Ekzemple, unu semajnon, la afiŝo pri la **Ŝekspira Globteatro** en la lerneja klasĉambro estis falinta kaj tion mi povis konstati ĉar oni remetis ĝin iomete pli dekstre kaj tri etaj cirklaj makuloj el glugumo troviĝis sur la muro laŭ la maldekstra flanko de la afiŝo. Kaj la postan tagon iu estis grafitiinta **CROW APTOK** sur lampofosto 437 en nia strato, la fosto antaŭ domo 35.

Sed plej multaj homoj mallaboremas. Ili neniam rigardas ĉion. Ili *ĵetas rigardon* kiu kvazaŭ tuŝetas ion kaj daŭras en preskaŭ la sama direkto, same kiel bilarda globo kiu tuŝetas la flankon de alia bilarda globo. Kaj la informoj en iliaj kapoj estas ege simplaj. Ekzemple, se ili trovus sin en la kamparo, eble temus pri:

1. Mi staras sur kampo kiu estas herboplena.
2. Sur la kampoj estas kelkaj bovinoj.
3. Estas sune kun kelkete da nuboj.
4. En la herbo estas kelkaj floroj.
5. Malproksime troviĝas vilaĝo.
6. Ĉe la rando de la kampo estas barilo kaj ĝi enhavas barilpordon.

Kaj post tio ili ĉesus ion rimarki ĉar ili pensus ion alian kiel: «Ho, estas belege ĉi tie», aŭ: «Mi sentas min maltrankvila ĉar eble mi ne malŝaltis la gasfornelon», aŭ: «Mi scivolas ĉu Julinjo jam naskis».[12]

Sed se mi staras sur kampo en la kamparo, mi rimarkas ĉion. Ekzemple mi memoras stari sur kampo ĵaŭdon la 15-an de Junio 1994 ĉar Patro kaj Patrino kaj mi veturis al Dovro por trafi pramŝipon al Francujo kaj ni faris tion kion Patro nomis *La Pejzaĝa Veturo* kio signifas uzi malgrandajn vojojn kaj paŭzi por tagmanĝi en la ĝardeno de trinkejo, kaj mi devis halti por pisi, kaj mi iris sur kampon kiu enhavis bovinojn, kaj pisinte mi paŭzis kaj rigardis la kampon kaj mi rimarkis la jenajn aferojn:

1. La kampo enhavas 19 bovinojn, el kiuj 15 estas nigraj-blankaj kaj 4 estas brunaj-blankaj.

2. Malproksime troviĝas vilaĝo kiu havas 31 videblajn domojn kaj preĝejon kun kvadrata turo kaj ne turpinto.

3. La kampo enhavas krestojn, kio signifas ke en la Mezepoko ĝi estis tiel nomata *Krestosulka Kampo*, kaj la loĝantoj de la vilaĝo havis po unu kreston por kulturi.

4. En la heĝo sidas malnova plasta superbazara sako, kaj kunpremita Kokakola-skatolo kun heliko sur si, kaj longa oranĝa ŝnureto.

5. La nordorienta angulo de la kampo estas plej alta kaj la sudokcidenta angulo estas plej malalta (mi havis

---

[12] Tio estas tute vera ĉar mi demandis Ŝivonon pri kio homoj pensas kiam ili rigardas aferojn, kaj ŝi diris tion.

kompason ĉar ni iris ferii kaj mi volis scii kie situas Svindono dum ni troviĝos en Francujo) kaj la kampo iomete deklivas malsupren ambaŭflanke de la linio inter tiuj du anguloj tiel ke la nordokcidenta kaj sudorienta anguloj estas iomete malpli altaj ol ili estus se la kampo estus plata klinita ebenaĵo.

6. Mi vidas tri malsamajn specojn de herbo kaj du kolorojn de floroj en la herbo.

7. Plej multaj bovinoj estas turnitaj al la pli alta parto.

Kaj tiu listo pri la aferoj kiujn mi rimarkis enhavis 31 pliajn aferojn sed Ŝivono diris ke mi ne bezonas skribi ĉiujn. Kaj pro tio estas tre lacige kiam mi trovas min en nova loko, ĉar mi vidas ĉiujn tiajn aferojn, kaj se iu poste demandus min kiel aspektis la bovinoj, mi povus demandi: «Kiu bovino?» kaj mi povus fari desegnon pri ili hejme kaj diri ke unu bovino surhavis la jenajn makulojn:

Kaj mi konstatas ke mi mensogis en **Ĉapitro 13** ĉar mi diris: «Mi ne kapablas rakonti ŝercojn», ĉar mi tamen konas 3 ŝercojn kiujn mi kapablas rakonti, kaj unu el ili temas pri bovino, kaj Ŝivono diris ke mi ne bezonas retropaŝi por ŝanĝi kion mi skribis en **Ĉapitro 13**, ĉar tio ne gravas, ĉar ne estas mensogo, nur *Pliklarigo*.

Kaj jen la ŝerco.

Tri viroj sidas en trajno. Unu el ili estas ekonomikisto kaj unu el ili estas logikisto kaj unu el ili estas matematikisto. Kaj ili ĵus transiris la landlimon en Skotlandon (mi ne scias kial ili vojaĝas al Skotlando) kaj tra la trajna fenestro ili vidas brunan bovinon kiu staras sur kampo (kaj la bovino staras paralele al la trajno).

Kaj la ekonomikisto diras: «Vidu, la bovinoj en Skotlando estas brunaj.»

Kaj la logikisto diras: «Ne. Skotlando enhavas bovinojn, el kiuj almenaŭ unu estas bruna.»

Kaj la matematikisto diras: «Ne. Skotlando enhavas almenaŭ unu bovinon, de kiu unu flanko ŝajnas esti bruna.»

Kaj tio estas amuza ĉar ekonomikistoj ne estas veraj sciencistoj, kaj ĉar logikistoj pensas pli klare, sed matematikistoj estas plej bonaj.

Kaj kiam mi trovas min en nova loko, ĉar mi vidas ĉion, tio similas al komputilo kiu faras tro da aferoj samtempe, kaj la ĉefprocesoro estas blokita kaj restas neniom da spaco por pensi pri aliaj aferoj. Kaj kiam mi trovas min en nova loko kaj tie estas multe da homoj, estas eĉ pli malfacile ĉar homoj ne similas al bovinoj kaj floroj kaj herbo kaj ili povas alparoli min kaj fari ion neatenditan, do oni devas rimarki ĉion kio estas en la loko, kaj oni devas rimarki ankaŭ aferojn kiuj povus okazi. Kaj kelkfoje, kiam mi trovas min en nova loko kaj tie estas multe da homoj, tio similas al paneanta komputilo kaj mi devas kovri la orelojn per la manoj kaj ĝemadi, kvazaŭ klavante **Stir-Alt-For** kaj malŝaltante la komputilon kaj restartigante ĝin, por ke mi rememoru kion mi faras kaj kien mi iru.

Kaj jen kial mi kapablas ŝakon kaj matematikon kaj logikon, ĉar plej multaj homoj estas preskaŭ blindaj kaj ili ne vidas plej multajn aferojn kaj restas multe da neuzita spaco en iliaj kapoj kaj tion plenigas aferoj senrilataj kaj stultaj, kiel: «Mi sentas min maltrankvila ĉar eble mi ne malŝaltis la gasfornelon».

191

Mia etmodela fervojo havis malgrandan konstruaĵon kiu konsistis el du ĉambroj kun intera koridoro, kaj unu estis la biletejo kie oni aĉetis la biletojn, kaj unu estis atendejo kie oni atendis la trajnon. Sed la fervoja stacidomo en Svindono ne estis tia. Ĝi konsistis el tunelo kaj ŝtuparo, kaj vendejo kaj kafejo kaj atendejo, jene:

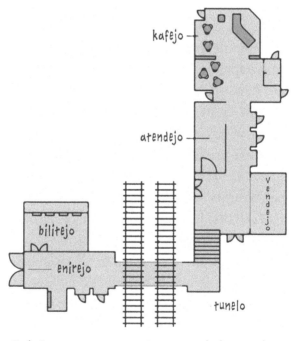

Sed tio ne estas tre preciza mapo de la stacidomo, ĉar mi timis tiagrade ke mi ne tre bone rimarkis la aferojn, kaj tio estas nur laŭ mia memoro, do ĝi estas *Proksimumaĵo*.

Kaj estus simile stari sur klifo en ege forta vento, ĉar mi sentis kapturnon kaj naŭzon pro la multo da homoj kiuj eniris kaj eliris la tunelon, kaj tie ege eĥiĝis kaj mi povis iri en nur unu direkto kaj tio estis laŭ la tunelo, kaj tie odoris je necesejoj kaj cigaredoj. Do mi staris ĉe la muro kaj tenis la randon de informoŝildo kun la teksto **Se vi volas aliri la parkejon, bonvolu uzi la helpotelefonon vidalvide, dekstre de la biletejo** por certiĝi ke mi ne falu kaj ekkaŭru surtere. Kaj mi deziris iri hejmen. Sed mi timis iri hejmen kaj mi provis enkape ekplani kion mi faru, sed estis tro da aferoj rigardendaj kaj tro da aferoj aŭdendaj.

Do mi kovris la orelojn per la manoj por forbari la bruon kaj pensi. Kaj mi pensis ke mi devos resti en la stacidomo por povi entrajniĝi kaj mi devos sidiĝi ie, kaj troviĝas nenia sidloko apud la stacidoma pordo, do mi devos iri laŭ la tunelo. Do mi diris al mi, enkape, ne voĉe: «Mi iros laŭ la tunelo kaj eble trovos lokon kie mi povos sidiĝi, kaj tiam mi povos fermi la okulojn kaj mi povos pensi», kaj mi iris laŭ la tunelo penante koncentriĝi pri la tunelfina ŝildo kun la teksto **ATENTON! Telegvatado aktiva.** Kaj estus simile paŝi de sur la klifo sur ŝnuron.

Kaj finfine mi alvenis ĉe la fino de la tunelo kaj tie estis ŝtuparo kaj mi supreniris la ŝtuparon kaj tie estis ankoraŭ multe da homoj kaj mi ĝemadis kaj supre de la ŝtuparo staris vendejo kaj ĉambro kun seĝoj sed troviĝis tro da homoj en la ĉambro kun seĝoj, do mi preterpasis ĝin. Kaj ŝildoj diris **Granda Okcidenta Fervojo** kaj **malvarmaj bieroj kaj trinkaĵoj** kaj **ATENTON! MALSEKA PLANKO** kaj **Viaj 50** pencoj vivtenos frunaskiton dum 1,8 sekundoj kaj **vojaĝado transformita** kaj **Refreŝige Originala** kaj **FRANDA KREMA LUKSA – NUR £ 1,30 – VARMA ĈOKOLADO** kaj **0870 777 7676** kaj **La Citronarbo** kaj **Ne Fumu** kaj **ALTKVALITAJ TEOJ** kaj kelkaj etaj tabloj staris kun apudaj seĝoj kaj neniu sidis ĉe unu el la tabloj kaj ĝi staris en angulo kaj mi sidiĝis sur unu el la apudaj seĝoj kaj mi fermis la okulojn. Kaj mi enpoŝigis la manojn kaj Tobio grimpis en mian manon kaj mi donis al li du buletojn da ratmanĝaĵo el mia sako kaj mi forte tenis la svisarmean tranĉilon en la alia mano, kaj mi ĝemadis por kovri la bruon ĉar mi jam movis la manojn for de la oreloj, sed ne tiel laŭte ke aliaj homoj aŭdus min ĝemadi kaj venus por alparoli min.

Kaj poste mi penis pensi pri tio kion mi faru, sed mi ne povis pensi, ĉar tro da aliaj aferoj enestis la kapon, do mi faris matematikan problemon por igi la kapon pli klara.

Kaj la matematika problemo kiun mi faris nomiĝas **Saltantaj Soldatoj**. Kaj ĉe **Saltantaj Soldatoj** oni havas ŝaktabulon kiu daŭras senlime en ĉiuj direktoj kaj ĉiu ĉelo sub horizontala streko surhavas koloran pecon, jene:

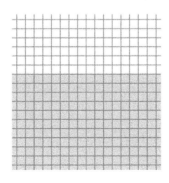

Kaj oni rajtas movi koloran pecon nur se ĝi povas transsalti koloran pecon horizontale aŭ vertikale (sed ne diagonale) en liberan lokon du ĉelojn for. Kaj kiam oni movas koloran pecon tiamaniere, oni devas forpreni la transsaltitan koloran pecon, jene:

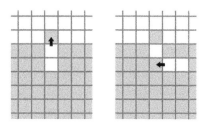

Kaj la celo estas movi la kolorajn pecojn kiel eble plej alten super la komenca horizontala streko, kaj oni komencas ekzemple jene:

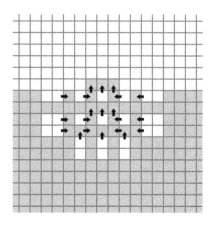

Kaj poste oni faras ekzemple jene:

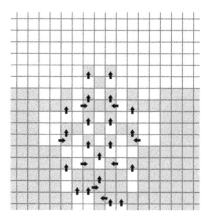

Kaj mi konas la solvon, ĉar kiel ajn oni movas la kolorajn pecojn, oni neniam sukcesos movi koloran pecon pli ol 4 ĉelojn super la komencan horizontalan strekon, sed tio estas bona enkape farinda matematika problemo kiam oni ne volas pensi pri io alia, ĉar oni povas ĝin laŭbezone kompliki por plenigi la cerbon se oni igas la tabulon tiel granda kaj la movojn tiel malsimplaj kiel oni deziras.

Kaj mi atingis:

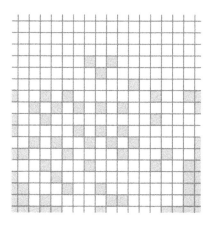

Kaj tiam mi levis la rigardon kaj vidis ke antaŭ mi staras policano kaj li diris: «Ĉu iu estas hejme?» sed mi ne sciis kion tio signifas.

Kaj poste li diris: «Ĉu vi bone fartas, junulo?»

Mi rigardis lin kaj mi pensis dum kelke da tempo por ke mi ĝuste respondu la demandon, kaj mi diris: «Ne.»

Kaj li diris: «Vi aspektas iom eluzita.»

Li portis oran ringon sur unu el la fingroj kaj ĝi surhavis ornamajn literojn sed mi ne povis identigi la literojn.

Poste li diris: «La virino en la kafejo diris ke vi sidas ĉi tie 2½ horojn, kaj ke kiam ŝi provis alparoli vin, vi estis tute en tranco.»

Poste li diris: «Kiel vi nomiĝas?»

Kaj mi diris: «Kristoforo Beno.»

Kaj li diris: «Kie vi loĝas?»

Kaj mi diris: «Randolfo-Strato 36», kaj mi eksentis min pli bona ĉar mi ŝatas policanojn kaj tio estis facila demando, kaj mi scivolis ĉu mi informu lin ke Patro mortigis Velingtonon, kaj ĉu li arestus Patron.

Kaj li diris: «Kion vi faras ĉi tie?»

Kaj mi diris: «Mi bezonis sidi por trankviliĝi kaj pensi.»

Kaj li diris: «Bone, ni simpligu. Kial vi estas en la trajnstacio?»

Kaj mi diris: «Mi iras viziti Patrinon.»

Kaj li diris: «Patrinon, ĉu?»

Kaj mi diris: «Jes, Patrinon.»

Kaj li diris: «Kiam foriros via trajno?»

Kaj mi diris: «Mi ne scias. Ŝi loĝas en Londono. Mi ne

scias kiam foriros trajno al Londono.»

Kaj li diris: «Do vi ne loĝas ĉe via patrino?»

Kaj mi diris: «Ne. Sed tie mi loĝos.»

Kaj poste li sidiĝis apud mi kaj diris: «Do kie loĝas via patrino?»

Kaj mi diris: «En Londono.»

Kaj li diris: «Jes, sed kie en Londono?»

Kaj mi diris: «Kanonik-Strato 451C, Londono NW2 5NG.»

Kaj li diris: «Dio mia. Kio estas tio?»

Kaj mi mallevis la rigardon kaj mi diris: «Tio estas mia hejma rato, Tobio», ĉar el mia poŝo li rigardis la policanon.

Kaj la policano diris: «Hejma rato, ĉu?»

Kaj mi diris: «Jes, hejma rato. Li estas tre pura kaj li ne portas bubonan peston.»

Kaj la policano diris: «Nu, tio kuraĝigas.»

Kaj mi diris: «Jes.»

Kaj li diris: «Ĉu vi havas bileton?»

Kaj mi diris: «Ne.»

Kaj li diris: «Ĉu vi havas monon por akiri bileton?»

Kaj mi diris: «Ne.»

Kaj li diris: «Nu, kiel entute vi intencis vojaĝi al Londono, do?»

Kaj tiam mi ne sciis kion diri, ĉar mi havis enpoŝe la bankaŭtomatan karton de Patro kaj ŝteli estas kontraŭleĝe, sed temis pri policano, do mi devis ne mensogi, do mi diris: «Mi havas bankokarton», kaj mi elpoŝigis ĝin kaj mi montris ĝin al li. Kaj tio estis pravigebla mensogo.

Sed la policano diris: «Ĉu tiu karto estas via?»

Kaj tiam mi pensis ke li eble arestos min, kaj mi diris: «Ne, ĝi estas de Patro.»

Kaj li diris: «De Patro, ĉu?»

Kaj mi diris: «Jes, de Patro.»

Kaj li diris: «Bone», sed li diris tion ege malrapide kaj li premis la nazon inter la dika kaj montra fingroj.

Kaj mi diris: «Li sciigis al mi la numeron», kio estis plia pravigebla mensogo.

Kaj li diris: «Vi kaj mi, ni do promenu al la bankaŭtomato, ĉu?»

Kaj mi diris: «Vi ne tuŝu min.»

Kaj li diris: «Kial mi volus vin tuŝi?»

Kaj mi diris: «Mi ne scias.»

Kaj li diris: «Nu, nek mi.»

Kaj mi diris: «Ĉar oni formale avertis min kiam mi batis policanon, sed mi ne celis dolorigi lin, kaj se mi faros tion denove, mi trafos eĉ pli profunde en problemojn.»

Poste li rigardis min kaj li diris: «Vi vere senblagas, ĉu ne?»

Kaj mi diris: «Jes.»

Kaj li diris: «Vi iru antaŭ mi.»

Kaj mi diris: «Kien?»

Kaj li diris: «Reen, apud la biletejon», kaj li montris per la dikfingro.

Kaj poste ni repaŝis tra la tunelo, sed tio ne same timigis min ĉi-foje, ĉar akompanis min policano.

Kaj mi enaŭtomatigis la bankokarton kiel Patro kelkfoje

lasis min fari kiam ni kune butikumis, kaj aperis **TAJPU PERSONAN NUMERON** kaj mi tajpis **3558** kaj mi tuŝis la butonon **ENIGI** kaj la aŭtomato diris **BONVOLU INDIKI KVANTON** kaj prezentis elekton:

← £ 10   £ 20 →

← £ 50   £ 100 →

Alia kvanto

(nur dekobloj) →

Kaj mi demandis la policanon: «Kiom kostas aĉeti bileton por trajno al Londono?»

Kaj li diris: «Ĉirkaŭ 20.»

Kaj mi diris: «Ĉu pundojn?»

Kaj li diris: «Sankta diablo», kaj li ridis. Sed mi ne ridis, ĉar mi ne ŝatas kiam homoj ridas pri mi, eĉ se temas pri policanoj. Kaj li ĉesis ridi, kaj li diris: «Jes. 20 pundojn.»

Do mi tuŝis **£ 50** kaj kvin dekpundaj biletoj elvenis el la aŭtomato, kun kvitanco, kaj mi enpoŝigis la biletojn kaj la kvitancon kaj la karton.

Kaj la policano diris: «Nu, verŝajne mi ne plu malfruigu vin per babilado.»

Kaj mi diris: «Kie mi aĉetu bileton por la trajno?», ĉar se oni estas perdita kaj oni bezonas vojpriskribon, oni povas demandi policanon.

Kaj li diris: «Ja modela strangulo vi estas, ĉu ne?»

Kaj mi diris: «Kie mi aĉetu bileton por la trajno?», ĉar li ne respondis mian demandon.

Kaj li diris: «El tie», kaj li fingromontris kaj tie staris granda ĉambro kun vitra giĉeto aliflanke de la pordo de la trajnstacio, kaj poste li diris: «Nu, ĉu vi certas ke vi scias kion vi faras?»

Kaj mi diris: «Jes. Mi iras al Londono por loĝi kun mia patrino.»

Kaj li diris: «Ĉu via patrino havas telefonnumeron?»

Kaj mi diris: «Jes.»

Kaj li diris: «Kaj ĉu vi povas sciigi ĝin al mi?»

Kaj mi diris: «Jes. Estas 0208 887 8907.»

Kaj li diris: «Kaj vi vokos ŝin se vi trafos ian problemon, ĉu ne?»

Kaj mi diris: «Jes», ĉar mi sciis ke oni povas voki homojn de telefonbudoj se oni havas monon, kaj mi nun havis monon.

Kaj li diris: «Bone.»

Kaj mi iris en la biletejon kaj mi turnis min kaj mi vidis ke la policano ankoraŭ rigardas min, do mi sentis min sekura. Kaj estis longa tablo aliflanke de la granda ĉambro kaj giĉeto sur la tablo kaj antaŭ la giĉeto staris viro kaj post la giĉeto troviĝis viro, kaj mi diris al la postgiĉeta viro: «Mi volas iri al Londono.»

Kaj la antaŭgiĉeta viro diris: «Se estas al vi egale», kaj li turnis sin tiel ke lia dorso estis direktita al mi kaj la postgiĉeta viro donis al li subskribendan paperpeceton kaj li subskribis ĝin kaj reŝovis ĝin sub la giĉeto kaj la postgiĉeta viro donis al li bileton. Kaj poste la antaŭgiĉeta viro rigardis min kaj li diris: «Kion diable vi rigardaĉas?» kaj poste li forpaŝis.

Kaj li havis feltobuklojn, kiajn havas kelkaj nigruloj,

sed li estis blankulo, kaj feltobukloj estas kiam oni neniam lavas la harojn kaj ili aspektas kiel malnovaj ŝnuregoj. Kaj li surhavis ruĝan pantalonon kun steloj. Kaj mi tenis la manon sur mia svisarmea tranĉilo por la okazo ke li tuŝos min.

Kaj tiam neniu alia staris antaŭ la giĉeto kaj mi diris al la postgiĉeta viro: «Mi volas iri al Londono», kaj mi ne timis kiam mi estis kun la policano, sed mi turnis min kaj mi vidis ke li nun foriris, kaj mi timis denove, do mi provis ŝajnigi al mi ke mi faras ludon ĉe mia komputilo kaj ĝi nomiĝas **Trajno al Londono** kaj ĝi similas al *Misto* aŭ *La 11-a Horo*, kaj oni solvu multe da diversaj enigmoj por atingi la sekvan nivelon, kaj mi povos malŝalti ĝin kiam ajn mi deziros.

Kaj la viro diris: «Tien aŭ reen?»

Kaj mi diris: «Kion signifas *tien aŭ reen*?»

Kaj li diris: «Ĉu vi volas iri nur tien, aŭ ĉu vi volas iri kaj reveni?»

Kaj mi diris: «Mi volas resti tie kiam mi alvenos.»

Kaj li diris: «Kiom longe?»

Kaj mi diris: «Ĝis mi iros al universitato.»

Kaj li diris: «Tien, do», kaj poste li diris: «Kostas 17 pundojn.»

Kaj mi donis al li la kvindek pundojn kaj li redonis al mi 30 pundojn kaj li diris: «Ne forĵetu ĝin.»

Kaj poste li donis al mi etan flavan-oranĝan bileton kaj tri pundojn da moneroj kaj mi enpoŝigis ĉion kun mia tranĉilo. Kaj mi ne ŝatis ke la bileto estas duone flava, sed mi devis konservi ĝin ĉar ĝi estis mia trajnbileto.

Kaj poste li diris: «Mi petas moviĝi for de la giĉeto.»

Kaj mi diris: «Kiam foriros la trajno al Londono?»

Kaj li rigardis la brakhorloĝon kaj diris: «De kajo 1, post kvin minutoj.»

Kaj mi diris: «Kie estas kajo 1?»

Kaj li fingromontris kaj diris: «Tra la subpasejo kaj laŭ la ŝtuparo. Vi vidos la ŝildojn.»

Kaj «subpasejo» signifis «tunelon» ĉar mi povis vidi kien li fingromontris, do mi eliris el la biletejo, sed tio neniel similis al komputila ludo, ĉar mi staris meze de ĝi kaj mi sentis ke ĉiuj informoŝildoj alkriaĉas enkape, kaj iu preterpasanto kunpuŝiĝis kun mi kaj mi blekis fortimige kiel bojanta hundo.

Kaj mi bildigis enkape grandan ruĝan strekon trans-plankan kiu komenciĝis ĉe miaj piedoj kaj trairis la tunelon, kaj mi ekpaŝis laŭ la ruĝa streko, dirante: «Live, dekstre, live, dekstre, live, dekstre», ĉar kelkfoje kiam mi timas aŭ koleras, helpas min se mi faras ion kio havas sian ritmon, kiel muziko aŭ tamburado, kio estas afero kiun Ŝivono instruis min fari.

Kaj mi supreniris la ŝtuparon kaj mi vidis ŝildon kun la teksto ← **Kajo 1** kaj la ← almontris vitran pordon, do mi trairis ĝin, kaj denove iu kunpuŝiĝis kun mi kun valizo kaj mi refoje blekis kiel bojanta hundo, kaj la homo diris: «Rigardu kien vi paŝas, diable», sed mi ŝajnigis al mi ke tiu persono estas nur unu el la Gardantaj Demonoj en **Trajno al Londono**, kaj jen staris trajno. Kaj mi vidis viron kun ĵurnalo kaj sako da golfoklaboj kiu proksimiĝis al unu el la pordoj de la trajno kaj premis grandan butonon apude, kaj la pordoj estis elektronikaj kaj ili glitmalfermiĝis kaj mi ŝatis tion. Kaj poste la pordoj fermiĝis malantaŭ li.

Kaj poste mi rigardis la brakhorloĝon kaj jam pasis 3 minutoj de kiam mi staris en la biletejo, kio signifis ke la trajno foriros post 2 minutoj.

Kaj tiam mi alproksimiĝis al la pordo kaj mi premis la grandan butonon kaj la pordoj glitmalfermiĝis kaj mi paŝis inter la pordoj.

Kaj mi estis en la trajno al Londono.

193

Kiam mi kutimis ludi per mia etmodela fervojo, mi faris fervojan hortabelon ĉar mi ŝatis hortabelojn. Kaj mi ŝatas hortabelojn ĉar mi ŝatas scii kiam ĉio okazos.

Kaj jen mia hortabelo kiam mi loĝis hejme kun Patro kaj mi kredis ke Patrino mortis pro koratako (tio estas la lunda hortabelo kaj ankaŭ ĝi estas proksimumaĵo):

07:20 Vekiĝi	**15:30** Trafi lernejan buson alhejme
07:25 Purigi dentojn kaj lavi vizaĝon	**15:49** Elbusiĝi hejme
07:30 Doni manĝaĵon kaj akvon al Tobio	**15:50** Trinki sukon kaj manĝeti
07:40 Matenmanĝi	**15:55** Doni manĝaĵon kaj akvon al Tobio
08:00 Surmeti lernejan vestaron	**16:00** Elkaĝigi Tobion
08:05 Paki lernejan sakon	**16:18** Enkaĝigi Tobion
08:10 Legi libron aŭ spekti vidbendon	**16:20** Spekti televidon aŭ vidbendon
08:32 Trafi buson al lernejo	**17:00** Legi libron
08:43 Preterpasi vendejon de tropikaj fiŝoj	**18:00** Vespermanĝi
08:51 Alveni ĉe lernejo	**18:30** Spekti televidon aŭ vidbendon
09:00 Lerneja kunveno	**19:00** Fari matematikajn ekzercojn
09:15 Unua matena leciono	**20:00** Baniĝi
10:30 Paŭzo	**20:15** Surmeti piĵamon
10:50 Arta leciono kun s-ino Peterso[13]	**20:20** Fari komputilajn ludojn
12:30 Tagmanĝo	**21:00** Spekti televidon aŭ vidbendon
13:00 Unua posttagmeza leciono	**21:20** Trinki sukon kaj manĝeti
14:15 Dua posttagmeza leciono	**21:30** Enlitiĝi

[13] En la Arta leciono ni faras artaĵojn, sed en la Unua matena leciono kaj la Unua posttagmeza leciono kaj la Dua posttagmeza leciono ni faras multe da diversaj aferoj kiel **Legado** kaj **Testoj** kaj **Sociaj kapabloj** kaj **Prizorgado de bestoj** kaj **Kion ni faris semajnfine** kaj **Verkado** kaj **Matematiko** kaj **Donaco-Minaco** kaj **Mono** kaj **Persona higieno**.

Kaj en la semajnfinoj mi elpensas la propran hortabelon kaj mi skribas ĝin sur kartono kaj mi pendigas ĝin surmure. Kaj ĝi havas indikojn kiel **Nutri Tobion** aŭ **Fari matematikon** aŭ **Iri al la butiko por aĉeti bombonojn**. Kaj jen unu el la aliaj kialoj pro kiuj mi ne ŝatas Francujon, ĉar kiam homoj ferias, ili ne havas hortabelon, kaj mi devis peti Patrinon kaj Patron sciigi al mi ĉiumatene precize kion ni faros tiutage, por sentigi min pli bona.

Ĉar tempo ne similas al spaco. Kaj kiam oni metas ie aĵon, kiel angulmezurilo aŭ kekso, oni povas havi mapon enkape por diri kie oni lasis la aĵon, sed eĉ se oni ne havas mapon, la aĵo tamen tie situas ĉar mapo estas *Bildigo* de aferoj kiuj efektive ekzistas, por ke oni povu retrovi la angulmezurilon aŭ la kekson. Kaj hortabelo estas mapo pri tempo, kun la diferenco ke se oni ne havas hortabelon, tempo ne situas ie kiel la ŝtuparo kaj la ĝardeno kaj la vojo al la lernejo. Ĉar tempo estas nur la rilato inter la ŝanĝiĝadoj de diversaj aferoj, kiel la rondiro de la tero ĉirkaŭ la suno kaj la vibro de atomoj kaj la tiktako de horloĝoj kaj la tago kaj nokto kaj la vekiĝo kaj endormiĝo, kaj ĝi similas al okcidento aŭ nordo-nordoriento kiuj ne ekzistos kiam la tero ĉesos ekzisti kaj falos en la sunon, ĉar tio estas nur ia rilato inter la Norda Poluso kaj la Suda Poluso kaj ĉiu alia loko, ekzemple Mogadiŝo kaj Sunderlando kaj Kanbero.

Kaj la rilato ne estas fiksita kiel la rilato inter nia domo kaj la domo de s-ino Ŝirso, aŭ kiel la rilato inter 7 kaj 865, sed ĝi dependas de la rapido de ies moviĝo relative al specifa punkto. Kaj se oni forirus en kosmoŝipo kaj oni veturus preskaŭ lumrapide, reveninte oni eble trovus ke la tuta familio mortis, dum oni mem restus juna kaj oni trovus sin en la estonteco, kvankam la propra horloĝo dirus ke oni forestis nur kelkajn tagojn aŭ monatojn.

Kaj ĉar nenio povas moviĝi pli rapide ol lumo, tio signifas ke eblas al ni koni nur frakcion el tio kio okazas en la universo, jene:

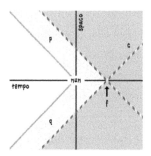

Kaj tio estas mapo pri ĉio kaj ĉie, kaj la estonteco estas dekstre kaj la pasinteco estas maldekstre kaj la angulo de la streko **c** estas lumrapido, sed ni ne povas koni tion kio okazas en la grizaj zonoj malgraŭ tio ke kelkaj el ili jam okazis, sed kiam ni atingos **f**, eblos eltrovi pri tio kio okazas en la pli helaj zonoj **p** kaj **q**.

Kaj tio signifas ke tempo estas mistero kaj eĉ ne aĵo, kaj ankoraŭ neniu solvis la enigmon difini precize kio estas tempo. Kaj do se oni perdiĝas en tempo, tio similas al perdiĝo en dezerto, kvankam ne eblas vidi la dezerton, ĉar ĝi ne estas aĵo.

Kaj jen kial mi ŝatas hortabelojn, ĉar ili certigas ke oni ne perdiĝu en tempo.

197

Estis amaso da homoj en la trajno, kaj mi ne ŝatis tion, ĉar mi ne ŝatas amason da nekonataj homoj kaj mi tion eĉ pli malamas se mi estas kaptita en ĉambro kun amaso da nekonataj homoj, kaj trajno similas al ĉambro kaj ne eblas eliri el ĝi dum ĝi veturas. Kaj tio memorigis min pri iu tago kiam mi devis veni hejmen de la lernejo en la aŭto ĉar la buso paneis, kaj Patrino venis min repreni kaj s-ino Peterso demandis ĉu Patrino bonvolus kunpreni Joĉjon kaj Ponjon al ties hejmoj ĉar ties patrinoj ne povis veni ilin preni, kaj Patrino diris ke jes. Sed mi ekkriegis en la aŭto ĉar ĝi enhavis tro da homoj kaj Joĉjo kaj Ponjo ne estis en mia klaso kaj Joĉjo emas frapi aferojn per la kapo kaj bleki beste, kaj mi provis eliri el la aŭto, sed ĝi ankoraŭ veturis kaj mi elfalis surstraten kaj oni devis suturi mian kapon kaj necesis forrazi la hararon kaj daŭris 3 monatojn ĝis ĝi rekreskis tia kia ĝi estis antaŭe.

Do mi staris tre rigide en la vagono kaj ne moviĝis.

Kaj tiam mi aŭdis iun diri: «Kristoforo.»

Kaj mi pensis ke tiu estos iu konato de mi, kiel instruisto el la lernejo aŭ unu el la loĝantoj de nia strato, sed ne estis tiel. Estis la policano denove. Kaj li diris: «Mi preskaŭ maltrafis vin», kaj li spiris ege forte kaj tenis la genuojn.

Kaj mi diris nenion.

Kaj li diris: «Via patro venis al la policejo.»

Kaj mi pensis ke li diros ke oni arestis Patron pro la

mortigo de Velingtono, sed ne. Li diris: «Li serĉas vin.»

Kaj mi diris: «Mi scias.»

Kaj li diris: «Do kial vi iras al Londono?»

Kaj mi diris: «Ĉar mi loĝos kun Patrino.»

Kaj li diris: «Nu, ŝajnas al mi ke via patro eble havos ion por diri pri tio.»

Kaj tiam mi pensis ke li rekondukos min al Patro, kaj tio timigis min ĉar li estas policano kaj oni supozas ke policanoj estas bonaj, do mi komencis forkuri, sed li ektenis min kaj mi kriegis. Kaj poste li liberigis min.

Kaj li diris: «Bone, ni ne tro ekscitiĝu prie.» Kaj poste li diris: «Mi rekondukos vin al la policejo, kaj vi kaj mi kaj via paĉjo povos sidiĝi kaj babileti por decidi kiu iros kien.»

Kaj mi diris: «Mi iras loĝi kun Patrino, en Londono.»

Kaj li diris: «Tamen ankoraŭ ne ĉi-momente.»

Kaj mi diris: «Ĉu vi arestis Patron?»

Kaj li diris: «Kial ni arestus lin?»

Kaj mi diris: «Li mortigis hundon. Per ĝardenforko. La hundo nomiĝis Velingtono.»

Kaj la policano diris: «Ĉu vere?»

Kaj mi diris: «Jes, vere.»

Kaj li diris: «Nu, ankaŭ pri tio ni povos paroli.» Kaj poste li diris: «Bone, junulo, laŭ mi vi jam faris sufiĉe da aventurado por unu tago.»

Kaj poste li etendis la manon denove por tuŝi min kaj mi ekkriegis denove, kaj li diris: «Sed aŭskultu do, bubeto. Aŭ vi obeos min, aŭ mi devos …»

Kaj tiam la trajno hopetis kaj ĝi ekveturis.

Kaj tiam la policano diris: «Diofeka furzo.»

Kaj poste li rigardis la plafonon de la trajno kaj li kunmetis la manojn antaŭ la buŝo kiel faras homoj kiam ili preĝas al Dio en la ĉielo, kaj li elspiris ege forte en la manojn kaj faris fajfan sonon, kaj poste li ĉesis ĉar la trajno hopetis denove kaj li devis ekteni unu el la rimenoj kiuj pendis de la plafono.

Kaj poste li diris: «Ne foriru.»

Kaj poste li elprenis sian send-ricevilon kaj tuŝis butonon kaj diris: «Ĉu Roĉjo …? Jes, jen Niĝelo. Mi kaptiĝis en la damna trajno. Jes. Vi eĉ ne … Vidu. Ĝi haltos en Didkoto-Parkejo. Do se vi povus aranĝi ke iu renkontu min tie en aŭto … Dankon. Diru al la paĉjo ke ni havas la knabon sed daŭros iom da tempo, ĉu ne? Bonege.»

Kaj poste li klakmalŝaltis la send-ricevilon kaj li diris: «Ni prenu al ni sidlokon», kaj li fingromontris du longajn seĝojn proksime kiuj rigardis unu la alian, kaj li diris: «Instalu vin. Kaj ne petolaĉu.»

Kaj la homoj sidantaj sur la sidlokoj ekstaris kaj forpaŝis ĉar li estis policano, kaj ni sidiĝis rigardante unu la alian.

Kaj li diris: «Vi estas diabla ŝarĝo, vi. Dio mia.»

Kaj mi scivolis ĉu la policano helpos min iri al Kanonik-Strato 451C, Londono NW2 5NG.

Kaj mi rigardis tra la fenestro kaj ni preterpasis fabrikojn kaj ferorubejojn plenajn de malnovaj aŭtoj, kaj sur kota kampo staris 4 ruldomoj kun 2 hundoj kaj kelkaj vestoj pendigitaj por sekiĝi.

Kaj aliflanke de la fenestro tio similis al mapo, sed ĝi

havis 3 dimensiojn kaj ĝi estis naturgranda ĉar ĝi mem estis tio pri kio ĝi estis mapo. Kaj troviĝis tiom da aferoj ke tio dolorigis al mi la kapon, do mi fermis la okulojn, sed poste mi malfermis ilin denove ĉar tio similis al flugado, sed pli proksime al la tero, kaj flugado estas bona laŭ mi. Kaj poste komenciĝis la kamparo kaj tie estis kampoj kaj bovinoj kaj ĉevaloj kaj ponto kaj bieno kaj pli da domoj kaj multe da malgrandaj vojoj laŭ kiuj veturis aŭtoj. Kaj tio pensigis min ke la mondo do enhavas milionojn da kilometroj da fervojoj kaj ili ĉiuj preterpasas domojn kaj vojojn kaj riverojn kaj kampojn, kaj tio pensigis min kiom da homoj do estas en la mondo kaj ili ĉiuj havas domon kaj vojojn por veturoj kaj aŭtojn kaj hejmbestojn kaj vestojn kaj ili ĉiuj tagmanĝas kaj enlitiĝas kaj havas nomojn kaj ankaŭ tio dolorigis al mi la kapon, do mi refermis la okulojn kaj faris nombradon kaj ĝemadon.

Kaj kiam mi malfermis la okulojn, la policano legis ĵurnalon nomitan *La Suno*, kaj la unua paĝo de la ĵurnalo diris **Andersono kaj la Ĉiesulino: 3-Milion-Punda Skandalo** kaj sub tio ĝi havis foton de viro kaj foton de virino en mamzono.

Kaj poste mi faris iom da matematika ekzerciĝo enkape, solvante kvadratajn ekvaciojn per la formulo:

$$x = \frac{-b \pm \sqrt{(b^2 - 4ac)}}{2a}$$

Kaj poste mi bezonis iri pisi, sed mi estis en trajno. Kaj mi ne sciis kiom longe daŭros ĝis ni alvenos en Londono, kaj mi sentis panikon estiĝi, kaj mi komencis ritme frapi la vitron per miaj fingroartikoj por helpi min atendi kaj ne pensi pri la bezono iri pisi, kaj mi rigardis la brakhorloĝon kaj mi atendis 17 minutojn, sed kiam mi bezonas iri pisi, mi devas agi ege rapide, kaj tial mi preferas esti hejme aŭ lerneje, kaj mi ĉiam iras pisi antaŭ ol mi enbusiĝas, kaj jen kial mi iomete likis kaj malsekigis la pantalonon.

Kaj tiam la policano turnis la rigardon al mi kaj diris: «Ho, je Dio, nun vi …» Kaj poste li demetis la ĵurnalon kaj diris: «Diable, iru al la damna necesejo, ĉu ne?»

Kaj mi diris: «Sed mi estas en trajno.»

Kaj li diris: «Oni ja disponas necesejon en trajno, tamen.»

Kaj mi diris: «Kie en la trajno estas la necesejo?»

Kaj li fingromontris kaj diris: «Tra tiuj pordoj, tie. Sed mi gardos vin perokule, ĉu vi komprenas?»

Kaj mi diris: «Ne», ĉar mi sciis la signifon de «gardi iun perokule», sed li ne povos rigardi min dum mi estos en la necesejo.

Kaj li diris: «Sed ekiru al la damna necesejo.»

Do mi ekstaris de mia sidloko kaj mi fermis la okulojn tiel ke miaj palpebroj estis nur etaj fendoj por ke mi ne vidu la aliajn homojn en la trajno, kaj mi paŝis al la pordo, kaj trairinte la pordon mi trovis alian pordon dekstre kaj ĝi estis parte malfermita kaj ĝi surhavis la vorton **NECESEJO**, do mi eniris.

Kaj estis aĉege tie ĉar la necesja seĝo surhavis kakon kaj la ĉambro odoris je kako, kiel la lerneja necesejo post kiam Jozefo iris kaki sola, ĉar li emas ludi pere.

Kaj mi vere ne volis uzi la necesejon pro la kako, kiu estis la kako de nekonataj homoj kaj bruna, sed mi devis ĉar mi vere bezonis pisi. Do mi fermis la okulojn kaj pisis kaj la trajno skuiĝis kaj multo trafis la seĝon kaj la plankon, sed mi viŝis la penison per neceseja papero kaj gargaris la pelvon kaj poste mi provis uzi la lavujon sed la krano ne funkciis, do mi kraĉis sur la manojn kaj viŝis ilin per papertuko kaj metis tion en la necesejan pelvon.

Poste mi eliris el la necesejo kaj mi vidis ke vidalvide al la necesejo staras du bretoj kiuj portas valizojn kaj dorsosakon, kaj tio pensigis min pri la sekigoŝranko hejme kaj ke mi kelkfoje tien engrimpas kaj tio sentigas min sekura. Do mi grimpis sur la mezan breton kaj mi transtiris unu el la valizoj kvazaŭ pordon tiel ke mi estis enfermita, kaj tie estis mallume kaj neniu estis kun mi kaj mi ne aŭdis homojn paroli, do mi sentis min multe pli trankvila kaj tio plaĉis.

Kaj mi faris pli da kvadrataj ekvacioj kiel:

$$0 = 437x^2 + 103x + 11$$

kaj:

$$0 = 79x^2 + 43x + 2089$$

kaj mi igis kelkajn koeficientojn grandaj por ke ili estu malfacile solveblaj.

Kaj poste la trajno komencis malrapidiĝi kaj iu venis kaj staris apud la breto kaj frapis sur la neceseja pordo, kaj tiu estis la policano kaj li diris: «Kristoforo …? Kristoforo …?» kaj poste li malfermis la necesejan pordon kaj diris: «Aĥ, diable», kaj li estis tiel ege proksima ke mi vidis lian send-ricevilon kaj lian klabon sur la zono kaj mi flaris lian postrazaĵon, sed li ne vidis min kaj mi diris nenion, ĉar mi ne volis ke li konduku min al Patro.

Kaj poste li foriris denove, kurante.

Kaj poste la trajno haltis kaj mi scivolis ĉu mi estas en Londono, sed mi ne moviĝis, ĉar mi ne volis ke la policano trovu min.

Kaj poste virino en svetero kiu surhavis abelojn kaj florojn el lano venis kaj forprenis la dorsosakon de sur la breto super mia kapo kaj ŝi diris: «Vi preskaŭ mortotimigis min.»

Sed mi diris nenion.

Kaj poste ŝi diris: «Mi pensas ke iu serĉas vin tie ekstere sur la kajo.»

Sed mi plu diris nenion.

Kaj ŝi diris: «Nu, laŭ via plaĉo», kaj ŝi foriris.

Kaj poste tri aliaj homoj preterpaŝis kaj unu el ili estis nigrulo en longa blanka robo kaj li metis grandan pakon sur la breton super mia kapo, sed li ne vidis min.

Kaj poste la trajno ekveturis denove.

199

Homoj kredas je Dio ĉar la mondo estas tre malsimpla kaj ŝajnas al ili tre neprobable ke io tiel malsimpla kiel flugsciuro aŭ la homa okulo aŭ cerbo povus estiĝi hazarde. Sed ili devus pensi logike kaj se ili pensus logike, ili vidus ke ili povas fari tiun demandon nur ĉar tio jam okazis kaj ili ja ekzistas. Kaj sur bilionoj da planedoj la vivo ne ekzistas, sed sur tiuj planedoj troviĝas neniu cerbohavulo kiu rimarkus. Kaj estus simile se ĉiu en la mondo ĵetadus moneron ĉar finfine iu ricevus 5698 sinsekvajn kapflankojn kaj tiu taksus sin tre speciala. Sed tiu persono ne estus speciala, ĉar milionoj da personoj ne ricevus 5698 kapflankojn.

Kaj la vivo ekzistas sur la Tero pro hazardo. Sed temas pri tute aparta speco de hazardo. Kaj por ke tiu hazardo okazu en tiu aparta maniero, necesas 3 *Kondiĉoj*. Kaj tiuj estas:

1. Aferoj faru kopiojn de si (oni nomas tion **Replikado**)

2. Ili faru etajn erarojn kiam ili faras tion (oni nomas tion **Mutaciado**)

3. Tiuj eraroj daŭru same en la kopioj (oni nomas tion **Heredado**)

Kaj tiuj kondiĉoj estas tre maloftaj, sed ili eblas, kaj ili kaŭzas la vivon. Kaj tio simple okazas. Sed ĝi ne nepre rezultigas rinocerojn kaj homojn kaj balenojn. Ĝi povas rezultigi ion ajn.

Kaj ekzemple kelkaj homoj diras: kiel okulo povas estiĝi

hazarde? Ĉar okulo devas evolui el alia afero tre simila al okulo kaj tio ne okazas pro simpla gena eraro, kaj kiel utilus duono de okulo? Sed duono de okulo tre utilas ĉar per duono de okulo besto kapablas vidi duonon de alia besto kiu celas ĝin manĝi, kaj formoviĝi, kaj anstataŭe la alia manĝos la beston kiu havas nur trionon de okulo aŭ 49% de okulo, ĉar tiu ne formoviĝis sufiĉe rapide, kaj la manĝita besto ne naskos idojn ĉar ĝi mortis.

Kaj al kredantoj je Dio ŝajnas ke homojn surterigis Dio, ĉar al ili homoj ŝajnas la plej bonaj bestoj, sed homoj estas nur bestoj kaj ili evoluos ĝis alispecaj bestoj, kaj tiuj bestoj estos pli inteligentaj kaj metos la homojn en bestoparkon, kiel ni metas ĉimpanzojn kaj gorilojn en bestoparkon. Aŭ ĉiuj homoj estos trafitaj de malsano kaj formortos aŭ ili kreos tro da poluo kaj mortigos sin, kaj poste ekzistos en la mondo nur insektoj kaj ili estos la plej bonaj bestoj.

211

Poste mi demandis min ĉu mi devus eltrajniĝi ĉar eble la ĵusa haltejo estis en Londono, kaj mi timis ĉar se la trajno irus al iu ajn alia loko, tio estus loko kie mi konus neniun.

Kaj poste iu vizitis la necesejon kaj poste reelvenis, sed sen vidi min. Kaj mi povis flari ties kakon, kaj ĝi ne estis sama kiel la kako kiun mi flaris en la necesejo kiam mi eniris tien.

Kaj poste mi fermis la okulojn kaj faris pli da matematikaj ekzercoj por ke mi ne pensu pri tio kien mi iras.

Kaj poste la trajno denove haltis, kaj mi pripensis debretiĝi kaj iri preni mian sakon kaj eltrajniĝi. Sed mi ne volis ke la policano min trovu kaj prenu al Patro, do mi restis sur la breto kaj ne moviĝis, kaj neniu vidis min ĉi-foje.

Kaj tiam mi rememoris ke troviĝas mapo sur la muro de unu el la lernejaj klasĉambroj, kaj tio estas mapo de Anglujo kaj Skotlando kaj Kimrujo kaj ĝi montras kie ĉiuj urboj situas, kaj mi bildigis ĝin enkape kun Svindono kaj Londono videblaj, kaj enkape ĝi aspektis jene:

Kaj mi rigardis la brakhorloĝon de kiam la trajno ekveturis je **12:59**. Kaj la unua halto okazis je **13:16**, kio estis 17 minutojn poste. Kaj nun estis **13:39**, kio estis 23 minutojn post la halto, kio signifis ke ni atingos la maron se la trajno ne sekvas grandan kurbon. Sed mi ne sciis ĉu ĝi sekvas grandan kurbon.

Kaj poste 4 pliaj haltoj okazis kaj 4 homoj venis kaj forprenis sakojn de la bretoj kaj 2 homoj metis sakojn sur la bretojn, sed neniu movis la grandan valizon kiu staris antaŭ mi, kaj nur unu homo vidis min kaj li diris: «Fek, vi estas bizara, vi», kaj tiu estis viro en kompleto. Kaj 6 homoj vizitis la necesejon sed ili ne faris flareblajn kakojn, kio estis bona.

Kaj poste la trajno haltis kaj virino kun flava akvoimuna mantelo venis kaj forprenis la grandan valizon kaj ŝi diris: «Ĉu vi tuŝis tion?»

Kaj mi diris: «Jes.»

Kaj poste ŝi foriris.

Kaj poste viro staris apud la breto kaj diris: «Venu vidi ĉi tion, Baĉjo. Oni havas kvazaŭ trajnan elfon.»

Kaj alia viro venis stari apud li kaj diris: «Nu, ni ambaŭ ja drinkis.»

Kaj la unua viro diris: «Eble ni manĝigu al li nuksojn.»

Kaj la dua viro diris: «Via cerbo estas nukso.»

Kaj la unua diris: «Ek, forvenu, kretena kaculo. Mi bezonas pli da bieroj antaŭ ol resobriĝi.»

Kaj tiam ili foriris.

Kaj poste la trajno estis ege silenta kaj ĝi ne moviĝis denove kaj mi aŭdis neniun. Do mi decidis debretiĝi kaj iri preni mian sakon kaj vidi ĉu la policano ankoraŭ troviĝas sur sia sidloko.

Do mi debretiĝis kaj mi rigardis tra la pordo, sed la policano ne estis tie. Kaj malaperis ankaŭ mia sako, kiu enhavis la manĝaĵon por Tobio kaj miajn matematikajn librojn kaj miajn purajn subĉemizon kaj kalsonon kaj ĉemizon kaj la oranĝosukon kaj la lakton kaj la klementinojn kaj la kremkeksojn kaj la tomatfabojn.

Kaj poste mi aŭdis sonon de piedoj kaj mi turnis min kaj jen alia policano, ne tiu kiu estis en la trajno antaŭe, kaj mi povis vidi lin tra la pordo, en la apuda vagono, kaj li rigardis sub la sidlokoj. Kaj mi decidis ke mi ne plu tiom ŝatas policanojn, do mi eltrajniĝis.

Kaj kiam mi vidis kiel granda estas la ĉambro kie staras la trajno, kaj mi aŭdis kiel brua kaj eĥa ĝi estas, mi devis genui surplanke dum iom da tempo, ĉar al mi ŝajnis ke mi falos. Kaj dum mi genuis surplanke, mi pripensis en kiu direkto mi iru, kaj mi decidis iri en tiu direkto en kiu la trajno iris kiam ĝi venis en la stacion, ĉar se jen la fina haltejo, en tiu direkto situas Londono.

Do mi stariĝis kaj mi imagis grandan ruĝan strekon surplanke, paralelan al la trajno ĝis la bariero ĉe la fora fino, kaj mi paŝis laŭ tio kaj mi diris: «Live, dekstre, live, dekstre ...» denove, kiel antaŭe.

Kaj kiam mi atingis la barieron, viro diris al mi: «Ŝajne iu serĉas vin, junuleto.»

Kaj mi diris: «Kiu serĉas min?», ĉar mi pensis ke tiu eble estas Patrino kaj ke la policano en Svindono telefonis al ŝi per la numero kiun mi sciigis al li.

Sed li diris: «Policano.»

Kaj mi diris: «Mi scias.»

Kaj li diris: «Ho. En ordo.» Kaj poste li diris: «Vi atendu ĉi tie, do, kaj mi iros informi lin», kaj li repaŝis laŭflanke de la trajno.

Do mi paŝis plu. Kaj mi ankoraŭ spertis la balonecan senton en la brusto kaj tio doloris kaj mi kovris la orelojn per la manoj kaj mi iris stari apud la muro de eta vendejo kiu tekstis **Hotelaj kaj Teatraj Mendoj – Tel. 0207 402 5164** en la mezo de la granda ĉambro kaj poste mi movis la manojn for de la oreloj kaj mi ĝemis por forbari la bruon kaj mi rigardis ĉiujn ŝildojn en la granda ĉambro por vidi ĉu jen Londono. Kaj la ŝildoj tekstis:

Dolĉaj kukaĵoj **Hitrova Flughaveno: Registrejo** *Kringofabriko*

MANĜU *bonkvalite bonguste*   **YO!**-suŝio Stacirondo

Busoj WH Smith INTERETAĜO **Hitrova Ekspreso**

Kliniko   **Unuaklasa Salono**   FULERO   Aŭto-Luado

Ĉe la Freneza Episkopo kaj Urso   Fulera Londona Fiero   Diksono

Nlapreze Padington-Urso en Padington-Stacidomo   **Biletoj**

Taksioj 🚹🚺 **Necesejoj** Unua helpo **Estburn-Teraso** ▇ingtono

Elirejo   **Praed-Strato**   La Razeno **Bv. vici ĉi** Supera Krusto

Sainsburio Loka 🛈 informejo GRANDA OKCIDENTA FERVOJO

🅿 Giĉeto fermita **Fermita** Giĉeto fermita Ŝtrumpetejo

Rapida biletejo 🚭 *Keksoj en Emilinjo* Kafo FERĈJO RESTOS ĈE MANĈESTRO UNUIGITA

☕ Freŝbakitaj keksoj kaj kuketoj 🍵 *Malvarmaj trinkaĵoj* **Monpunoj**

Atenton *Kukaĵoj gustumindaj* Kajoj 9–14 **BURGER-REĜO**

Ĉe l' freŝa farĉ'! kaftrinkejo la rif° **laborvojaĝoj** speciala numero

FURORAJ 75 ALBUMOJ *Vespera Standardo*

Sed post kelkaj sekundoj ili aspektis jene:

Dol tro 💾 va ☾ 🎿 ☺ Flughegistr *tiutike* **MAN***itebonguste* **YOI***-su* us ĉaj Hi Oj avenoR ᚺᛁᛗᛊ HW ᴛʀᴀᴐᴇᴛ **Stac** eoe *zaEko* tro nio Unulasa Sa ULER rejoHi *E* O Aŭto-L *ĈelaFpo ka**ardo** *re neUr* Fulera LonFi ndo ide Pai **eso** tr Dzzikson **Nia** *is*ⓊⓇp **Ebuj** li*laFr* enCngto 🦅 ni st ejo gton **B toj** Ta *gefab* **Nece** s o dist aUnua ✈ ah **BU** ng pnP l 5 us Teraso ❶ ☹ 🎷 ■ ▬ingtono E *pida* El **St ac ido** **rondo** Elfer mita 📱 🙿 🍴 iniB **r1uov** o[Kli **Pra** iks nup*le***tejo** *h* **S** **trato** LaRaj eir **Hit** aKrust **kuktaj** 8 akl6dE Eto fermi ***bonkva*** ★ 🔲 ❶ ❄ ⊙ 🛇 *li* tokspr eso nĉin iciĉi t4ej Sej sio Sup pe**sburio** LkŜt ĵ ***Ib ile***rm ♡ 📺 ejo ʀᴀɴᴅᴀ M Asᴛʀᴏ *Kaksej* OᴋᴄɪᴅᴋᴇtojKᴀᴏᴇɴᴛ ingt STtoN ⚠ ❀ ᴋᴄ G0kaa 🚶 nfor iĉet N ĈE En STOSĈE S 🚌 $ → ▸▸| 🐾 tejo ***Rapi*** 🔴 ⚓ Giĉet a Ⓑ Mon*ind* ⱼKerN Ia8 ♣ 🙶🙶 ajogj oᴋf°us Kaf Rirmv **emit** G iĉe 🎵 tborv☺ⱼ iks 🍴 **taf** *jum* Pet 🚗 5un beŝakit *Emil* Aaftrink **Brian***Ma*kl' > **GEEĜ** ⚡ f 3 reŝa fFOSU a o EĈJ Oj 9 GIT far*ĉa ĵ* onpunoj tenton *Ku kaj°°°stum* £ 14**BUR** ♿ ♥ ⊘ 🚲 *zêla*r **robar vj a** *specumero* FUR&UMOJ « ◐ ☯ *Ve sar do*

ĉar ili estis tro multaj kaj mia cerbo ne funkciis bone kaj tio timigis min, do mi fermis la okulojn denove kaj mi nombris malrapide ĝis 50 sed sen kalkuli la kubojn. Kaj mi staris tie kaj mi malfermis mian svisarmean tranĉilon enpoŝe por sentigi min sekura kaj mi tenis ĝin forte.

Kaj poste mi formis el la mano etan tubon per la fingroj kaj mi malfermis la okulojn kaj mi rigardis tra la tubo tiel ke mi rigardis nur unu ŝildon post alia, kaj post longa tempo mi vidis ŝildon kun la teksto ❶ **Informejo** kaj ĝi estis super giĉeto de eta butiko.

Kaj viro proksimiĝis al mi kaj li surhavis bluan jakon kaj bluan pantalonon kaj li havis brunajn ŝuojn kaj li portis libron en la mano kaj li diris: «Vi ŝajnas perdita.»

Do mi elprenis la svisarmean tranĉilon.

Kaj li diris: «Hu, hu, hu, hu, hu», kaj levis ambaŭ manojn kun la fingroj disetenditaj ventumile, kvazaŭ li volus ke mi disetendu miajn fingrojn ventumile kaj tuŝu liajn fingrojn ĉar li volus diri ke li amas min, sed li faris tion ambaŭmane, ne unumane kiel Patro kaj Patrino, kaj mi ne sciis kiu li estas.

Kaj poste li forpaŝis sen turni la dorson.

Do mi iris al la butiko kie tekstis ❶ **Informejo**, kaj mi sentis la koron bati tre rapide kaj mi aŭdis bruon similan al la maro enorele. Kaj kiam mi atingis la giĉeton, mi diris: «Ĉu mi estas en Londono?» sed neniu troviĝis malantaŭ la giĉeto.

Kaj poste iu sidiĝis malantaŭ la giĉeto kaj ŝi estis virino kaj ŝi estis nigra kaj ŝi havis longajn ungojn kiuj estis rozkolore farbitaj, kaj mi diris: «Ĉu mi estas en Londono?»

Kaj ŝi diris: «Jen vi, kara.»

Kaj mi diris: «Ĉu mi estas en Londono?»

Kaj ŝi diris: «Jes ja.»

Kaj mi diris: «Kiel mi iru al Kanonik-Strato 451C, Londono NW2 5NG?»

Kaj ŝi diris: «Kie estas tio?»

Kaj mi diris: «Ĝi estas Kanonik-Strato 451C, Londono NW2 5NG. Kaj kelkfoje eblas skribi ĝin ‹Kanonik-Strato 451C, Vilsdeno, Londono NW2 5NG›.»

Kaj la virino diris al mi: «Laŭ la Tubo ĝis Vilsden-Forko, kara. Aŭ Vilsden-Herbejo. Nepre ie en tia ĉirkaŭaĵo.»

Kaj mi diris: «Kia tubo?»

Kaj ŝi diris: «Ĉu vi blagas?»

Kaj mi diris nenion.

Kaj ŝi diris: «Tie. Ĉu vi vidas tiun grandan enirejon kun la rulŝtuparoj? Kaj la ŝildon? Tekstas ‹Metroo›, la Tubo. Iru laŭ la Bakerloa Linio ĝis Vilsden-Forko aŭ laŭ la Jubilea ĝis Vilsden-Herbejo. Ĉu vi bonfartas, kara?»

Kaj mi rigardis kien ŝi fingromontris, kaj tie granda ŝtuparo malsupreniris en la teron kaj super ĝi pendis granda ŝildo jene:

Kaj mi pensis: «Mi povas tion fari», ĉar mi jam sukcesis ege bone kaj mi staris en Londono kaj mi trovos la patrinon. Kaj mi devis diri al mi: «La homoj similas al bovinoj sur kampo», kaj mi devis nur rigardi antaŭ mi la tutan tempon kaj fari ruĝan strekon laŭ la planko en mia enkapa bildo de la granda ĉambro kaj tion sekvi.

Kaj mi paŝis tra la granda ĉambro ĝis la rulŝtuparoj. Kaj mi ankoraŭ tenis mian svisarmean tranĉilon enpoŝe kaj mi tenis Tobion en la alia poŝo por certiĝi ke li ne eskapu.

Kaj «la rulŝtuparoj» estis ŝtuparo, sed ĝi moviĝis kaj homoj paŝis sur ĝin kaj ĝi portis ilin suben-supren kaj tio ridigis min ĉar mi neniam spertis ion tian kaj ĝi similis al afero en sciencofikcia filmo pri la estonteco. Sed mi ne volis uzi ĝin, do mi malsupreniris laŭ la ordinaraj ŝtupoj anstataŭe.

Kaj poste mi trovis min en malpli granda ĉambro subtere kaj estis multe da homoj kaj estis kolonoj kiuj havis bluajn lumojn en la planko ĉirkaŭ la malsupro kaj mi ŝatis tiujn, sed mi ne ŝatis la homojn, do mi vidis fotobudon similan al tiu en kiun mi iris la 25-an de Marto 1994 por akiri pasportan foton, kaj mi eniris la fotobudon ĉar ĝi similis al ŝranko kaj ĝi sentigis min pli sekura kaj mi povis elrigardi tra la kurteno.

Kaj mi faris detektivadon per observado kaj mi vidis ke homoj metas biletojn en grizajn barierojn kaj trapaŝas. Kaj kelkaj el la homoj aĉetas biletojn ĉe grandaj nigraj maŝinoj sur la muro.

Kaj mi observis 47 personojn fari tion kaj mi parkerigis la metodon. Poste mi imagis ruĝan strekon surplanke kaj mi transpaŝis ĝis la muro kie troviĝis afiŝo kiu estis listo de viziteblaj lokoj, kaj ĝi estis laŭalfabeta kaj mi vidis Vilsden-Herbejon kaj apude tekstis £ 2,20 kaj poste mi iris al unu el la maŝinoj kaj troviĝis eta ekrano kiu diris **PREMU BILETSPECON** kaj mi premis la butonojn kiujn premis plej multaj homoj, kiuj estis **PLENAĜULO TIEN** kaj **£ 2,20** kaj la ekrano diris **ENMETU £ 2,20** kaj mi metis 3 unupundajn monerojn en la fendon kaj okazis tinta sono kaj la ekrano diris **PRENU BILETON KAJ MONEROJN** kaj aperis bileto en eta truo malsupre de la maŝino, kun 50-penca monero kaj

20-penca monero kaj 10-penca monero, kaj mi enpoŝigis la
monerojn kaj mi proksimiĝis al unu el la grizaj barieroj kaj
mi metis mian bileton en la fendon kaj ĝi ensuĉis ĝin kaj ĝi
elvenis aliflanke de la bariero. Kaj iu diris: «Ekrapidu», kaj
mi faris la blekon de bojanta hundo kaj mi paŝis antaŭen kaj
la bariero malfermiĝis ĉi-foje kaj mi prenis mian bileton kiel
faris aliaj homoj kaj mi ŝatis la grizan barieron ĉar ankaŭ ĝi
similis al afero en sciencofikcia filmo pri la estonteco.

Kaj poste mi devis pripensi en kiu direkto mi iru, do
mi staris ĉe muro por ke homoj ne tuŝu min, kaj estis ŝildo
pri **Bakerloa Linio** kaj **Distrikta kaj Cirkla Linioj** sed ne pri
Jubilea Linio kiel diris la virino, do mi faris planon kaj tio
estis iri al *Vilsden-Forko per la Bakerloa Linio.*

Kaj estis alia ŝildo pri la Bakerloa Linio kaj ĝi aspektis
jene:

Kaj mi legis ĉiujn vortojn kaj mi trovis **Vilsden-Forkon**, do mi sekvis la sagon kiu tekstis ←, kaj mi iris tra la maldekstra tunelo kaj barilo staris laŭ la mezo de la tunelo kaj la homoj paŝis rekte antaŭen je la maldekstra flanko kaj venis en la alia direkto je la dekstra kiel sur strato, do mi paŝis laŭ la maldekstra flanko kaj la tunelo kurbiĝis maldekstren kaj poste troviĝis pliaj barieroj kaj ŝildo tekstis **Bakerloa Linio** kaj ĝi almontris malsupren laŭ rulŝtuparo, do mi devis malsupreniri la rulŝtuparojn kaj mi devis teni la kaŭĉukan apogrelon, sed ankaŭ tio moviĝis do mi ne falis, kaj homoj staris proksime al mi kaj mi volis bati ilin por foririgi ilin, sed mi ne batis ilin pro la formala averto.

Kaj poste mi trovis min ĉe la malsupro de la rulŝtuparoj kaj mi devis desalti kaj mi stumblis kaj kunpuŝiĝis kun iu kaj tiu diris: «Atentu», kaj eblis iri en du direktoj kaj unu tekstis **Norden** kaj mi iris en tiu direkto, ĉar **Vilsdeno** estis en la supra duono de la mapo kaj la supro estas ĉiam la nordo en mapoj.

Kaj tiam mi trovis min en alia trajnstacio, sed ĝi estis eta kaj ĝi staris en tunelo kaj troviĝis nur unu trako kaj la muroj estis kurbaj kaj ilin kovris grandaj reklamoj kaj ili diris **ELIREJO** kaj **Londona Transporto-Muzeo** kaj **Ne daŭru la bedaŭro pri via karierelekto** kaj **JAMAJKO** kaj 🚉 **Brita Fervojaro** kaj 🚭 **Ne Fumu** kaj **Emocien** kaj **Emocien** kaj **Emocien** kaj **Por stacioj post Reĝina Parko prenu la unuan trajnon kaj ŝanĝu ĉe Reĝina Parko se necese** kaj **Hamersmita kaj Civita Linio** kaj **Vi estas pli proksima al mi ol mia familio**. Kaj multe da homoj staris en la eta stacio kaj ĝi estis subtera, do mankis fenestroj kaj mi ne ŝatis tion, do mi trovis seĝon kiu estis benko, kaj mi sidis ĉe la fino de la benko.

Kaj poste multe da homoj komencis veni en la etan stacion. Kaj iu sidiĝis sur la alia fino de la benko kaj tiu estis virino kiu havis nigran valizeton kaj purpurajn ŝuojn kaj papagforman broĉon. Kaj la homoj daŭre venis en la etan stacion tiel ke ĝi estis eĉ pli plena ol la granda stacidomo. Kaj poste mi ne plu povis vidi la murojn kaj la dorso de ies jako tuŝis mian genuon kaj mi sentis min vomema kaj mi ekĝemadis ege laŭte kaj la virino sur la benko stariĝis kaj neniu alia sidiĝis. Kaj mi sentis min tia kia mi sentis min kiam mi havis gripon kaj mi devis resti enlite dum la tuta tago kaj mia tuta korpo doloris kaj mi povis nek paŝi nek manĝi nek endormiĝi nek fari matematikon.

Kaj poste okazis sono simila al homoj batalantaj per glavoj kaj mi sentis fortan venton kaj estiĝis muĝado kaj mi fermis la okulojn kaj la muĝado plilaŭtiĝis kaj mi ĝemadis ege laŭte sed mi ne povis forbari ĝin de la oreloj kaj mi pensis ke la eta stacio disfalos aŭ ke okazas granda incendio ie kaj mi mortos. Kaj poste la muĝado fariĝis klakado kaj kriĉado kaj ĝi iom post iom malplilaŭtiĝis kaj poste ĝi ĉesis kaj mi tenis la okulojn fermitaj ĉar mi sentis min pli sekura ne vidante tion kio okazas. Kaj poste mi denove aŭdis homojn moviĝi ĉar estis malpli da bruo. Kaj mi malfermis la okulojn. Mi vidis nenion komence, ĉar estis tro da homoj. Kaj poste mi vidis ke ili eniras en trajnon kiu ne estis tie antaŭe, kaj la trajno estas tio kio muĝadas. Kaj ŝvito fluis laŭ mia vizaĝo el sub la hararo kaj mi faris plorpepadon, ne ĝemadon, sed ion alian, kiel hundo kies piedo doloras, kaj mi aŭdis la sonon sed komence ne komprenis ke ĝin faras mi.

Kaj poste la trajnpordoj fermiĝis kaj la trajno ekveturis kaj ĝi muĝis denove sed ne tiel laŭte ĉi-foje kaj 5 vagonoj preterpasis kaj ĝi eniris la tunelon ĉe la fino de la eta stacio kaj estis senbrue denove kaj ĉiuj homoj paŝis en la tunelojn kiuj kondukis el la eta stacio.

Kaj mi tremis kaj mi deziris retroviĝi hejme, kaj tiam mi konstatis ke mi ne povas troviĝi hejme ĉar Patro estas tie kaj li mensogis kaj li mortigis Velingtonon, kio signifis ke tie ne plu estas mia hejmo, mia hejmo estas Kanonik-Strato 451C, Londono NW2 5NG, kaj timigis min ke mi faris tian mispenson kiel: «Mi deziras retroviĝi hejme», ĉar tio signifis ke mia menso ne funkcias bone.

Kaj poste pli da homoj venis en la etan stacion kaj ĝi plipleniĝis kaj poste la muĝado reestiĝis kaj mi fermis la okulojn kaj mi ŝvitis kaj sentis min vomema kaj mi spertis la balonecan senton en la brusto kaj ĝi estis tiel granda ke estis malfacile por mi spiri. Kaj poste la homoj foriris en la trajno kaj la eta stacio estis denove malplena. Kaj poste ĝi pleniĝis per homoj kaj alia trajno venis kun la sama muĝado. Kaj tio tute similis al mia tiama gripo ĉar mi volis ke ĝi ĉesu, ĝuste kiel oni povas eltiri la konektilon de komputilo el la muro se ĝi paneis, ĉar mi volis endormiĝi por ke mi ne devu pensi, ĉar mi kapablis pensi nur pri la tiomega doloro ĉar mankis spaco por io ajn alia en la kapo, sed mi ne povis endormiĝi kaj mi devis tamen sidi tie kaj povis nenion fari krom atendi kaj dolori.

223

Kaj jen plia priskribo ĉar Ŝivono diris ke mi faru priskribojn, kaj ĝi estas priskribo de la reklamo kiu troviĝis vidalvide al mi sur la muro de la eta trajnstacio, sed mi ne povas rememori ĉiun parton de ĝi, ĉar mi pensis ke mi mortos.

Kaj la reklamo diris:

Revaj ferioj,
per Kuoni
en Malajzio

kaj malantaŭ la teksto staris granda foto pri 2 orangutanoj kaj ili svingis sin de branĉoj kaj malantaŭ ili troviĝis arboj, sed la folioj estis svagaj ĉar la fotilo enfokusigis la orangutanojn, ne la foliojn, kaj la orangutanoj moviĝis.

Kaj «orangutano» venas de la malajzia vorto **ōranghūtan** kiu signifas «homo de arbaro».

Kaj reklamoj estas bildoj aŭ televidaĵoj por igi homojn aĉeti ion kiel aŭto aŭ Snikers-ĉokolado aŭ uzi iun retkonektan firmaon. Sed tiu ĉi estis reklamo por igi homojn vojaĝi ferie al Malajzio. Kaj Malajzio situas en Sudorient-Azio kaj ĝi konsistas el Duoninsula Malajzio kaj Sabaho kaj Saravako kaj Labuano kaj la ĉefurbo estas Kualalumpuro kaj la plej alta monto estas Kinabaluo kiu estas 4101 metrojn alta, sed tion ne diris la reklamo.

Kaj Ŝivono diras ke homoj vojaĝas ferie por vidi novajn aferojn kaj senstreĉiĝi, sed tio ne senstreĉigus min kaj por vidi novajn aferojn oni povas rigardi grundon per mikroskopo aŭ desegni la formon de la solido kreita kiam 3 cirklaj cilindroj de egala dikeco interkruciĝas orte. Kaj mi pensas ke en nur unu domo troviĝas tiom da objektoj ke oni bezonus jarojn por bone pripensi ĉiun el ili. Kaj, krome, objekto estas interesa pro tio ke oni pripensas ĝin, kaj ne ĉar ĝi estas nova. Ekzemple Ŝivono montris al mi ke oni povas malsekigi la fingron kaj froti la randon de maldika glaso kaj estigi kantecan sonon. Kaj oni povas meti diversajn kvantojn da akvo en diversajn glasojn kaj ili faras diversajn tonojn ĉar ili havas diversajn tiel nomatajn *Resonanco-Frekvencojn*, kaj oni povas ludi melodion kiel **Frat' Jakobo**. Kaj multe da homoj havas maldikajn glasojn en la domo kaj ili ne scias ke oni povas tion fari.

Kaj la reklamo diris:

Malajzio, aŭtentika Azio.

Stimulite de la vidaĵoj kaj odoroj, vi komprenos ke vi alvenis en lando de kontrastoj. Vi elserĉos tradicion, naturon kaj kosmopolitaĵojn. Viaj memoroj etendiĝos de enurbaj tagoj al naturkonservaj parkoj ĝis senpenaj horoj surplaĝe. Prezoj ekde 575 pundoj persone.

Telefonu al ni ĉe 01306 747000, kontaktu vian vojaĝagenton aŭ vizitu la mondon ĉe www.kuoni.co.uk.

Mondon de diverseco.

Kaj estis tri aliaj bildoj, kaj ili estis tre malgrandaj, kaj ili estis palaco kaj plaĝo kaj palaco.

Kaj jen kiel aspektis la orangutanoj:

227

Kaj mi tenis la okulojn fermitaj kaj mi tute ne rigardis la brakhorloĝon. Kaj la trajnoj venantaj al kaj el la stacio havis ritmon, kiel muziko aŭ tamburado. Kaj tio similis al nombrado aŭ al la dirado de «Live, dekstre, live, dekstre, live, dekstre …» kiun Ŝivono instruis al mi por trankviligi min. Kaj enkape mi diris: «Trajno venas. Trajno haltis. Trajno foriras. Silento. Trajno venas. Trajno haltis. Trajno foriras …», kvazaŭ la trajnoj estus nur en mia menso. Kaj kutime mi ne imagas ion kio ne okazas, ĉar tio estus mensogo kaj ĝi timigus min, sed mi preferis tion ol rigardi la trajnojn veni al kaj el la stacio, ĉar tio timigis min eĉ pli.

Kaj mi ne malfermis la okulojn kaj mi ne rigardis la brakhorloĝon. Kaj estis kvazaŭ mi trovus min en senluma ĉambro kun la kurtenoj fermitaj kaj do vidus nenion, kiel kiam oni vekiĝas en la nokto kaj la solaj sonoj aŭdeblaj estas la sonoj en la kapo. Kaj tiel estis pli bone ĉar ŝajnis ke la eta stacio ne ekzistas tie ekster la kapo, sed ke mi troviĝas enlite kaj mi estas sekura.

Kaj poste la silentoj inter la trajnoj alvenantaj kaj forirantaj fariĝis pli kaj pli longaj. Kaj mi povis aŭdi ke la eta stacio enhavas malpli da homoj kiam la trajno ne estis tie, do mi malfermis la okulojn kaj mi rigardis la brakhorloĝon kaj ĝi indikis 20:07 kaj mi jam sidis proksimume 5 horojn sur la benko, sed tio ne ŝajnis esti proksimume 5 horoj, se ignori la pugdoloron kaj la malsaton kaj la soifon.

Kaj tiam mi konstatis ke Tobio estas for ĉar li ne kuŝas enpoŝe, kaj mi ne volis ke li estu for, ĉar ni ne troviĝis en la domo de Patro aŭ la domo de Patrino kaj la eta stacio enhavis neniun kiu nutrus lin, kaj li mortus kaj trajno eble surveturus lin.

Kaj poste mi suprenrigardis al la plafono kaj tie mi vidis longan nigran skatolon kiu estis informoŝildo, kaj ĝi tekstis:

```
1 Harovo kaj Vildŝtono     2 min
3 Reĝina Parko             7 min
```

Kaj poste la dua linio rulumiĝis supren kaj malaperis kaj alia linio rulumiĝis tien anstataŭe kaj la ŝildo tekstis:

```
1 Harovo kaj Vildŝtono     1 min
2 Vilsden-Forko            4 min
```

Kaj poste ĝi ŝanĝiĝis denove kaj ĝi tekstis:

```
1 Harovo kaj Vildŝtono
 ** STARU FOR - ALVENAS TRAJNO **
```

Kaj poste mi aŭdis la glavbatalecan sonon kaj la muĝadon de trajno venanta en la stacion kaj mi konstatis ke ie situas granda komputilo kaj ĝi scias kie troviĝas ĉiuj trajnoj kaj ĝi sendas mesaĝojn al la nigraj skatoloj en la etaj stacioj por diri kiam la trajnoj venos, kaj tio sentigis min pli bona ĉar ĉio havis ordon kaj planon.

Kaj la trajno venis en la etan stacion kaj ĝi haltis kaj 5 homoj entrajniĝis kaj alia homo kuris en la etan stacion kaj eniĝis, kaj 7 homoj eltrajniĝis, kaj poste la pordoj fermiĝis aŭtomate kaj la trajno forveturis. Kaj kiam la posta trajno venis, mi ne plu tiom timis, ĉar la ŝildo tekstis `ALVENAS` `TRAJNO`, do mi sciis ke tio okazos.

Kaj poste mi decidis ke mi serĉos Tobion, ĉar nur 3 homoj troviĝis en la eta stacio. Do mi ekstaris kaj mi rigardis tien kaj reen laŭ la eta stacio kaj en la aperturoj kiuj kondukis al tuneloj, sed mi nenie povis vidi lin. Kaj poste mi rigardis malsupren en la nigran malsupran lokon kie kuŝis la reloj.

Kaj tiam mi vidis du musojn kaj ili estis nigraj ĉar ili estis malpuregaj. Kaj mi ŝatis tion ĉar mi ŝatas musojn kaj ratojn. Sed ili ne estis Tobio, do mi plu serĉis.

Kaj poste mi vidis Tobion, kaj ankaŭ li estis en la malsupra loko kie kuŝis la reloj, kaj mi sciis ke li estas Tobio, ĉar li estis blanka kaj li havis brunan ovoformon surdorse. Do mi grimpis malsupren de la betono. Kaj li manĝis forĵetaĵon kiu estis malnova bombonpapero. Kaj iu kriis: «Dio mia, ne faru tion!»

Kaj mi kliniĝis por kapti Tobion, sed li forkuris. Kaj mi postpaŝis lin kaj mi kliniĝis denove kaj mi diris: «Tobio … Tobio … Tobio», kaj mi etendis la manon por ke li flaru la manon kaj flaru ke jen mi.

Kaj iu diris: «Fek, elvenu el tie, diable!», kaj mi rigardis supren kaj tiu estis viro kiu portis verdan pluvmantelon, kaj li havis nigrajn ŝuojn kaj liaj ŝtrumpetoj videblis kaj ili estis grizaj kun aranĝoj el etaj lozanĝoj.

Kaj mi diris: «Tobio ... Tobio ...» sed li forkuris denove.

Kaj la viro kun lozanĝaraj ŝtrumpetoj provis ekteni mian ŝultron, do mi kriegis. Kaj tiam mi aŭdis la glavbatalecan sonon kaj Tobio ekkuris denove, sed ĉi-foje li kuris en la alia direkto, kiu estis preter miaj piedoj, kaj mi provis ekteni lin kaj mi kaptis lin je la vosto.

Kaj la viro kun lozanĝaraj ŝtrumpetoj diris: «Ho, fek. Ho, fek.»

Kaj tiam mi aŭdis la muĝadon kaj mi levis Tobion kaj ektenis lin per ambaŭ manoj kaj li mordis mian dikfingron kaj elvenis sango kaj mi kriis kaj Tobio provis salti el miaj manoj.

Kaj poste la muĝado plilaŭtiĝis kaj mi turnis min kaj mi vidis la trajnon veni el la tunelo kaj mi estis surveturota kaj mortigota, do mi provis suprengrimpi sur la betonon, sed tio estis alta kaj mi tenis Tobion per ambaŭ manoj.

Kaj poste la viro kun lozanĝaraj ŝtrumpetoj ektenis min kaj tiris min kaj mi kriegis, sed li ne ĉesis tiri min kaj li suprentiris min sur la betonon kaj ni falis kaj mi ankoraŭ kriegis ĉar li dolorigis al mi la ŝultron. Kaj poste la trajno venis en la stacion kaj mi ekstaris kaj mi rekuris al la benko kaj mi metis Tobion en la internan poŝon de mia jako kaj li tre kvietiĝis kaj li ne moviĝis.

Kaj la viro kun lozanĝaraj ŝtrumpetoj staris apud mi kaj li diris: «Fek, kion diable vi celis faraĉi?»

Sed mi diris nenion.

Kaj li diris: «Kion vi faris?»

Kaj la pordoj de la trajno malfermiĝis kaj homoj eliĝis kaj staris virino malantaŭ la viro kun lozanĝaraj ŝtrumpetoj kaj ŝi portis gitarujon similan al tiu de Ŝivono.

Kaj mi diris: «Mi serĉis Tobion. Li estas mia hejma rato.»

Kaj la viro kun lozanĝaraj ŝtrumpetoj diris: «Sankta funelo.»

Kaj la virino kun la gitarujo diris: «Ĉu li bone fartas?»

Kaj la viro kun lozanĝaraj ŝtrumpetoj diris: «Li? Fekegale, dankon pro nenio. Dio mia. Hejma rato. Ho diable, mia trajno!» Kaj tiam li kuris al la trajno kaj li pugnofrapis la pordon, kiu estis fermita, kaj la trajno komencis forveturi kaj li diris: «Fek.»

Kaj la virino diris: «Ĉu vi bone fartas?» kaj ŝi tuŝis mian brakon, do mi kriegis denove.

Kaj ŝi diris: «En ordo. En ordo.»

Kaj ŝia gitarujo surhavis glumarkon kaj tio tekstis:

Kaj mi sidis surtere kaj la virino genuiĝis unukrure kaj ŝi diris: «Ĉu mi povas ion fari por helpi vin?»

Kaj se ŝi estus lerneja instruisto, mi povus diri: «Kie estas Kanonik-Strato 451C, Vilsdeno, Londono NW2 5NG?» sed ŝi estis fremdulo, do mi diris: «Staru pli fore», ĉar mi ne ŝatis ke ŝi staras tiel proksime. Kaj mi diris: «Mi havas svisarmean tranĉilon kaj ĝi havas segilan klingon kaj ĝi povus fortranĉi ies fingrojn.»

Kaj ŝi diris: «En ordo, amiko. Mi prenas tion kiel neon», kaj ŝi stariĝis kaj forpaŝis.

Kaj la viro kun lozanĝaraj ŝtrumpetoj diris: «Kapo sen klapo, fekaĉe. Dio mia», kaj li premis poŝtukon al la vizaĝo kaj la poŝtuko surhavis sangon.

Kaj poste venis alia trajno kaj la viro kun lozanĝaraj ŝtrumpetoj kaj la virino kun la gitarujo eniĝis kaj ĝi forveturis denove.

Kaj poste venis 8 pliaj trajnoj kaj mi decidis ke mi entrajniĝos kaj poste mi elpensos kion mi faru.

Do mi eniris la postan trajnon.

Kaj Tobio provis elpoŝiĝi, do mi ektenis lin kaj mi metis lin en mian eksteran poŝon kaj mi tenis lin per la mano.

Kaj estis 11 homoj en la vagono kaj mi ne ŝatis trovi min en ĉambro kun 11 homoj en tunelo, do mi koncentriĝis pri la aferoj en la vagono. Kaj la tieaj ŝildoj tekstis **Estas 53 963 feridometoj en Skandinavujo kaj Germanujo** kaj **VITABIOTIKO** kaj **3435** kaj **10-punda monpuno al tiu, kiu ne havas bileton validan por la tuta vojaĝo** kaj **Malkovru Oron, Poste Bronzon** kaj **TVIK** kaj **EPBIK** kaj **suĉu mian kacon** kaj ⚠ **Obstrukci la pordojn povas esti danĝere** kaj **BRV** kaj **Kon. IK** kaj **ALPAROLU LA MONDON.**

Kaj la muroj surhavis motivon kiu aspektis jene:

Kaj la seĝoj surhavis motivon jene:

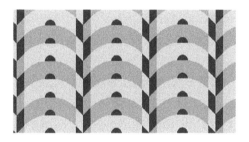

Poste la trajno tre skuiĝis kaj mi devis ekteni apogrelon kaj ni iris en tunelon kaj estis brue kaj mi fermis la okulojn kaj mi sentis la sangon pumpiĝi en la flankoj de la kolo.

Kaj poste ni venis el la tunelo kaj iris en alian etan stacion kaj tio nomiĝis **Varvik-Avenuo** kaj tio estis skribita en grandaj literoj sur la muro kaj mi ŝatis tion ĉar oni sciis kie oni troviĝas.

Kaj mi tempumis la distancojn inter ĉiuj stacioj laŭvojaĝe ĝis Vilsden-Forko kaj ĉiu interstacia daŭro estis oblo de 15 sekundoj, jene:

Padingtono	**0:00**
Varvik-Avenuo	**1:30**
Maida Valo	**3:15**
Kilburn-Parko	**5:00**
Reĝina Parko	**7:00**
Kensal-Herbejo	**10:30**
Vilsden-Forko	**11:45**

Kaj kiam la trajno haltis ĉe **Vilsden-Forko** kaj la pordoj malfermiĝis aŭtomate, mi elpaŝis el la trajno. Kaj poste la pordoj fermiĝis kaj la trajno forveturis. Kaj ĉiuj eltrajniĝintoj iris supren laŭŝtupare kaj trans ponton escepte de mi, kaj poste mi povis vidi nur du homojn kaj unu estis viro kaj li estis ebria kaj li havis brunajn makulojn sur la palto kaj liaj ŝuoj ne estis paraj kaj li kantis, sed mi ne povis aŭdi kion li kantas, kaj la alia estis hinda viro en butiko kiu estis eta giĉeto en muro.

Kaj mi volis paroli al nek unu nek la alia, ĉar mi estis laca kaj malsata kaj mi jam parolis al multaj fremduloj, kio estas danĝera, kaj ju pli oni faras ion danĝeran, des pli fariĝas probable ke okazos io malbona. Sed mi ne konis la vojon al Kanonik-Strato 451C, Londono NW2 5NG, do mi devis demandi iun.

Do mi proksimiĝis al la viro en la eta butiko kaj mi diris: «Kie estas Kanonik-Strato 451C, Londono NW2 5NG?»

Kaj li prenis libreton kaj donis ĝin al mi kaj diris: «Du naŭdek kvin.»

Kaj la libro nomiĝis **LONDONO AZ Stratmaparo kaj Indekso Geografa Mapkompanio ABZ** kaj mi malfermis ĝin kaj temis pri multe da mapoj.

Kaj la viro en la eta butiko diris: «Ĉu vi aĉetos ĝin aŭ ne?»

Kaj mi diris: «Mi ne scias.»

Kaj li diris: «Nu, bonvolu teni la malpurajn fingrojn for», kaj li reprenis ĝin de mi.

Kaj mi diris: «Kie estas Kanonik-Strato 451C, Londono NW2 5NG?»

Kaj li diris: «Vi aŭ aĉetu la ABZ aŭ forsaltu. Mi ne estas homa enciklopedio.»

Kaj mi diris: «Ĉu tio estas la ABZ?», kaj mi fingromontris la libreton.

Kaj li diris: «Ne, ĝi estas krokodilo, diable.»

Kaj mi diris: «Ĉu tio estas la ABZ?», ĉar ĝi ne estis krokodilo kaj mi kredis ke mi misaŭdis pro lia prononco.

Kaj li diris: «Jes, ĝi estas la ABZ.»

Kaj li diris: «Ĉu mi povas aĉeti ĝin?»

Kaj li diris nenion.

Kaj mi diris: «Ĉu mi povas aĉeti ĝin?»

Kaj li diris: «Du pundojn naŭdek kvin, sed vi donu al mi la monon antaŭe. Mi ne lasos vin forkuri», kaj tiam mi komprenis ke li volis diri «2 pundojn kaj 95 pencojn» kiam li diris «Du naŭdek kvin».

Kaj mi pagis 2 pundojn kaj 95 pencojn per mia mono kaj li donis monerojn al mi kiel en la butiko hejme kaj mi iris sidiĝi surplanke ĉe la muro kiel la viro kun malpuraj vestoj sed tre for de li kaj mi malfermis la libreton.

Kaj interne de la antaŭa kovrilo troviĝis granda mapo de Londono kiu surhavis lokojn kiel **Abateja Arbaro** kaj **Poplo** kaj **Aktono** kaj **Stanmoro**. Kaj tie tekstis **ŜLOSILO DE MAPAJ PAĜOJ**. Kaj la mapon kovris krado kaj ĉiu ĉelo de la krado enhavis du nombrojn. Kaj **Vilsdeno** situis en la ĉelo kiu enhavis **42** kaj **43**. Kaj mi malkovris ke la nombroj estas la numeroj de la paĝoj kie eblis vidi mapon de tiu parto de Londono en pli granda skalo. Kaj la tuta libro estis granda mapo de Londono, sed ĝi estis distranĉita por iĝi libroforma, kaj mi ŝatis tion.

Sed Vilsden-Forko ne troviĝis sur paĝoj 42 kaj 43. Kaj mi trovis ĝin sur paĝo 58, kiu estis rekte sub paĝo 42 en la **ŜLOSILO DE MAPAJ PAĜOJ** kaj kiu ligiĝis al paĝo 42. Kaj mi traserĉis Vilsden-Forkon spirale, kiel kiam mi serĉis la trajnstacion en Svindono, sed sur la mapo per la fingro.

Kaj la viro kun neparaj ŝuoj staris antaŭ mi kaj diris: «Moŝtulo. Ho jes. La flegistinoj. Neniam. Damna mensogulo. Tute damna mensogulo.»

Poste li foriris.

Kaj mi bezonis longan tempon por trovi Kanonik-Straton ĉar ĝi ne troviĝis sur paĝo 58. Ĝi estis jam sur paĝo 42, kaj ĝi estis en ĉelo 5C.

Kaj jen la formo de la stratoj inter Vilsden-Forko kaj Kanonik-Strato:

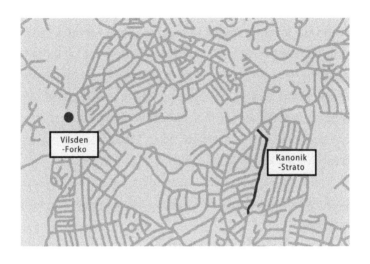

Kaj jen mia vojo:

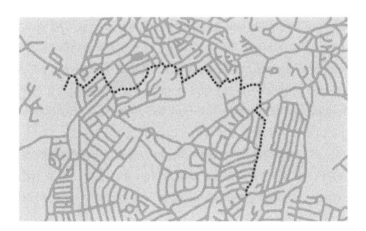

Do mi iris supren laŭ la ŝtuparo kaj trans la ponton kaj mi metis mian bileton en la etan grizan barieron kaj iris sur la straton kaj tie staris buso kaj granda maŝino portanta ŝildon kun la teksto **Anglaj Kimraj kaj Skotaj Fervojoj**, sed ĝi estis flava, kaj mi ĉirkaŭrigardis kaj estis mallume kaj tie estis multe da helaj lampoj kaj mi ne trovis min ekstere dum longa tempo kaj tio sentigis min vomema. Kaj mi tenis la palpebrojn preskaŭ fermitaj kaj mi rigardis nur la formon de la stratoj kaj poste mi sciis kiuj stratoj estas **Stacidoma Alirejo** kaj **Kverko-Vojo** kiuj estis la stratoj laŭ kiuj mi devis iri.

Do mi ekpaŝis, sed Ŝivono diris ke mi ne bezonas priskribi ĉion kio okazis: mi priskribu nur la aferojn kiuj estis interesaj.

Do mi iris ĝis Kanonik-Strato 451C, Londono NW2 5NG, kaj tio daŭris 27 minutojn kaj neniu estis hejme kiam mi premis la butonon kiu tekstis **Apartamento C**, kaj la sola interesa afero okazinta survoje estis 8 viroj vestitaj en vikingaj kostumoj kun kornitaj kaskoj kaj ili kriis, sed ili ne estis veraj vikingoj, ĉar la vikingoj vivis antaŭ preskaŭ 2000 jaroj, kaj krome mi devis iri pisi denove kaj mi iris en la vojeton laŭflanke de garaĝo nomita **Burdit-Aŭtoj** kiu estis fermita, kaj mi ne ŝatis fari tion sed mi ne volis malsekigi la pantalonon denove, kaj okazis nenio alia interesa.

Do mi decidis atendi kaj mi esperis ke Patrino ne ferias, ĉar tio signifus ke ŝi eble forestus dum pli ol tuta semajno, sed mi provis ne pensi pri tio, ĉar mi ne povis reiri al Svindono.

Do mi sidiĝis sur la tero malantaŭ la rubujoj en la ĝardeneto kiu troviĝis antaŭ Kanonik-Strato 451C, Londono NW2 5NG, kaj tio estis sub granda arbusto. Kaj virino venis en la ĝardenon kaj ŝi portis malgrandan skatolon kun metala krado ĉe unu fino kaj tenilo supre kian oni uzas por porti katon al bestokuracisto, sed mi ne povis vidi ĉu ĝi enhavas katon, kaj ŝi havis ŝuojn kun altaj kalkanumoj kaj ŝi ne vidis min.

Kaj poste ekpluvis kaj mi malsekiĝis kaj mi komencis tremi ĉar mi estis malvarma.

Kaj poste estis 23:32 kaj mi aŭdis voĉojn de homoj kiuj promenis laŭ la strato.

Kaj voĉo diris: «Egale, ĉu vi taksis ĝin komika aŭ ne», kaj tio estis virina voĉo.

Kaj alia voĉo diris: «Judito, vidu. Mi pardonpetis, ĉu ne?» kaj tio estis vira voĉo.

Kaj la alia voĉo, kiu estis la virina voĉo, diris: «Nu, eble vi devus konsideri tion antaŭ ol ŝajnigi min tute stultuleca.»

Kaj la virina voĉo estis la voĉo de Patrino.

Kaj Patrino venis en la ĝardenon kaj s-ro Ŝirso akompanis ŝin, kaj la alia voĉo estis lia.

Do mi ekstaris kaj mi diris: «Vi ne estis hejme, do mi atendis vin.»

Kaj Patrino diris: «Kristoforo.»

Kaj s-ro Ŝirso diris: «Kio?»

Kaj Patrino ĉirkaŭbrakis min kaj diris: «Kristoforo, Kristoforo, Kristoforo.»

Kaj mi forpuŝis ŝin ĉar ŝi ektenis min kaj mi ne ŝatis tion, kaj mi puŝis ege forte kaj mi falis surteren.

Kaj s-ro Ŝirso diris: «Kio diable okazas?»

Kaj Patrino diris: «Mi tre bedaŭras, Kristoforo. Mi forgesis.»

Kaj mi kuŝis sur la tero kaj Patrino levis la dekstran manon kaj disetendis la fingrojn ventumile por ke mi tuŝu ŝiajn fingrojn, sed tiam mi vidis ke Tobio eskapis el mia poŝo, do mi devis kapti lin.

Kaj s-ro Ŝirso diris: «Supozeble do Eĉjo ĉeestas.»

Kaj troviĝis muro ĉirkaŭ la ĝardeno, do Tobio ne povis eliri ĉar li kaptiĝis en la angulo kaj li ne povis grimpi la murojn sufiĉe rapide, kaj mi ekprenis lin kaj reenpoŝigis lin kaj mi diris: «Li malsatas. Ĉu vi havas manĝaĵon kiun mi donu al li, kaj akvon?»

Kaj Patrino diris: «Kie estas via patro, Kristoforo?»

Kaj mi diris: «Mi pensas ke li estas en Svindono.»

Kaj s-ro Ŝirso diris: «Dank' al Dio pro tio.»

Kaj Patrino diris: «Sed kiel vi venis ĉi tien?»

Kaj miaj dentoj klakadis inter si pro la malvarmo kaj mi ne povis ĉesigi tion, kaj mi diris: «Mi venis pertrajne. Kaj tio estis ege timiga. Kaj mi prenis la bankaŭtomatan karton de Patro por ke mi eltiru monon, kaj policano helpis min. Sed poste li volis rekonduki min al Patro. Kaj li estis kun mi en la trajno. Sed poste ne plu.»

Kaj Patrino diris: «Kristoforo, vi estas trempita. Roĝero, faru, ne staru.»

Kaj poste ŝi diris: «Ho, Dio mia. Kristoforo. Mi ne … mi ne pensis ke mi iam ajn … Kial vi estas ĉi tie sola?»

Kaj s-ro Ŝirso diris: «Ĉu vi envenos aŭ ĉu vi restos ĉi-ekstere la tutan nokton?»

Kaj mi diris: «Mi loĝos kun vi ĉar Patro mortigis Velingtonon per ĝardenforko kaj mi timas lin.»

Kaj s-ro Ŝirso diris: «Je la dek mil diabloj.»

Kaj Patrino diris: «Roĝero, bonvolu ne. Venu, Kristoforo, ni eniru kaj resekigu vin.»

Do mi stariĝis kaj mi eniris en la domon kaj Patrino diris: «Vi sekvu Roĝeron», kaj mi sekvis s-ron Ŝirso supren laŭ la ŝtuparo kaj tie troviĝis platformo kaj pordo kun la teksto **Apartamento C** kaj mi timis eniri ĉar mi ne sciis kio troviĝas ene.

Kaj Patrino diris: «Eniru aŭ vin kaptos la frosto», sed mi ne komprenis «vin kaptos la frosto», kaj mi eniris.

Kaj poste ŝi diris: «Mi plenigos la banujon por vi», kaj mi paŝis tra la apartamento por krei enkapan mapon de ĝi por ke mi sentu min pli sekura, kaj la apartamento estis tia:

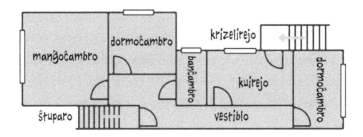

Kaj poste Patrino igis min senvestiĝi kaj eniri la banujon kaj ŝi diris ke mi uzu ŝian bantukon kiu estis purpura kun verdaj floroj ĉe la fino. Kaj ŝi donis al Tobio subtason da akvo kaj kelkajn Bran-Flokojn kaj mi lasis lin kuradi tra la banĉambro. Kaj li faris tri etajn kakojn sub la lavujo kaj mi prenis ilin kaj forigis ilin per la necesejo kaj poste mi reiris en la banujon ĉar tie estis varme kaj agrable.

Poste Patrino venis en la banĉambron kaj ŝi sidis sur la necesejo kaj ŝi diris: «Ĉu vi fartas bone, Kristoforo?»

Kaj mi diris: «Mi tre lacas.»

Kaj ŝi diris: «Mi scias, kara.» Kaj poste ŝi diris: «Vi tre kuraĝas.»

Kaj mi diris: «Jes.»

Kaj ŝi diris: «Vi neniam skribis al mi.»

Kaj mi diris: «Mi scias.»

Kaj ŝi diris: «Kial vi ne skribis al mi, Kristoforo? Mi skribis al vi tiomege da leteroj. Mi pensadis ke okazis io terura, aŭ ke vi transloĝiĝis kaj mi neniam eltrovos kien vi iris.»

Kaj mi diris: «Patro diris ke vi mortis.»

Kaj ŝi diris: «Kion?»

Kaj mi diris: «Li diris ke vi iris en malsanulejon ĉar estis io misa ĉe via koro. Kaj poste trafis vin koratako kaj vi mortis kaj li konservis ĉiujn leterojn en ĉemizoskatolo en la ŝranko en sia dormoĉambro kaj mi trovis ilin ĉar mi serĉis libron kiun mi verkis pri la mortigo de Velingtono, kaj li forprenis ĝin de mi kaj kaŝis ĝin en la ĉemizoskatolo.»

Kaj tiam Patrino diris: «Ho, Dio mia.»

Kaj poste ŝi diris nenion dum longa tempo. Kaj poste ŝi eligis laŭtan plorĝemon kiel besto en televidaĵo pri la naturo.

Kaj mi ne ŝatis ke ŝi faras tion, ĉar la bruo estis laŭta, kaj mi diris: «Kial vi faras tion?»

Kaj ŝi diris nenion dum tempo, kaj poste ŝi diris: «Ho, Kristoforo, mi pardonpetegas.»

Kaj mi diris: «Ne kulpas vi.»

Kaj poste ŝi diris: «Fiaĉulo. La fiaĉulo.»

Kaj poste, post iom da tempo, ŝi diris: «Kristoforo, lasu min teni vian manon. Nur ĉi-foje. Nur por mi. Ĉu vi lasos? Mi ne tenos ĝin forte», kaj ŝi etendis la manon.

Kaj mi diris: «Mi ne ŝatas kiam oni tenas mian manon.»

Kaj ŝi retiris la manon kaj ŝi diris: «Ne. En ordo. Tute en ordo.»

Kaj poste ŝi diris: «Ni eligu vin el la banujo kaj sekigu vin, ĉu?»

Kaj mi eliris el la banujo kaj sekigis min per la purpura bantuko. Sed mi ne havis piĵamon, do mi surmetis blankan T-ĉemizon kaj flavan pantaloneton kiuj estis de Patrino, sed estis al mi egale ĉar mi estis tiel laca. Kaj dum mi faris tion, Patrino eniris en la kuirejon kaj varmigis iom da tomata supo ĉar ĝi estis ruĝa.

Kaj poste mi aŭdis iun malfermi la pordon de la apartamento kaj sonis voĉo de nekonata viro ekstere, do mi ŝlosis la banĉambran pordon. Kaj okazis disputo ekstere kaj viro diris: «Mi bezonas paroli kun li», kaj Patrino diris: «Li jam traspertis sufiĉon hodiaŭ», kaj la viro diris: «Mi scias. Sed mi tamen bezonas paroli kun li.»

Kaj Patrino frapis sur la pordo kaj diris ke policano volas paroli kun mi kaj ke mi devas malfermi la pordon. Kaj ŝi diris ke ŝi ne permesos al li forpreni min, kaj ŝi promesis. Do mi enmanigis Tobion kaj malfermis la pordon.

Kaj ekster la pordo staris policano kaj li diris: «Ĉu vi estas Kristoforo Beno?»

Kaj mi diris ke jes.

Kaj li diris: «Laŭ via patro vi forkuris. Ĉu li pravas?»

Kaj mi diris: «Jes.»

Kaj li diris: «Ĉu jen via patrino?» kaj li fingromontris Patrinon.

Kaj mi diris: «Jes.»

Kaj li diris: «Kial vi forkuris?»

Kaj mi diris: «Ĉar Patro mortigis Velingtonon kiu estas hundo, kaj mi timis lin.»

Kaj li diris: «Tion mi aŭdis.» Kaj poste li diris: «Ĉu vi volas reiri al Svindono al via patro, aŭ ĉu vi volas resti ĉi tie?»

Kaj mi diris: «Mi volas resti ĉi tie.»

Kaj li diris: «Kaj kion vi opinias pri tio?»

Kaj mi diris: «Mi volas resti ĉi tie.»

Kaj la policano diris: «Momenton. Mi demandas vian patrinon.»

Kaj Patrino diris: «Li informis Kristoforon ke mi mortis.»

Kaj la policano diris: «He bone. Ni ... ni ne ekdisputu ĉi tie kiu diris kion. Mi volas nur scii ĉu ...»

Kaj Patrino diris: «Kompreneble li povas resti.»

Kaj poste la policano diris: «Nu, laŭ mi tio ŝajnas decidiga, kiom koncernas min.»

Kaj mi diris: «Ĉu vi rekondukos min al Svindono?»

Kaj li diris: «Ne.»

Kaj tiam mi estis kontenta ĉar mi povis loĝi kun Patrino.

Kaj la policano diris: «Se via edzo aperos kaj ĝenos iel ajn, nur telefonu al ni. Alie vi devos solvi la situacion inter vi.»

Kaj poste la policano foriris kaj mi manĝis mian tomatan supon kaj s-ro Ŝirso stakigis kelkajn kestojn en la gastoĉambro por povi surplankigi aermatracon sur kiu mi dormu, kaj mi endormiĝis.

Kaj poste mi vekiĝis ĉar homoj kriis en la apartamento kaj la horo estis 02:31. Kaj unu el la homoj estis Patro kaj mi timis. Sed mankis seruro ĉe la gastoĉambra pordo.

Kaj Patro kriis: «Mi parolos kun ŝi, ĉu aŭ ne tio plaĉos al vi. Kaj el ĉiuj homoj vi estas la lasta kiu diktos al mi kion mi faru.»

Kaj Patrino kriis: «Roĝero. Ne! Sed …»

Kaj s-ro Ŝirso kriis: «Mi ne toleras tian alparolon en la propra hejmo.»

Kaj Patro kriis: «Mi alparolos vin kiel ajn diable plaĉos al mi.»

Kaj Patrino kriis: «Vi ne rajtas esti ĉi tie.»

Kaj Patro kriis: «Ne rajtas? Ne rajtas? Fek, li estas mia filo, kion vi eble forgesis.»

Kaj Patrino kriis: «Kion je Dio vi volis faraĉi, kiam vi diris al li tiujn mensogojn?»

Kaj Patro kriis: «Kion volis faraĉi mi? Vi estis la damnulo kiu foriris.»

Kaj Patrino kriis: «Do vi decidis tutsimple forviŝi min el lia vivo, ĉu?»

Kaj s-ro Ŝirso kriis: «He, ni ĉiuj trankviliĝu, ĉu bone?»

Kaj Patro kriis: «Nu, tion vi deziris, ĉu ne?»

Kaj Patrino kriis: «Mi skribis al li ĉiusemajne. Ĉiusemajne.»

Kaj Patro kriis: «Skribis al li, ĉu? Kiel fekaĉe utilis skribi al li?»

Kaj s-ro Ŝirso kriis: «He, he, he!»

Kaj Patro kriis: «Mi kuiris liajn manĝojn. Mi purigis liajn vestojn. Mi prizorgis lin ĉiusemajnfine. Mi flegis lin kiam li malsanis. Mi akompanis lin ĉe la kuracisto. Mi maltrankviliĝis ĝisfreneze kiam ajn li forvagis ien nokte. Mi iris al la lernejo kiam ajn li batalis. Kaj vi? Vi faris kion? Vi skribis al li kelke da fekaĉaj leteroj.»

Kaj Patrino kriis: «Laŭ vi do estis en ordo informi lin ke lia patrino mortis, ĉu?»

Kaj s-ro Ŝirso kriis: «Nun ne konvenas pri tio.»

Kaj Patro kriis: «Ĉesu do interrompi, aŭ mi …»

Kaj Patrino kriis: «Eĉjo, je Dio …»

Kaj Patro diris: «Mi parolos kun li. Kaj se vi provos malebligi …»

Kaj tiam Patro venis en mian ĉambron. Sed mi tenis mian svisarmean tranĉilon kun la segila klingo etendita pro la risko ke li ektenus min. Kaj ankaŭ Patrino venis en la ĉambron, kaj ŝi diris: «Estas en ordo. Kristoforo. Mi ne lasos lin ion fari. Vi estas sekura.»

Kaj Patro klinis sin surgenue apud la lito kaj li diris: «Kristoforo?»

Sed mi diris nenion.

Kaj li diris: «Kristoforo, mi vere sincere bedaŭras. Ĉion. Velingtonon. La leterojn. Ke vi devis fuĝi de mi. Mi neniam celis … Mi promesas ke mi neniam denove faros ion tian. He. Kuraĝon, bubo.»

Kaj poste li levis la dekstran manon kaj disetendis la fingrojn ventumile por ke mi tuŝu liajn fingrojn, sed tion mi ne faris, ĉar mi timis.

Kaj Patro diris: «Fek. Kristoforo, mi petas.»

Kaj gutis larmoj de lia vizaĝo.

Kaj neniu parolis dum iom da tempo.

Kaj poste Patrino diris: «Laŭ mi vi foriru nun», sed ŝi parolis al Patro, ne mi.

Kaj poste la policano revenis ĉar s-ro Ŝirso telefonis al la policejo, kaj li petis ke Patro trankviliĝu, kaj li kondukis lin el la apartamento.

Kaj Patrino diris: «Vi reendormiĝu nun. Ĉio estos en ordo. Mi promesas.»

Kaj post tio mi reendormiĝis.

229

Kaj dum mi dormis, mi havis unu el miaj plej ŝatataj sonĝoj. Kelkfoje tio okazas dumtage, sed tiam ĝi estas revo. Sed mi ofte spertas ĝin ankaŭ dumnokte.

Kaj en la sonĝo preskaŭ ĉiuj surtere estas mortintaj ĉar ilin trafis viruso. Sed tio ne similas al normala viruso. Ĝi similas al komputila viruso. Kaj ĝi trafas la homojn pro la signifo de la diro de iu infektito, kaj pro la signifo de ties vizaĝesprimo dum la diro, kaj tial ĝi povas trafi homojn kiuj televidas infektiton, kaj tial ĝi disvastiĝas tra la mondo ege rapide.

Kaj kiam la viruso trafas homojn, ili nur sidas sursofe kaj faras nenion kaj ili nek manĝas nek trinkas kaj ili do mortas. Sed kelkfoje mi havas aliajn versiojn de la sonĝo, kiel kiam eblas spekti du versiojn de filmo, la ordinaran kaj la *Reĝisoran Redakton*, kiel ĉe ***La Ĉasisto de Androidoj***. Kaj en kelkaj versioj de la sonĝo la viruso igas ilin kraŝigi la aŭton aŭ enmariĝi kaj droni, aŭ salti en riveron, kaj laŭ mi tiu versio estas pli bona, ĉar tiam la kadavroj de mortintoj ne kuŝas ĉie.

Kaj finfine restas neniu en la mondo krom tiuj kiuj ne rigardas la vizaĝon de aliuloj kaj kiuj ne scias kion signifas la jenaj bildoj

kaj ĉiuj tiuj homoj estas specialaj homoj kiel mi. Kaj ili

ŝatas esti solaj kaj mi preskaŭ neniam vidas ilin, ĉar ili similas al okapioj en la ĝangalo ĉe la rivero Kongo, kiuj estas speco de antilopo kaj tre timemaj kaj maloftaj.

Kaj mi povas iri ien ajn en la mondo kaj mi scias ke neniu alparolos min nek tuŝos min nek faros al mi demandon. Sed se mi ne deziras iri ien, mi ne devas iri, kaj mi povas resti hejme kaj manĝi brokolon kaj oranĝojn kaj glicirizajn rubandojn konstante, aŭ mi povas fari komputilajn ludojn dum tuta semajno, aŭ mi povas simple sidi en angulo de la ĉambro kaj frotruli unupundan moneron tien kaj reen laŭ la ondetaj formoj sur la surfaco de la radiatoro. Kaj mi ne devas iri al Francujo.

Kaj mi iras el la domo de Patro kaj mi paŝas laŭ la strato, kaj estas tre silente, kvankam estas tagmezo, kaj mi aŭdas neniun sonon escepte de birdoj kantantaj kaj vento kaj foje foraj konstruaĵoj disfalantaj, kaj se mi staras tre proksime al trafiklumoj, mi aŭdas etan klakon kiam la koloroj ŝanĝiĝas.

Kaj mi iras en la domojn de aliuloj kaj ludas la rolon de detektivo kaj mi povas rompi la fenestrojn por eniri ĉar la homoj estas mortintaj, do tio ne gravas. Kaj mi iras en butikojn kaj prenas tion kion mi deziras, kiel rozkoloraj keksoj aŭ framba-manga fruktokirlaĵo aŭ komputilaj ludoj aŭ libroj aŭ vidbendoj.

Kaj mi prenas ŝtupetaron el la kamioneto de Patro kaj mi grimpas supren ĝis la tegmento, kaj kiam mi atingas la randon de tegmento, mi metas la ŝtupetaron trans la interspacon kaj mi grimpas sur la apudan tegmenton, ĉar en sonĝo oni rajtas fari ion ajn.

Kaj poste mi trovas la ŝlosilon de ies aŭto kaj mi eniĝas en tiun aŭton kaj mi veturas, kaj ne gravas se mi kolizias kun aferoj, kaj mi veturas ĝis la maro, kaj mi parkas la aŭton kaj mi eliĝas kaj faladas pluvego. Kaj mi prenas glaciaĵon el vendejo kaj manĝas ĝin. Kaj poste mi paŝas malsupren sur la strandon. Kaj la strando estas kovrita per sablo kaj grandaj rokoj, kaj lumturo staras sur kabo sed la lampo ne lumas ĉar la gardisto mortis.

Kaj mi staras en la ondoŝaŭmo kaj ĝi suprenvenas kaj kovras miajn ŝuojn. Kaj mi ne eknaĝas pro risko de ŝarkoj. Kaj mi staras kaj rigardas la horizonton kaj mi elprenas mian longan metalan liniilon kaj mi levas ĝin ĝis la linio inter la maro kaj la ĉielo kaj mi montras ke la linio estas kurbo kaj la Tero estas ronda. Kaj la suprenveno de la ŝaŭmo por kovri miajn ŝuojn kaj ĝia posta reiro malsupren havas sian ritmon, kiel muziko aŭ tamburado.

Kaj poste mi akiras sekajn vestojn el la domo de familio kiu mortis. Kaj mi iras hejmen al la domo de Patro, kvankam ĝi ne plu estas la domo de Patro, ĝi estas mia. Kaj mi preparas por mi iom da alugobio kun ruĝa koloriĝaĵo kaj fragan laktokirlaĵon por trinki, kaj poste mi spektas vidbendon pri la sunsistemo kaj mi faras kelke da komputilaj ludoj kaj mi enlitiĝas.

Kaj tiam la sonĝo finiĝas kaj mi estas kontenta.

233

La postan matenon mi manĝis frititajn tomatojn kaj ladskatolon da verdaj fazeoloj kiujn Patrino varmigis en kaserolo.

Meze de la matenmanĝo s-ro Ŝirso diris: «Bone. Li rajtas resti kelkajn tagojn.»

Kaj Patrino diris: «Li rajtas resti tiel longe kiel li bezonas resti.»

Kaj s-ro Ŝirso diris: «Ĉi tiu apartamento apenaŭ sufiĉe grandas por du homoj, se ne paroli pri tri.»

Kaj Patrino diris: «Li povas tamen kompreni kion vi diras.»

Kaj s-ro Ŝirso diris: «Kion li faros? Mankas lernejo al kiu li iru. Ni ambaŭ laboras. Damne ridinde.»

Kaj Patrino diris: «Roĝero. Sufiĉe jam.»

Kaj poste ŝi faris por mi iom da herboteo Ruĝa Vervigo kun sukero sed mi ne ŝatis ĝin, kaj ŝi diris: «Vi rajtas resti tiel longe kiel vi deziras resti.»

Kaj post kiam s-ro Ŝirso iris labori, ŝi telefonis al sia oficejo kaj prenis tiel nomatan *Familian Forpermeson*, kiu estas subita ferio kiam iu en la familio mortas aŭ malsanas.

Poste ŝi diris ke ni devas iri aĉeti vestojn kiujn mi portu, kaj piĵamon kaj dentobroson kaj lavtukon. Do ni iris el la apartamento kaj ni paŝis ĝis la ĉefa strato, kiu estis Dudenholmo-Vojo kiu havis la numeron A4088, kaj estis tre homplene tie kaj ni trafis buson 266 ĝis la Brent-Kruca

Vendejaro. Tamen estis tro da homoj en la magazeno kaj mi timis kaj mi ekkuŝis surplanke apud la brakhorloĝoj kaj mi kriegis kaj Patrino devis alhejmigi min en taksio.

Poste ŝi devis reiri al la vendejaro por aĉeti por mi vestojn kaj piĵamon kaj dentobroson kaj lavtukon, do mi restis en la gastoĉambro dum ŝi forestis, ĉar mi ne volis troviĝi en la sama ĉambro kiel s-ro Ŝirso, ĉar mi timis lin.

Kaj kiam Patrino venis hejmen, ŝi portis al mi glason da fraga laktokirlaĵo kaj montris al mi la novan piĵamon, kaj ĝi surhavis motivon el 5-pintaj bluaj steloj sur purpura fono jene:

Kaj mi diris: «Mi devas reiri al Svindono.»

Kaj Patrino diris: «Kristoforo, vi nur ĵus alvenis ĉi tien.»

Kaj mi diris: «Mi devas reiri ĉar mi devas fari abiturientan ekzamenon pri matematiko.»

Kaj Patrino diris: «Ĉu? Vi abiturientos pri matematiko?»

Kaj mi diris: «Jes. Mi faros tion en mardo kaj ĵaŭdo kaj vendredo de la venonta semajno.»

Kaj Patrino diris: «Ĉielo.»

Kaj mi diris: «Pastro Peterso estos la superrigardanto.»

Kaj Patrino diris: «Nu ja, tamen bonege.»

Kaj mi diris: «Mi gajnos unuagradan diplomon. Kaj jen kial mi devas reiri al Svindono. Tamen mi ne volas vidi Patron. Do mi devas iri al Svindono kun vi.»

Poste Patrino kovris la vizaĝon per la manoj kaj elspiris forte, kaj ŝi diris: «Mi ne scias ĉu tio eblos.»

Kaj mi diris: «Sed mi devas tien iri.»

Kaj Patrino diris: «Ni parolu pri tio alifoje, ĉu?»

Kaj mi diris: «En ordo. Sed mi devas iri al Svindono.»

Kaj ŝi diris: «Kristoforo, bonvolu ne.»

Kaj mi iom trinkis mian laktokirlaĵon.

Kaj poste, je 22:31, mi eliris sur la balkonon por eltrovi ĉu eblas vidi stelojn, sed ili tute mankis pro la nuboj kaj pro la tiel nomata *Lum-Poluo* kiu estas lumo el stratlampoj kaj el lampoj de aŭtoj kaj el lumĵetiloj kaj el lampoj en konstruaĵoj, kiu reflektiĝas de etaj partikloj en la atmosfero kaj blokas la lumon de la steloj. Do mi reeniris.

Sed mi ne povis dormi. Kaj mi ellitiĝis je 02:07 kaj mi sentis timon pri s-ro Ŝirso, do mi iris malsupren kaj tra la ĉefpordo eksteren sur Kanonik-Straton. Kaj neniu troviĝis surstrate kaj estis malpli laŭte ol en la tago, kvankam aŭdeblis trafiko malproksime kaj sirenoj, do tio plitrankviligis min. Kaj mi promenis laŭ Kanonik-Strato kaj rigardis ĉiujn aŭtojn kaj la motivojn kiujn kreis la telefondratoj kontraŭ la oranĝaj nuboj, kaj la aĵojn kiujn homoj havis en la antaŭaj ĝardenoj, kiel nanstatuo kaj kuirforno kaj malgrandega lageto kaj pluŝurso.

Poste mi aŭdis du homojn veni laŭ la strato, do mi kaŭriĝis inter la fino de rubkestego kaj Ford-Transita kamioneto, kaj ili parolis en fremda lingvo, sed ili ne vidis min. Kaj kuŝis du etaj latunaj dentoradoj en la malpura akvo en la defluilo ĉe miaj piedoj, similaj al dentoradoj el streĉebla brakhorloĝo.

Kaj mi ŝatis troviĝi inter la rubkestego kaj la Ford-Transita kamioneto, do mi restis longan tempon tie. Kaj mi elrigardis la straton. Kaj la solaj koloroj videblaj estis oranĝo kaj nigro kaj miksaĵoj el oranĝo kaj nigro. Kaj ne eblis diveni kiujn kolorojn la aŭtoj havas en la tago.

Kaj mi scivolis ĉu oni povas mozaikigi krucojn, kaj mi malkovris ke oni ja povas, imagante la jenan bildon enkape:

Kaj poste mi aŭdis la voĉon de Patrino kaj ŝi kriis: «Kristoforo …? Kristoforo …?» kaj ŝi kuris laŭ la strato, do mi elvenis el inter la rubkestego kaj la Ford-Transita kamioneto kaj ŝi alkuris min kaj diris: «Dio mia», kaj ŝi staris antaŭ mi kaj fingromontris mian vizaĝon kaj diris: «Se vi iam faros tion denove, mi ĵuras je Dio, Kristoforo, mi amas vin, sed ... mi ne scias kion mi tiam faros.»

Do ŝi igis min promesi neniam iri sola el la apartamento, ĉar tio estas danĝera, kaj ĉar oni ne povas fidi homojn en Londono, ĉar ili estas nekonatoj. Kaj la postan tagon ŝi devis iri al la vendejoj denove kaj ŝi igis min promesi ne respondi la pordon se iu sonorigos. Kaj kiam ŝi revenis, ŝi kunportis iom da manĝaĵobuletoj por Tobio kaj tri vidbendojn de **Stela Vojaĝo** kaj mi spektis ilin en la salono ĝis s-ro Ŝirso venis hejmen, kaj tiam mi reiris en la gastoĉambron. Kaj mi deziris, ke Kanonik-Strato 451C, Londono NW2 5NG havu ĝardenon, sed ĝi ne havis.

Kaj la postan tagon telefonis la oficejo kie Patrino laboris por informi ŝin ke ŝi ne povas reveni labori, ĉar oni trovis iun alian por fari ŝian laboron, kaj ŝi ege koleris kaj ŝi diris ke tio estas kontraŭleĝa kaj ŝi plendos, sed s-ro Ŝirso diris: «Ne stultumu, damne. Temis nur pri portempa posteno, je Dio.»

Kaj kiam Patrino venis en la gastoĉambron antaŭ ol mi endormiĝis, mi diris: «Mi devas iri al Svindono por fari mian ekzamenon.»

Kaj ŝi diris: «Kristoforo, ne nun. Via patro telefonadas al mi minacante procesi kontraŭ mi. La plendado de Roĝero jam staras al mi en la gorĝo. La tempo ne estas oportuna.»

Kaj mi diris: «Sed mi devas iri ĉar oni aranĝis tion kaj pastro Peterso estos la superrigardanto.»

Kaj ŝi diris: «Nu. Temas nur pri ekzameno. Mi povas telefoni al la lernejo. Ni povas prokrasti ĝin. Vi povos fari ĝin en iu alia tempo.»

Kaj mi diris: «Mi ne povos fari ĝin en alia tempo. Oni aranĝis ĝin. Kaj mi multe preparis min. Kaj s-ino Gaskonjo diris ke ni rajtas uzi lernejan ĉambron.»

Kaj Patrino diris: «Kristoforo, mi pli-malpli sukcesas regi min. Sed mi tute proksimas al sovaĝiĝo, ĉu vi komprenas? Do nur lasu al mi iom da ...»

Poste ŝi ĉesis paroli kaj ŝi kovris la buŝon per la mano kaj ŝi stariĝis kaj eliris el la ĉambro. Kaj mi eksentis doloron en la brusto kiel mi sentis en la metroo, ĉar mi kredis ke mi ne povos reiri al Svindono por fari mian ekzamenon.

Kaj la postan matenon mi rigardis tra la fenestro en la manĝoĉambro por nombri la aŭtojn surstrate por vidi ĉu temos pri **Iom Bona Tago** aŭ **Bona Tago** aŭ **Ege Bona Tago** aŭ **Nigra Tago**, sed ŝajnis malsame ol en la buso al la lernejo ĉar oni povis rigardi tra la fenestro tiel longe kiel oni deziris, kaj vidi tiom da aŭtoj kiom oni deziris, kaj mi rigardis tra la fenestro dum tri horoj kaj mi vidis 5 sinsekvajn ruĝajn aŭtojn kaj 4 sinsekvajn flavajn aŭtojn, kaj tial temis kaj pri **Bona Tago** kaj pri **Nigra Tago**, do ne plu funkciis la sistemo. Sed se mi koncentriĝis pri nombrado de la aŭtoj, tio malebligis ke mi pensu pri mia ekzameno kaj la doloro en la brusto.

Kaj posttagmeze Patrino akompanis min taksie al Hampsted-Parko kaj ni sidis supre de monteto kaj rigardis la aviadilojn alveni ĉe Hitrovo malproksime. Kaj mi manĝis ruĝan glacistangon aĉetitan ĉe glaciaĵa kamioneto. Kaj Patrino diris ke ŝi telefonis al s-ino Gaskonjo kaj informis ŝin ke mi faros mian matematikan ekzamenon venontjare, do mi forĵetis mian ruĝan glacistangon kaj mi longe kriegis kaj la doloro en la brusto tiom fortis ke estis malfacile spiri, kaj viro alproksimiĝis kaj demandis ĉu mi bone fartas, kaj Patrino diris: «Nu, kiel aspektas al vi?» kaj li foriris.

Kaj poste mi estis laca pro kriegado kaj Patrino reirigis min al la apartamento per alia taksio kaj la posta mateno estis sabato kaj ŝi petis ke s-ro Ŝirso eliru kaj prenu por mi kelke da libroj pri scienco kaj matematiko el la biblioteko, kaj ili nomiĝis **100 Prinombraj Enigmoj** kaj **La Originoj de la Universo** kaj **Nuklea Energio**, sed ili celis infanojn kaj ili ne estis tre bonaj do mi ne legis ilin, kaj s-ro Ŝirso diris: «Nu, mi ĝojas ke oni alte taksas mian kontribuon.»

Kaj mi nenion manĝis post kiam mi forĵetis la ruĝan glacistangon en Hampsted-Parko, do Patrino faris por mi tabelon kun steloj kiel kiam mi estis tre juna, kaj ŝi plenigis mezurkruĉon per pulvorlakto kaj fraga gustigaĵo kaj mi gajnis bronzan stelon trinkinte 200 ml kaj arĝentan stelon trinkinte 400 ml kaj oran stelon trinkinte 600 ml.

Kaj kiam Patrino kaj s-ro Ŝirso disputis, mi prenis la malgrandan radioaparaton el la kuirejo kaj mi iris sidi en la gastoĉambro kaj mi agordis ĝin meze inter du stacioj por ke mi aŭdu nur blankan bruon, kaj mi ege plilaŭtigis la sonon kaj mi tenis ĝin ĉe mia orelo kaj la sono plenigis mian kapon kaj tio doloris tiel ke mi ne povis senti aliajn specojn de doloro, kiel la doloro en mia brusto, kaj mi ne povis aŭdi la disputon de Patrino kaj s-ro Ŝirso kaj mi ne povis pensi pri tio ke mi ne faros mian ekzamenon aŭ ke mankas ĝardeno ĉe Kanonik-Strato 451C, Londono NW2 5NG aŭ ke mi ne povas vidi la stelojn.

Kaj poste estis lundo. Kaj estis tre malfrue nokte kaj s-ro Ŝirso venis en mian ĉambron kaj vekis min kaj li estis trinkinta bieron, ĉar li odoris kiel Patro kiam li trinkis bieron kun Rodrio. Kaj li diris: «Vi opinias vin tiel fekaĉe inteligenta, ĉu ne? Kaj vi neniam iam konsideras aliajn homojn eĉ dumsekunde, ĉu? Nu, mi vetas ke vi tute memkontentas nun, ĉu ne?»

Kaj tiam Patrino envenis kaj tiris lin el la ĉambro kaj diris: «Kristoforo, mi bedaŭras. Mi vere sincere bedaŭras.»

La postan matenon, post kiam s-ro Ŝirso iris labori, Patrino pakis multajn el siaj vestoj en du valizojn kaj petis min veni malsupren kaj kunporti Tobion kaj enaŭtiĝi. Kaj ŝi metis la valizojn en la valizujon kaj ni ekveturis. Sed tio estis la aŭto de s-ro Ŝirso kaj mi diris: «Ĉu vi ŝtelas la aŭton?»

Kaj ŝi diris: «Mi nur pruntas ĝin.»

Kaj mi diris: «Kien ni iras?»

Kaj ŝi diris: «Ni iras hejmen.»

Kaj mi diris: «Ĉu vi celas hejmen en Svindono?»

Kaj ŝi diris: «Jes.»

Kaj mi diris: «Ĉu Patro ĉeestos?»

Kaj ŝi diris: «Mi petas, Kristoforo. Ne faru al mi zorgojn ĝuste nun, ĉu?»

Kaj mi diris: «Mi ne volas esti kun Patro.»

Kaj ŝi diris: «Sed ... sed ... Ĉio estos fine en ordo, Kristoforo, ĉu ne? Ĉio estos fine en ordo.»

Kaj mi diris: «Ĉu ni reiras al Svindono por ke mi faru mian matematikan ekzamenon?»

Kaj Patrino diris: «Kion?»

Kaj mi diris: «Mi devus fari mian matematikan ekzamenon morgaŭ.»

Kaj Patrino parolis tre malrapide kaj ŝi diris: «Ni reiras al Svindono ĉar se ni restus pli longe en Londono … iu vundiĝus. Kaj mi ne nepre parolas pri vi.»

Kaj mi diris: «Kion vi celas?»

Kaj ŝi diris: «Nun mi bezonas ke vi estu silenta dum tempo.»

Kaj mi diris: «Kiom longe vi volas ke mi estu silenta?»

Kaj ŝi diris: «Ĉielo.» Kaj poste ŝi diris: «Duonhoron, Kristoforo. Mi bezonas ke vi estu silenta dum duonhoro.»

Kaj ni veturis la tutan vojon ĝis Svindono kaj tio daŭris 3 horojn 12 minutojn kaj ni devis halti por benzino kaj Patrino aĉetis Galakon por mi, sed mi ne manĝis ĝin. Kaj ni kaptiĝis en longa ŝtopiĝo kaŭzita de tio ke homoj malrapidiĝis por rigardi akcidenton sur la kontraŭa ŝoseo. Kaj mi provis elpensi formulon por determini ĉu la trafiko ŝtopiĝus nur pro tia malrapidiĝo, kaj kiel tion influus a) la denseco de la trafiko kaj b) la rapido de la trafiko kaj c) la rapido je kiu stirantoj ekbremsus kiam ili vidus la lumiĝon de la bremsolampoj de la aŭto antaŭ si. Sed mi estis tro laca ĉar mi ne dormis la antaŭan nokton ĉar mi pensadis pri tio ke mi ne povos fari mian matematikan ekzamenon. Do mi endormiĝis.

Kaj kiam ni alvenis en Svindono, Patrino havis ŝlosilojn por la domo kaj ni eniris kaj ŝi diris: «Ha lo?» sed neniu ĉeestis ĉar estis 13:23. Kaj mi timis, sed Patrino diris ke mi estos sekura, do mi supreniris al mia ĉambro kaj fermis la pordon. Mi elpoŝigis Tobion kaj mi lasis lin kuradi kaj mi ludis **Minbalaadon** kaj mi faris la **Spertulan Version** en 174 sekundoj, kio estis 75 sekundojn pli ol mia plej bona tempumo.

Kaj poste estis 18:35 kaj mi aŭdis Patron veni hejmen en sia kamioneto kaj mi movis la liton kontraŭ la pordon por ke li ne povu eniri, kaj li venis en la domon kaj li kaj Patrino alkriaĉis unu la alian.

Kaj Patro kriis: «Do fek, kiel vi envenis ĉi tien?»

Kaj Patrino kriis: «La domo apartenas ankaŭ al mi, kion vi eble forgesis.»

Kaj Patro diris: «Kaj ĉu ankaŭ via fekaĉa fikanto estas ĉi tie?»

Kaj tiam mi prenis la bongotamburojn kiujn Onklo Teĉjo aĉetis por mi, kaj mi genuiĝis en la angulo de la ĉambro kaj mi premis la kapon al la renkontejo de la du muroj kaj mi batis la tamburojn kaj mi ĝemadis kaj mi daŭrigis tion dum horo kaj poste Patrino venis en la ĉambron kaj diris ke Patro foriris. Kaj ŝi diris ke Patro iris gasti ĉe Rodrio dum tempo kaj ni havigos al ni la propran loĝejon en la venontaj kelkaj semajnoj.

Poste mi iris en la ĝardenon kaj mi trovis la kaĝon de Tobio malantaŭ la ĝardenbudo kaj mi portis ĝin en la domon kaj mi purigis ĝin kaj remetis Tobion en ĝin.

Kaj mi demandis Patrinon ĉu mi povos fari mian matematikan ekzamenon la postan tagon.

Kaj ŝi diris: «Mi bedaŭras, Kristoforo.»

Kaj mi diris: «Ĉu mi povos fari mian matematikan ekzamenon?»

Kaj ŝi diris: «Vi ne aŭskultas min, ĉu, Kristoforo?»

Kaj mi diris: «Mi aŭskultas vin.»

Kaj Patrino diris: «Mi jam respondis. Mi telefonis al via lernejestrino. Mi sciigis ŝin ke vi estas en Londono. Mi sciigis ke vi faros ĝin venontjare.»

Kaj mi diris: «Sed nun mi ĉeestas kaj mi povos fari ĝin.»

Kaj Patrino diris: «Mi bedaŭras, Kristoforo. Mi strebis agi ĝuste. Mi strebis ne fuŝi.»

Kaj mia brusto ekdoloris denove kaj mi krucis la brakojn kaj mi balanciĝis tien kaj reen kaj ĝemadis.

Kaj Patrino diris: «Mi ne sciis ke ni revenos.»

Sed mi daŭre ĝemadis kaj balanciĝis tien kaj reen.

Kaj Patrino diris: «Do tamen. Tio ĉi nenion solvos.»

Poste ŝi demandis ĉu plaĉus al mi spekti unu el miaj vidbendoj **Blua Planedo**, pri la vivo sub la arkta glacio aŭ la migrado de ĝibaj balenoj, sed mi diris nenion, ĉar mi sciis ke mi ne povos fari mian matematikan ekzamenon, kaj estis simile al tio kiam oni premas la dikfingran ungon al radiatoro ege varma kaj la doloro komenciĝas kaj ĝi ploremigas kaj la doloro daŭras eĉ post kiam oni forprenis la dikfingron de la radiatoro.

Poste Patrino faris por mi iom da karotoj kaj brokolo kaj keĉupo, sed mi ne manĝis ilin.

Kaj ankaŭ tiunokte mi ne dormis.

La postan tagon Patrino veturigis min al la lernejo en la aŭto de s-ro Ŝirso ĉar ni maltrafis la buson. Kaj dum ni enaŭtiĝis, s-ino Ŝirso transvenis la straton kaj diris al Patrino: «Fek, vi estas senhonta.»

Kaj Patrino diris: «Enaŭtiĝu, Kristoforo.»

Sed mi ne povis enaŭtiĝi, ĉar la pordo estis ŝlosita.

Kaj s-ino Ŝirso diris: «Do li finfine forĵetis ankaŭ vin, ĉu?»

Tiam Patrino malfermis sian pordon kaj enaŭtiĝis kaj malŝlosis mian pordon kaj mi eniĝis kaj ni forveturis.

Kaj kiam ni alvenis en la lernejo, Ŝivono diris: «Do vi estas la patrino de Kristoforo.» Kaj Ŝivono diris ke ŝi ĝojas vidi min denove, kaj ŝi demandis ĉu mi bone fartas, kaj mi diris ke mi lacas. Kaj Patrino klarigis ke mi estas ĉagrenita ĉar mi ne povis fari mian matematikan ekzamenon, do mi nek manĝis bone nek dormis bone.

Kaj poste Patrino foriris kaj mi desegnis bildon de buso perspektive por ke mi ne pensu pri la doloro en la brusto, kaj ĝi aspektis jene:

Kaj posttagmanĝe Ŝivono diris ke ŝi parolis kun s-ino Gaskonjo, kaj ke ŝi ankoraŭ havas miajn ekzamenpaperojn en 3 sigelitaj kovertoj en sia tablo.

Do mi demandis ĉu mi ankoraŭ povas fari mian ekzamenon.

Kaj Ŝivono diris: «Mi kredas ke jes. Ni telefonos al pastro Peterso ĉi-posttagmeze por certiĝi ke li ankoraŭ povos veni superrigardi vin. Kaj s-ino Gaskonjo skribos leteron al la ekzameninstanco por diri ke vi faros la ekzamenon malgraŭ ĉio. Kaj espereble la instanco tion akceptos. Sed ni ne povas esti certaj pri tio.» Tiam ŝi ĉesis paroli dum kelkaj sekundoj. «Mi opiniis ke mi sciigu tion al vi nun. Por ke vi pripensu ĝin.»

Kaj mi diris: «Por ke mi pripensu kion?»

Kaj ŝi diris: «Ĉu tion vi volas fari, Kristoforo?»

Kaj mi pripensis la demandon kaj mi ne certis kiel ĝin respondi, ĉar mi volis fari mian matematikan ekzamenon sed mi estis tre laca kaj kiam mi provis pensi pri matematiko, la cerbo ne bone funkcis, kaj kiam mi provis rememori iujn faktojn kiel la logaritma formulo pri la proksimuma nombro de primoj ne pli altaj ol x, mi ne povis ilin rememori kaj tio timigis min.

Kaj Ŝivono diris: «Vi ne bezonas fari ĝin, Kristoforo. Se vi diros ke vi ne volas fari ĝin, neniu koleros kontraŭ vi. Kaj tio ne estos erara aŭ kontraŭleĝa aŭ stulta. Ĝi estos simple tio kion vi volas, kaj tio estos tute en ordo.»

Kaj mi diris: «Mi volas fari ĝin», ĉar mi ne ŝatas devi reelpreni ion kion mi jam metis en mian hortabelon, ĉar kiam mi tion faras, mi sentas min vomema.

Kaj Ŝivono diris: «Bone.»

Kaj ŝi telefonis al pastro Peterso kaj li venis en la lernejon je 15:27 kaj li diris: «Do, junulo, ĉu ni pretas ekpaŝi?»

Kaj mi faris **Parton 1** de mia matematika ekzameno sidante en la artoĉambro. Kaj pastro Peterso estis la superrigardanto kaj li sidis ĉe tablo dum mi faris la ekzamenon, kaj li legis libron nomitan **Disĉipleco** de Dietrich Bonhoeffer kaj manĝis sandviĉon. Kaj meze de la ekzameno li iris fumi cigaredon ekster la fenestro, sed li observis min tra la fenestro pro la risko ke mi friponus.

Kaj kiam mi malfermis la koverton kaj tralegis la demandojn, mi ne povis pensi kiel respondi eĉ unu el ili, kaj mi ankaŭ ne povis spiri bone. Kaj mi volis bati iun aŭ piki iun per la svisarmea tranĉilo, sed ĉeestis neniu batebla aŭ pikebla per la svisarmea tranĉilo krom pastro Peterso kaj li estis tre alta kaj se mi batus lin aŭ pikus lin per la svisarmea tranĉilo, li ne estus mia superrigardanto dum la cetero de la ekzameno. Do mi faris profundajn enspirojn kiel laŭ Ŝivono mi faru kiam mi volas bati iun en la lernejo, kaj mi kalkulis kvindek spirojn kaj mi kubigis la kardinalajn nombrojn dum mi kalkulis, jene:

1, 8, 27, 64, 125, 216, 343, 512, 729, 1000, 1331, 1728, 2197, 2744, 3375, 4096, 4913 … ktp.

Kaj tio iomete plitrankviligis min. Sed la ekzameno daŭris du horojn kaj jam pasis dudek minutoj, do mi devis labori ege rapide kaj mi ne havis tempon por bone kontroli miajn respondojn.

Kaj tiuvespere, tuj kiam mi alvenis hejmen, Patro revenis al la domo kaj mi kriegis, sed Patrino diris ke ŝi ne lasos ion malbonan okazi al mi, kaj mi iris en la ĝardenon kaj kuŝiĝis kaj rigardis la stelojn en la ĉielo kaj igis min neatentinda. Kaj kiam Patro venis el la domo, li rigardis min dum longa tempo kaj poste li pugnis la barilon kaj truis ĝin kaj foriris.

Kaj mi iomete dormis tiunokte ĉar mi komencis fari mian matematikan ekzamenon. Kaj mi prenis spinacan supon vespermanĝe.

Kaj la postan tagon mi faris **Parton 2** kaj pastro Peterso legis *Disĉipleco* de Dietrich Bonhoeffer sed ĉi-foje li ne fumis cigaredon, kaj Ŝivono igis min iri en la necesejon antaŭ la ekzameno por sidi sola kaj fari spiradon kaj nombradon.

Kaj mi ludis *La 11-an Horon* ĉe mia komputilo tiuvespere kiam taksio haltis ekster la domo. S-ro Ŝirso troviĝis en la taksio kaj li eliĝis el la taksio kaj ĵetis sur la gazonon grandan kartonan skatolon da aĵoj kiuj apartenis al Patrino. Kaj ili estis harsekigilo kaj kalsoneto kaj iom da Loreal-ŝampuo kaj skatolo da muslio kaj du libroj, *DIANA: Ŝia Vera Historio* de Andrew Morton kaj *Rivaloj* de Jilly Cooper, kaj foto pri mi en arĝenta kadro. Kaj la vitro en la fotokadro rompiĝis kiam ĝi falis sur la herbon.

Poste li elpoŝigis ŝlosilojn kaj eniĝis en sian aŭton kaj forveturis kaj Patrino kuris el la domo kaj ŝi kuris sur la straton kaj kriis: «Kaj neniam ajn revenu, fekulo!» Kaj ŝi ĵetis la skatolon da muslio kaj ĝi frapis la valizujon de lia aŭto dum li forveturis, kaj s-ino Ŝirso rigardis tra sia fenestro kiam Patrino tion faris.

La postan tagon mi faris **Parton 3** kaj pastro Peterso legis la gazeton *Taga Poŝto* kaj fumis tri cigaredojn.

Kaj jen mia plej ŝatata demando:

Pruvu la sekvan rezulton:

«Triangulo, kies laterojn eblas skribi laŭ la formo $n^2 + 1$, $n^2 - 1$ kaj $2n$ (kie $n >$ 1), estas orta.»

Montru pere de kontraŭekzemplo, ke la inverso estas falsa.

Kaj mi intencis elskribi kiel mi respondis la demandon, sed Ŝivono diris ke tio ne estas tre interesa, sed mi diris ke tamen jes. Kaj ŝi diris ke homoj ne volos legi la respondon al matematika demando en libro, kaj ŝi diris ke mi povas meti la respondon en *Apendico*, kiu estas kromĉapitro en la fino de libro kiun homoj povas legi laŭdezire. Kaj tion mi faris.

Kaj poste mia brusto ne tiom doloris kaj estis pli facile spiri. Sed mi ankoraŭ sentis min vomema ĉar mi ne sciis ĉu mi sukcesis ĉe la ekzameno, kaj ĉar mi ne sciis ĉu la ekzameninstanco permesos konsideri mian ekzamenon post kiam s-ino Gaskonjo informis ke mi ne faros ĝin.

Kaj estas plej bone se oni scias ke okazos io bona kiel eklipso aŭ ricevi mikroskopon por Kristnasko. Kaj estas malbone se oni scias ke okazos io malbona kiel dentoplombiĝo aŭ viziti Francujon. Sed laŭ mi estas plej malbone se oni ne scias ĉu la okazontaĵo estas io bona aŭ io malbona.

Kaj Patro vizitis la domon tiuvespere kaj mi sidis sur la sofo spektante la kvizon *Universitata Defio* kaj respondante nur la sciencajn demandojn. Kaj li staris en la pordo de la salono kaj li diris: «Ne kriegu, Kristoforo, mi petas. Mi ne dolorigos vin.»

Kaj Patrino staris malantaŭ li, do mi ne kriegis.

Tiam li venis iomete pli proksimen al mi kaj li kaŭris kiel oni faras ĉe hundoj por montri ke oni ne estas *Agresanto*, kaj li diris: «Mi volis demandi vin ĉu la ekzameno iris bone.»

Sed mi diris nenion.

Kaj Patrino diris: «Parolu al li, Kristoforo.»

Sed mi ankoraŭ diris nenion.

Kaj Patrino diris: «Mi petas, Kristoforo.»

Do mi diris: «Mi ne sciis ĉu mi ĝuste respondis ĉiujn demandojn, ĉar mi estis ege laca kaj mi nenion manĝis, do mi ne povis bone pensi.»

Kaj tiam Patro kapjesis kaj li diris nenion dum mallonga tempo. Poste li diris: «Dankon.»

Kaj mi diris: «Pro kio?»

Kaj li diris: «Nur … dankon.» Poste li diris: «Mi tre fieras pri vi, Kristoforo. Tre fieras. Mi certas ke vi faris ege bone.»

Kaj poste li foriris kaj mi spektis la ceteron de *Universitata Defio*.

Kaj la postan semajnon Patro sciigis al Patrino ke ŝi transloĝiĝu el la domo, sed ŝi ne povis, ĉar ŝi ne havis monon por pagi la lukoston de apartamento. Kaj mi demandis ĉu

Mark Haddon

Patro estos arestita kaj iros al malliberejo pro la mortigo de Velingtono, ĉar ni povus loĝi en la domo se li troviĝus en malliberejo. Sed Patrino diris ke la polico arestus Patron nur se s-ino Ŝirso farus tiel nomatan *Formalan Akuzon*, kio signifas informi la policon ke oni volas arestigi iun pro krimo, ĉar la polico ne arestas homojn pro krimetoj, krom se oni petas, kaj Patrino diris ke mortigi hundon estas nur krimeto.

Sed poste ĉio estis en ordo ĉar Patrino dungiĝis ĉe la kaso en plantovendejo kaj la kuracisto donis al ŝi pilolojn glutendajn ĉiumatene por forigi ŝian malgajon, kvankam ili foje sentigis kapturnon al ŝi kaj ŝi falis se ŝi tro rapide stariĝis. Do ni transloĝiĝis al ĉambro en granda domo kiu estis el ruĝaj brikoj. Kaj la lito estis en la sama ĉambro kiel la kuirejo kaj mi ne ŝatis tion, ĉar ĝi estis malgranda kaj la koridoro estis brunfarbita kaj troviĝis necesejo kaj banĉambro kiujn uzis aliuloj, kaj Patrino devis purigi ĝin antaŭ ol mi uzis ĝin, ĉar alie mi rifuzis uzi ĝin, kaj kelkfoje mi malsekigis la pantalonon ĉar aliuloj troviĝis en la banĉambro. Kaj la koridoro ekster la ĉambro odoris kiel viandosuko kaj la blankigaĵo uzata por purigi la lernejajn necesejojn. Kaj en la ĉambro odoris kiel ŝtrumpetoj kaj pina aerfreŝigaĵo.

Kaj mi ne ŝatis atendi por eltrovi pri mia matematika ekzameno. Kaj kiam ajn mi pripensis la estontecon, mi vidis nenion klare en la kapo kaj tio ekigis panikon. Do Ŝivono diris ke mi ne pripensu la estontecon. Ŝi diris: «Pensu nur pri hodiaŭ. Pensu pri pasintaj okazaĵoj. Precipe pri agrablaj pasintaj okazaĵoj.»

Kaj unu el la agrablaj okazaĵoj estis ke Patrino aĉetis por mi lignan puzlon kiu aspektis jene:

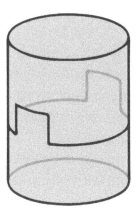

Kaj oni devis apartigi la supran parton de la puzlo disde la malsupra parto, kaj tio ege malfacilis.

Kaj alia agrabla okazaĵo estis ke mi helpis Patrinon farbi sian ĉambron **Blanka Kun Tritika Nuanco**, sed mi tamen ekhavis farbon en la haroj kaj por forlavi ĝin ŝi volis froti ŝampuon al mia kapo dum mi sidis en la banujo, sed mi ne permesis tion, do farbo restis en miaj haroj 5 tagojn kaj poste mi fortranĉis ĝin per tondilo.

Sed estis pli da okazaĵoj malagrablaj ol agrablaj.

Kaj unu el ili estis ke Patrino ne revenis postlabore antaŭ 17:30, do mi devis iri al la domo de Patro inter 15:49 kaj 17:30 ĉar oni ne permesis min resti sola kaj Patrino diris ke mi ne rajtas elekti pri tio, do mi ŝovis la liton kontraŭ la pordon pro la risko ke Patro provos enveni. Kaj kelkfoje li provis paroli al mi tra la pordo, sed mi ne respondis al li.

Kaj kelkfoje mi aŭdis lin sidi sur la planko ekster la pordo senparole dum longa tempo.

Kaj alia malagrabla okazaĵo estis ke Tobio mortis ĉar li havis 2 jarojn kaj 7 monatojn kio estas tre maljuna aĝo ĉe rato, kaj mi diris ke mi deziras enterigi lin, sed Patrino ne havis ĝardenon, do mi enterigis lin en granda plasta poto da tero simila al poto en kian oni metus planton. Kaj mi diris ke mi deziras novan raton, sed Patrino diris ke tio ne eblas, ĉar la ĉambro estas tro malgranda.

Kaj mi solvis la puzlon ĉar mi malkovris ke la puzlo enhavas du riglilojn, kaj ili estis tuneloj enhavantaj metalajn stangetojn jene:

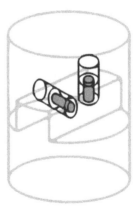

Kaj oni devis teni la puzlon tiel ke ambaŭ stangetoj glitis ĝisfine de sia tunelo kaj ili ne trapasis la intersekcon de la du puzlopecoj, kaj tiam oni povis distiri ilin.

Kaj Patrino reprenis min de la domo de Patro unu tagon post sia laborfino kaj Patro diris: «Kristoforo, ĉu mi povas interparoli kun vi?»

Kaj mi diris: «Ne.»

Kaj Patrino diris: «Estas en ordo. Mi ĉeestos.»

Kaj mi diris: «Mi ne volas paroli kun Patro.»

Kaj Patro diris: «Mi negocu kun vi.» Kaj li tenis la kuirejan tempumilon, kiu estas granda plasta tomato trameze tranĉita, kaj li tordis ĝin kaj ĝi komencis tiktaki. Kaj li diris: «Kvin minutojn, ĉu? Nur tiom. Poste vi povos foriri.»

Do mi sidis sur la sofo kaj li sidis en la fotelo kaj Patrino staris vestible kaj Patro diris: «Kristoforo, vidu … Nia nuna situacio ne daŭru plu. Mi ne scias ĉu vi samopinias, sed tio … tio simple tro doloras. Ke vi estas en la domo sed rifuzas paroli kun mi … Vi devas lerni fidi min … Kaj estas al mi egale kiom da tempo bezoniĝos … Se temos pri minuto iun tagon kaj du minutoj la postan kaj tri minutoj la postan kaj tio daŭros jarojn, tamen egalas al mi. Ĉar tio ĉi gravas. Tio ĉi gravas pli ol io ajn alia.»

Kaj poste li forŝiris etan haŭtostrion disde la flanko de la dikfingra ungo de sia maldekstra mano.

Kaj poste li diris: «Ni nomu tion … ni nomu tion projekto. Projekto kiun ni devas fari kune. Vi devas pasigi pli da tempo kun mi. Kaj mi … mi devas montri al vi ke vi povas fidi min. Kaj tio estos malfacila komence ĉar … ĉar ĝi estas malfacila projekto. Sed ĝi pliboniĝos. Mi promesas.»

Poste li frotis la flankojn de la frunto per la fingropintoj, kaj li diris: «Vi ne devas respondi, ne ĝuste nun. Vi devas nur pripensi tion. Kaj, nu … mi aĉetis donacon por vi. Por montri al vi ke mi vere kredas kion mi diras. Kaj por pardonpeti. Kaj ĉar … nu, vi tamen komprenos.»

Tiam li ekstaris el la fotelo kaj li transpaŝis ĝis la kuireja pordo kaj malfermis ĝin kaj granda kartona skatolo staris surplanke kaj ĝi enhavis litkovrilon kaj li klinis sin kaj metis la manojn en la skatolon kaj li elprenis malgrandan sablokoloran hundon.

Kaj li revenis traporde kaj donis al mi la hundon. Kaj li diris: «Li havas du monatojn. Kaj li estas ora trovhundo.»

Kaj la hundo sidis sur miaj genuoj kaj mi karesis ĝin.

Kaj neniu parolis dum iom da tempo.

Kaj Patro diris: «Kristoforo. Neniam ajn mi agus por malutili al vi.»

Poste neniu parolis.

Poste Patrino venis en la salonon kaj diris: «Vi ne povos forpreni lin kun vi, bedaŭrinde. Nia ĉambro estas tro malgranda. Sed via patro prizorgos lin ĉi tie. Kaj vi povos veni promenigi lin kiam ajn vi deziras.»

Kaj mi diris: «Ĉu li havas nomon?»

Kaj Patro diris: «Ne. Vi rajtas decidi kiel nomi lin.»

Kaj la hundo maĉis mian fingron.

Kaj poste 5 minutoj estis pasintaj kaj la tomata horloĝo sonis. Do Patrino kaj mi reveturis al ŝia ĉambro.

Kaj la postan semajnon okazis fulmoŝtormo kaj la fulmo trafis grandan arbon en la parko proksima al la domo de Patro kaj renversis ĝin kaj viroj venis kaj distranĉis la branĉojn per ĉensegiloj kaj forportis la ŝtipojn per kamiono, kaj la sola restaĵo estis granda nigra pinta stumpo el karbigita ligno.

Kaj mi ricevis la rezulton de mia matematika ekzameno

kaj mi gajnis unuagradan diplomon kio estas la plej bona rezulto, kaj tio sentigis min jene:

Kaj mi nomis la hundon Sablo. Kaj Patro aĉetis kolzonon kaj rimenon kaj oni permesis min promenigi lin al la vendejo kaj reen. Kaj mi ludis kun li per kaŭĉuka osto.

Kaj Patrino ekhavis gripon kaj mi devis pasigi tri tagojn ĉe Patro kaj gasti en lia domo. Sed tio estis en ordo, ĉar Sablo dormis sur mia lito, do li bojus se iu venus en la ĉambron dumnokte. Kaj Patro kreis legombedon en la ĝardeno kaj mi helpis lin. Kaj ni plantis karotojn kaj pizojn kaj spinacojn kaj mi plukos ilin kaj manĝos ilin kiam ili estos pretaj.

Kaj mi iris al librovendejo kun Patrino kaj mi aĉetis libron nomitan **Altgrada Abiturienta Matematiko** kaj Patro sciigis al s-ino Gaskonjo ke mi faros abiturientan ekzamenon pri altgrada matematiko, kaj ŝi diris: «En ordo.»

Kaj mi sukcesos ĉe tio kaj gajnos unuagradan diplomon. Kaj post du jaroj mi faros abiturientan ekzamenon pri fiziko kaj gajnos unuagradan diplomon.

Kaj poste, tion farinte, mi iros al universitato en alia urbo. Kaj tio ne devas esti en Londono, ĉar mi ne ŝatas Londonon kaj ekzistas universitatoj en multe da lokoj kaj ili ne ĉiuj troviĝas en grandaj urboj. Kaj mi povos loĝi en apartamento kun ĝardeno kaj konvena necesejo. Kaj mi povos kunpreni Sablon kaj miajn librojn kaj mian komputilon.

Kaj poste mi gajnos Unuagradan Bakalaŭran Diplomon kaj mi fariĝos sciencisto.

Kaj mi scias ke mi kapablas tion, ĉar mi iris sola al Londono, kaj ĉar mi solvis la misteron *Kiu Mortigis Velingtonon?* kaj mi trovis mian patrinon kaj mi estis kuraĝa kaj mi verkis libron kaj tio signifas ke mi kapablas ion ajn.

Apendico

Demando

Pruvu la sekvan rezulton:

«Triangulo, kies laterojn eblas skribi laŭ la formo $n^2 + 1$, $n^2 - 1$ kaj $2n$ (kie $\mathbf{n} > \mathbf{1}$), estas orta.»

Montru pere de kontraŭekzemplo, ke la inverso estas falsa.

Respondo

Unue ni devas determini kiu estas la plej longa latero de triangulo kies laterojn eblas skribi laŭ la formo $n^2 + 1$, $n^2 - 1$ kaj $2n$ (kie $n > 1$).

$$n^2 + 1 - 2n = (n - 1)^2$$

kaj se $n > 1$, tiam $(n - 1)^2 > 0$

tial $n^2 + 1 - 2n > 0$

tial $n^2 + 1 > 2n$

simile $(n^2 + 1) - (n^2 - 1) = 2$

tial $n^2 + 1 > n^2 - 1$

Tio signifas ke $n^2 + 1$ estas la plej longa latero de triangulo kies laterojn eblas skribi laŭ la formo $n^2 + 1$, $n^2 - 1$ kaj $2n$ (kie $n > 1$).

Tion ni povas montri ankaŭ per la sekva grafikaĵo (sed tio pruvas nenion):

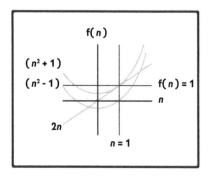

Laŭ la teoremo de Pitagoro se la sumo de la kvadratoj de la du malpli longaj lateroj egalas al la kvadrato de la hipotenuzo, tiam la triangulo estas orta. Tial por pruvi la triangulon orta ni devas montri ke estas tiel.

La sumo de la kvadratoj de la du malpli longaj lateroj estas $(n^2 - 1)^2 + (2n)^2$

$(n^2 - 1)^2 + (2n)^2 = n^4 - 2n^2 + 1 + 4n^2 = \underline{n^4 + 2n^2 + 1}$

La kvadrato de la hipotenuzo estas $(n^2 + 1)^2$

$$(n^2 + 1)^2 = \underline{n^4 + 2n^2 + 1}$$

Tial la sumo de la kvadratoj de la du malpli longaj lateroj egalas al la kvadrato de la hipotenuzo kaj la triangulo estas orta.

Kaj la inverso de «Triangulo, kies laterojn eblas skribi laŭ la formo $n^2 + 1$, $n^2 - 1$ kaj $2n$ (kie $n > 1$), estas orta» estas «Orta triangulo havas laterojn, kiujn eblas skribi laŭ la formo $n^2 + 1$, $n^2 - 1$ kaj $2n$ (kie $n > 1$)».

Kaj kontraŭekzemplo signifas trovi triangulon kiu estas orta, sed kies laterojn ne eblas skribi laŭ la formo $n^2 + 1$, $n^2 - 1$ kaj $2n$ (kie $n > 1$).

Do ni supozu ke la hipotenuzo de la orta triangulo **ABC** estas **AB**

kaj ke **AB = 65**

kaj ke **BC = 60**.

Tiam **CA** $= \sqrt{(AB^2 - BC^2)}$

$= \sqrt{(65^2 - 60^2)} = \sqrt{(4225 - 3600)} = \sqrt{625} = 25$.

Ni supozu ke **AB** = $n^2 + 1 = 65$

tiam $n = \sqrt{(65 - 1)} = \sqrt{64} = 8$

tial $(n^2 - 1) = 64 - 1 = 63 \neq$ **BC** $= 60 \neq$ **CA** $= 25$

kaj $2n = 16 \neq$ **BC** $= 60 \neq$ **CA** $= 25$.

Tial la triangulo **ABC** estas orta sed ĝiajn laterojn ne eblas skribi laŭ la formo $n^2 + 1$, $n^2 - 1$ kaj $2n$ (kie $n > 1$). **K.E.P.**